AtV

TESSA KORBER, geboren in Grünstadt/Rheinland, studierte Germanistik und Geschichte und promovierte 1997. Sie arbeitete in Verlagen, im Buchhandel sowie als Werbetexterin, bevor ihr mit dem ersten Roman »Die Karawanenkönigin« gleich ein Bestseller gelang. Tessa Korber lebt mit ihrer Familie in der Nähe von Erlangen. Im Aufbau Taschenbuch Verlag erschienen bisher die drei Jeannette-Dürer-Krimis »Toter Winkel« (2000), »Tiefe Schatten« (2001) und »Falsche Engel« (2003).

Während der Aufführung der »Walküre« in Bayreuth wird die Darstellerin der Brünnhilde tot hinter den Kulissen aufgefunden. Und gleich im nächsten Akt bekommt das entsetzte Publikum noch eine zweite Leiche vorgesetzt, die – theatralisch inszeniert – in einem Flammenring aus dem Bühnenboden auffährt. Kriminalkommissarin Jeannette Dürer ist als Festspielgast mit ihrer Freundin Regine vor Ort, da sie die begehrten Karten geschenkt bekommen hat. Merkwürdig gelöst bestreitet die zweite Besetzung der Brünnhilde das laufende Programm, doch sie hat ein Alibi. Ebenfalls verdächtig verhält sich der Ehemann der toten Diva, der, statt bei seiner Frau im Theater zu sein, lieber zwei dubiosen Riesen einen Koffer übergibt. Doch erst Regine führt ihre Freundin auf die richtige Fährte: Ganz wie in Wagners Vorlage bedient sich der Täter einer Tarnkappe. Und plötzlich spielen ein habgieriger Zwerg, verliebte Kommissare, aber auch ein dubioses Eheanbahnungsinstitut für russische Mädchen die Hauptrollen.

Tessa Korber

Triste Töne

Roman

Aufbau Taschenbuch Verlag

ISBN 3-7466-2027-9

1. Auflage 2004

Umschlaggestaltung Preuße & Hülpüsch Grafik Design
unter Verwendung eines Fotos von Visum/Thomas Pflaum
Druck GGP Media, Pößneck
Printed in Germany

www.aufbau-taschenbuch.de

Alle Figuren der Handlung sind frei erfunden, Ähnlichkeiten mit lebenden Personen rein zufällig.

Das Innenleben des Wagnerschen Festspielhauses, insbesondere das unterirdische, habe ich in Anlage und Ausstattung den Bedürfnissen meiner Inszenierung angepaßt. Es entspringt, wie die Exzesse des Regietheaters selbst, allein meiner Phantasie.

»In Wirklichkeit aber handeln diese … Opern von der Tragik des Menschen, die nach Wagner darin besteht, daß er nicht weiß, ob er das Geld oder das Weib höher schätzen soll. Beides kann er nicht haben.«

Herbert Rosendorfer: Bayreuth für Anfänger

»Bei den Musikdramen Richard Wagners … tritt uns das kriminelle Element in womöglich noch stärkerem Maß entgegen.«

Ernst von Pidde: Richard Wagners »Nibelungen« im Licht des deutschen Strafrechts

»Diejenigen, die nach Bayreuth gehen, bereuen es nie, obwohl die Aufführungen dort oft alles andere als ergötzlich sind.«

Bernard Shaw: Wagner-Brevier

Orchestervorspiel

Über dem Bayreuther Festspielhaus wehte die blaue Fahne eines strahlenden Sommerhimmels. Touristen trabten ihrem Führer nach zwischen den verlassenen Kiosken hindurch, um den Bau herum, und ließen die Blicke über seine rötliche Fassade und das nachgeahmte Fachwerk wandern. Im Fenster der Eingangstür hing ein Schild in der Handschrift vergangener Jahrzehnte: Heute geschlossen wegen Proben. Die Neugierigen stiegen, also belehrt, in ihren Bus und fuhren wieder davon. Auspuffqualm wölkte zwischen die Bäume. In den Zweigen sangen die Amseln. Drinnen hatte sich schweigend das Ensemble zusammengefunden.

Der Regisseur des diesjährigen »Rings« hatte sie antreten lassen. Er hob die Hände wie ein Dirigent. Um seinen Hals mit dem kantigen Kehlkopf wand sich mehrfach ein schwarzes Strickband, das für einen Schal lächerlich schmal war. Rot und pockig leuchtete seine Haut zwischen den Schlingen auf, als würde sie von einer ewigen Gänsehaut gequält. Den Gesamteindruck körperlicher Vernachlässigung machte jedoch ein Gesicht wett, das allen geläufigen Vorstellungen von Vergeistigung entsprach: Die angegrauten Locken standen zu Berge, die tiefliegenden Augen blickten feurig, der edle Schwung der Hakennase wurde nur durch den Tropfen an ihrem geröteten, grobporigen Ende etwas entstellt. Die Trenchcoat-Ärmel des Maestros spannten, als er mit ausholenden Gesten seine Vision zu fassen versuchte.

»Also, ich stelle es mir vor als den Grundkonflikt zwischen

bürgerlichem Besitzdenken und urtümlichem Eros, versteht ihr?«

Die Diva verschränkte ob des vertraulichen Du, wenn auch durch den Plural gemildert, die Hände vor der nicht unerheblichen Brust. Als Pluralis Majestatis hätte sie es vielleicht durchgehen lassen. Die Walküren begannen aufgeregt zu tuscheln. Siegmund runzelte die Stirn und gab sich Mühe, zu verstehen. Er war es gewohnt, sich Mühe geben zu müssen.

Der Regisseur fuhr fort: »Hunding und Sieglinde, Wotan und Fricka: Das sind in Konventionen verstrickte Paare, die die Lüge eines harmonischen bürgerlichen Seins leben, aus der alles, aber auch alles, radikal ausgeblendet wird, was das menschliche Leben in seinem Urgrund ausmacht, versteht ihr? Sex, Gewalt, Schmutz, Tod!« Die Finger des Regisseurs schlossen sich bedeutungsvoll um leere Luft. »Das ist der Grund, warum Hundings Hütte als Vorstadtreihenhaus gestaltet wird, mit Rasen und Garage, bonbonrosa und puppenhaft wie in ›Edward mit den Scherenhänden‹.«

Sieglinde, die bei den Proben immer eine Thermosflasche heißen Tees mit Honig dabei hatte, neigte sich Wotan zu. »Man merkt, daß er vom Kino kommt«, tuschelte sie.

Der Gott nickte hoheitsvoll. »Hat er überhaupt schon einmal eine Oper gemacht?« erkundigte er sich mit leise brummendem Baß.

»Und Hundings Schwert wird im Hifi-Turm stecken«, fuhr der Regisseur inspiriert fort. Seine Hände zeichneten immer größere Linien in den Raum.

Fricka neigte sich herüber und flüsterte: »Er hat ›Hamlet‹ als Singspiel inszeniert, mit mexikanischer Mariachi-Musik. So viel ich hörte, sollen am Ende alle in einem Morast versunken sein.«

»Na wunderbar, gib mir einen Schluck Tee!«

Sieglinde hob den Finger und fragte: »Ist das der Grund,

warum Siegmund nackt vor mir steht?« Ihr Blick zu dem blonden Helden war nicht ohne Schadenfreude. Der stand da wie die Mauer beim Strafstoß und dachte an seine Geheimratsecken und all die Stunden im Bodybuilding-Studio, die er nie genommen hatte.

Fricka kicherte.

»Der wird das Lächeln noch vergehen, wenn sie merkt, daß er sie in einen geblümten Hauskittel und Stützstrümpfe stecken wird«, flüsterte eine Walküre der Diva zu. Die lächelte grimmig. Der Regisseur ignorierte das Getuschel.

»Hände werden sich aus den blümchentapezierten Wänden recken«, fuhr er theatralisch fort und suchte ihnen die Szene vor Augen zu stellen. »Gräßliche, haarige, bemalte Arme, die sich winden und den Einbruch der Urgewalt kraß vor Augen führen. Stück für Stück entkleiden sie Siegmund für den folgenden Inzest. Sie selbst werden beschmiert sein mit Blut und Kot, ja, Kot ...«

Das Ensemble hielt hörbar den Atem an. Der Regisseur überlegte: »... oder Schmutz«, fuhr er fort. »Ja, ich denke, Schmutz genügt.«

Alle seufzten erleichtert auf.

»Du!« Damit ging er heftig auf die Sieglinde zu, die erschrocken ihre Strickjacke schloß, »wirst schließlich die Wände deines verlogenen Heims mit Blut beschmieren, ehe du dich der Urgewalt seiner Umarmung ergibst.« Ohne hinzusehen, stach sein Finger in Richtung Siegmund.

Der zuckte zusammen und wurde immer kleiner. Dann schaute er auf die Uhr.

»Entschuldigung«, meldete er zaghaft, »Entschuldigung. Wenn ich kurz dürfte, es ist Zeit für meine Vitaminpillen.«

Der Regisseur schritt auf ihn zu und packte ihn bei den Schultern. »Blutrausch!« donnerte er, »Inzest! Es steckt alles in dir drin. Es steckt in uns allen.«

Siegmund wuchs ein wenig. Zuversichtlicher blickend, griff er nach seinem Mundspray.

»Und du!« Sein vibrierender Finger wies auf die Diva. »Du bist wie er. Urtümlich, ungestüm.«

Gelassen sah sie ihm entgegen und spielte mit ihrer goldenen Uhrkette, die sie sich wieder und wieder um den Finger wickelte. Ihr Blick wanderte durch den Probenraum.

»Aus dem Leib willst du es deinem verkommenen, verknöcherten Vater wühlen, daß er der Stimme der Leidenschaft folgen muß. Einst war es auch in Wotan, es war einmal in all unseren Zuschauern. Und du wirst es wieder wachrufen. Deine Brüste …«, mit heftiger Geste riß er sich ein nicht vorhandenes Gewand auf, »wirst du ihm darbieten.«

Plötzlich wandte er sich ab und fischte sich eine Zigarette aus der Packung. »Alles klar?« fragte er ruhig und in normaler Lautstärke.

Der Finger der Diva hatte aufgehört zu wickeln. »Ich bin Sängerin«, sagte sie sehr würdevoll, »keine Schauspielerin. Ich brauche keine Skandale, um jemanden wachzurütteln. Dafür habe ich meine Stimme.«

Sie hatte jedes »Ich« überdeutlich betont. Ihr Finger wickelte wieder, diesmal aber rasch und hektisch.

Der Regisseur schien sie nicht gehört zu haben, er schüttelte sein offenbar defektes Feuerzeug. Siegmund beeilte sich, ihm mit Streichhölzern zu Hilfe zu kommen, und lächelte schüchtern. Der Regisseur tätschelte ihm den Arm.

»Wenn du dich nicht traust«, sagte er dann unvermittelt, »nehmen wir eben was aus Gummi. Das macht die Geste sogar noch drastischer. Und deutlicher. Diese Übergröße.«

Der Umfang seiner Armbewegung ließ die anwesenden Götter blaß werden.

»Eva«, diktierte er umgehend seine Assistentin herbei. »Ruf

doch mal im hiesigen Erotikshop an und frag, ob die so was haben!«

Es wurde eifrig notiert.

»Und jetzt das musikalische Zeug.« Der Regisseur machte ein wenig Platz für den Korrepetitor, der das Einsingen überwachen sollte und schon ungeduldig hinter ihm gewartet hatte. Seine brüderliche Umarmung vereinnahmte das dürre Männlein ganz, das sich freikämpfte und energisch den langen Hals reckte, um seine Schützlinge in den Blick zu bekommen. Doch der Regisseur wich nicht. »Maestro, die Truppe muß gelockert werden. Alle mal herhören«, hob er die Stimme noch einmal und klatsche in die Hände. »Ihr singt jetzt euren ersten Dreiklang, oder wie das heißt, auf die Silben Va-gi-na. Ja, nur zu, traut euch! Taut auf!«

»Mimimmimimimimi«, fistelte sich Siegmund warm.

Wenige Minuten später tönte es in allen Stimmlagen von der Bühne. Der Regisseur lächelte befriedigt.

»Hast du gemerkt, wie sie mit den Rosetten gezuckt haben, als ich Kot sagte?« flüsterte er seiner Assistentin zu, die errötend zu Boden sah.

Da meldete sich die Diva. In betont gepflegter Aussprache und mit zuckersüßem Lächeln fragte sie: »Darf ich etwas früher gehen, wenn ich statt dessen Fo-tze singe?«

Der Regisseur zeigte eine grienende Grimasse und winkte sie hinaus.

»Zicke«, flüsterte Fricka voller Neid.

Die Diva rauschte ab.

»So ein Pinscher«, empörte sie sich auf dem Weg in die Garderobe. »Gummibrüste! Dieser ahnungslose Ignorant! Ah, ich könnte ihn umbringen.« Sie knallte die Tür so heftig zu, daß sie wieder aufsprang, und schüttelte ihre Fäuste gegen die Vorsehung und den Gott des Regietheaters. »Aber ich werde singen, ich werde ihm zeigen, was Oper bedeutet.« Energisch ließ sie sich vor ihrem Spiegel nieder und griff zum Pinsel. »Sie hat ein völlig nichtssagendes Gesicht, findest du nicht?«

»Wer?« fragte ihr Gatte, der wie immer in einer Ecke der Garderobe saß und in ein Magazin vertieft war.

»Na, die Sieglinde.« Die Diva pinselte hektisch. »Dünn wie lascher Tee und ohne jede Bühnenpräsenz.«

»Du weißt doch, wie sehr ihre blühenden Kopftöne gelobt werden.« Gelangweilt blätterte er um und schaute dabei auf. Im Dunkel des Flurs sah er undeutlich ein Gesicht, verschwommen und blaß wie auf einer alten Fotografie. Es kam ihm vage bekannt vor. Er schüttelte den Kopf, um das Bild zu vertreiben, und strich seine Zeitung glatt. »Hat sie nicht an der Met gesungen?«

Die Diva schnaubte: »Ich sage dir, mit der zweiten Besetzung wären wir besser dran.«

Siegmund schmetterte mit rotem Gesicht. Fricka streikte. Sieglinde trank ihren Tee.

»Sie trifft die hohen Töne nicht mehr«, zischelten die Walküren böse. »Nur deshalb singt sie nicht mit. Wir werden noch die zweite Besetzung brauchen.«

Der Korrepetitor fuchtelte mit seinen Armen wie ein Ertrinkender. In seinen Augen stand die verzweifelte Frage: Klang so Wagner heute in Bayreuth?

»Die hast du ja ganz schön schockiert«, meinte die Assistentin in schüchterner Anerkennung, während sie dem Regisseur seinen Kaffee brachte.

Er lächelte selbstgefällig und betrachtete das Geschehen auf der Bühne.

»Über die Idee, den Siegmund nachher auch als Siegfried einzusetzen, würde ich aber noch mal nachdenken«, meinte sie, stirnrunzelnd über seine Schulter blickend.

»Alles derselbe Heldentypus bei Wagner«, gab der Regisseur knapp zurück. »Familienähnlichkeit.« Er grinste.

Sie legte den Kopf schief. »Ja, aber er ist so gar nicht der Typ.«

Ihr Meister geruhte nicht zu antworten.

»Und das mit den Schweinedärmen«, wagte sie einzuwenden, »muß das denn sein?«

»Die Menschen erwarten von mir, daß ich sie provoziere«, sagte der Regisseur gelassen. »Man darf sein Publikum nicht enttäuschen. Da bestehen gewisse Verpflichtungen. Wenn die Leute sich nicht aufregen, woher sollen sie dann wissen, daß es Kunst ist?«

»Ich meine nur, weil wir das doch schon in der ›Iphigenie‹-Verfilmung gemacht haben.«

Der Regisseur zog hastig die Ärmel seines Trenchcoats zurecht und hob das Kinn. »Keine Sorge, das hier ist Bayreuth. Da funktioniert das noch. Und wenn nicht, haben wir immer noch Plan B.«

Hunding folgte gedankenverloren den Anweisungen des Korrepetitors. Er wiederholte stetig sein obszönes Mantra und geriet in eine Art des Wohlbehagens, bis Wotan ihn mit dem Ellbogen anstieß.

»Einer aus der Familie, glaub ich«, brummte er vergnügt und wies mit dem Kinn auf eine undeutliche Gestalt in den Kulissen. »Ich wette, der würde uns am liebsten alle umbringen.«

Darin jedoch täuschte er sich. Die Person im Halbdunkel wollte nur einen einzigen Menschen töten.

1

»Nein, nein und nochmals nein!« Kriminalkommissarin Jeannette Dürer tippte abschließend auf der Tastatur ihres Computers herum. Eine Reihe von Frauengesichtern erschien. »Dicke Damen mit Helm und Doppelkinn, die eine Lanze schwingen, ich bitte dich!«

Ihr Kollege Martin Knauer neigte sich über ihre Schulter. »Die da könnte es sein«, meinte er. Sein Kugelschreiber machte auf dem Bildschirm ein klickendes Geräusch.

Ungeduldig wedelte Jeannette ihn beiseite und schüttelte den Kopf. Sie hatten noch nicht gefunden, was sie suchten.

Martin Knauer runzelte die Stirn, gab ihr nach einem zweiten Blick aber recht. Das Bild zeigte nicht ihre Tote. Er reckte die Arme wie ein Dirigent, ließ die Finger knacken und machte sich daran, sanft, aber nachdrücklich den verspannten Nacken seiner Partnerin zu massieren, die konzentriert auf den Bildschirm starrte, wo ein Gesicht das andere ablöste.

»Überleg es dir halt noch mal, hmmm?« fragte er sanft brummend. »Es könnte doch ganz witzig werden.«

Die Sekretärin steckte den Kopf zur Tür herein. »Wenn ihr zwei Turteltauben dann bald mal fertig seid? Doktor Greif läßt ausrichten, daß er allein mit der Obduktion beginnt, wenn ihr nicht in fünf Minuten in der Gerichtsmedizin erscheint.«

Jeannette und Martin schauten gleichzeitig auf ihre Armbanduhren.

»Verdammt.« Sie stieß sich mit den Händen an der Tischkante ab und rollte mit ihrem Bürosessel gegen Martins

Schienbeine, der prompt lauthals fluchte. »Wie konnte ich das vergessen.« Schon war sie auf dem Weg zur Tür. Im Gehen angelte sie nach ihrem Rucksack. »Daran bist nur du mit deinem Gebettel schuld«, hielt sie ihrem Kollegen vor.

»Gebettel?« Martin folgte ihr im Laufschritt. Über die Gänge des Polizeipräsidiums rief er ihr nach: »Ich habe es nicht nötig zu betteln. Ich biete dir die einmalige Möglichkeit, einen Abend in der Gesellschaft des CSU-Vorsitzenden zu verbringen.«

Als sie wenig später durch die Tür des Obduktionsraums traten, stritten sie noch immer. Doktor Greif, der Gerichtsmediziner, schaute kurz auf, als sie hereinkamen, und stellte noch einmal die laut kreischende Säge aus.

»... stundenlang ...«, schimpfte Jeannette Dürer gerade. Sie hörte ihre in der plötzlichen Stille unverhältnismäßig laute Stimme und verstummte.

»So lange wird es wohl nicht dauern«, begrüßte Doktor Greif sie mit sarkastischer Stimme. »Wenn Sie beide dann soweit wären.« Er schaltete die Säge wieder ein.

Jeannette fingerte ungeduldig an den Bändern herum, die Martins Kittel hinten schlossen und sich partout nicht verknoten ließen. Martin Knauer nutzte die Gelegenheit, dem ganzen Geschehen den Rücken zu kehren, bis es wieder stiller wurde. Nein, dachte er, als er sich das Bild vorstellte, das ihn gleich erwarten würde. Er würde sich niemals an den Anblick gewöhnen.

»Haben Sie schon einen Namen?« erkundigte der Arzt sich, als der Sägevorgang abgeschlossen war, und klappte die Schädeldecke auf.

Jeannette schüttelte den Kopf. »Wir gehen gerade die Dateien mit den registrierten russischen Prostituierten durch.«

»Eine Russin, so? Interessant, wie kommen Sie darauf?« fragte Greif.

»Wir haben ein Foto in ihrer Jackentasche gefunden«, erklärte Jeannette. »Es war ins Futter gerutscht. Auf seiner Rückseite befindet sich ein Adressenstempel mit kyrillischen Buchstaben.«

Greif nickte und wandte sich wieder seinem Objekt zu. »Mal sehen, was ich Ihnen sagen kann.« Er neigte sich über das Gewebe und verstummte.

Den Blick hartnäckig weit über Augenhöhe auf einen Punkt an der Rückwand fixiert, wo die breiten Rohre des Abzugssystems verliefen, nahm Martin mit stockender Stimme den Faden ihres Gesprächs wieder auf. Zu versuchen, Jeannette doch noch zu überzeugen, bot eine gute Ablenkung.

»Von wegen lebensfernes Getue. Da sind menschliche Urerfahrungen drin verarbeitet«, brachte er als Argument gegen ihren letzten Einwand vor. So hatte sein Freund Josef ihm das jedenfalls erklärt.

»Urerfahrung?« Jeannette schüttelte ungläubig den Kopf. »Die einzige Erfahrung, die da drin steckt, ist die tödlicher Langeweile.« Sie schnaubte. »Erfahrung, ich bitte dich. Gehört es etwa zu deinen Erfahrungen, daß sich Sterbende stundenlang gegenseitig ansingen?«

Sie wurden unterbrochen von einem lauten Rülpser, der aus der Kehle der Toten drang. Jeannette riß alarmiert den Kopf hoch. Selbst die Assistenten des Arztes zuckten zurück.

»Hoppla«, sagte Doktor Greif gelassen und wandte sich dem Brustkorb zu. »Das kann schon mal passieren, wenn sie noch Luft in der Speiseröhre haben.« Er lächelte die beiden Polizisten an.

Martin wurde blaß und stürzte hinaus.

Jeannette warf Greif einen Blick zu, der besagte, daß alles ganz allein seine Schuld sei, und stürmte ihrem Kollegen nach.

Sie fand ihn in den Waschräumen, tief über ein Waschbecken gebeugt. Mitleidig stellte sie sich neben ihn und strich beruhigend über seine Schultern, bis der Anfall vorbei war. »Das nimmt dich ganz schön mit, was?« meinte sie verständnisvoll.

Martin stierte mit tränenden Augen in den Spiegel. Er war ein Schatten seiner selbst.

»Jeannette, bitte!« Seine Stimme brach. Sie hielt ihm ein Taschentuch hin, und er schneuzte sich. »Ich meine, du hast ja wenigstens keine theoretischen Vorbehalte gegen die Sache«, fuhr er dann mit kräftigerer Stimme fort. »Du wirst dich nicht wegen irgendwelcher Harmonien aufregen. Du bist kein Hasser.« Er wandte sich zu ihr um. »Du hast überhaupt keine Ahnung davon. Deshalb wirst du nicht so leiden.« Sein Blick wurde flehend. »Jeannette! Im Namen unserer Freundschaft.«

Langsam und endgültig schüttelte sie den Kopf. »Ich kann nicht, Martin.« Als sie den waidwunden, verständnislosen Blick in seinen Augen sah, nahm sie seine Hände in ihre. Langsam und deutlich erklärte sie ihm: »Ich kann nicht, weil du selbst darauf bestanden hast, daß ich Josef gegenüber behaupte, ich wäre am nächsten Donnerstag völlig unabkömmlich. Erinnerst du dich?«

Martin stöhnte. Ja, er erinnerte sich. Er selbst hatte den Dienstplan manipuliert, um für Donnerstag eingeteilt zu sein. Jeannette hatte er eingeschärft, niemandem etwas davon zu sagen, vor allem nicht seinem Lebensgefährten Josef Brunner. Und sollte Josef anrufen und fragen, ob sie nicht mit Martin die Schicht tauschen könnte, müsse sie das absolut von sich weisen. Und genau das hatte Jeannette getan. Sie hatte recht, er saß in der eigenen Falle.

Jeannette konnte sich das mitleidige Lächeln derer, die sich selbst in Sicherheit befinden, nicht verkneifen. Sie riß etwas Toilettenpapier ab und wischte ihrem gebeutelten Freund und Kollegen liebevoll einen Rest Erbrochenes aus dem Mundwinkel.

»Ist es denn so schlimm?« fragte sie.

Martin nickte nur.

»Acht Jahre.« Er schnaubte verächtlich. »Acht Jahre hat Josef auf die Karten gewartet. Weißt du, was das bedeutet?«

»Fünf Jahre länger, als ihr zusammen seid.« Jeannette warf das Taschentuch fort. Zum ersten Mal war sie aufrichtig erleichtert, daß der sympathische Doktor Brunner damals nicht sie, sondern ihren Freund Martin zu seinem Liebsten erkoren hatte. Wie peinlich war es ihr in den ersten Monaten gewesen, einem Mann eine Liebeserklärung gemacht zu haben, der seinerseits auf Männer stand. Zum Glück war ihre Beziehung dadurch nicht beschädigt worden, im Gegenteil. Sie und Martin waren sich vielmehr nähergekommen, waren von Kollegen zu echten Freunden geworden, eine Freundschaft, die Josef mit einschloß. Ja, seit Josef und Martin auch noch Jeannettes geschiedener Schwester Tanja samt ihren drei Kindern ein neues Heim besorgt hatten, waren sie alle zu einer regelrechten Sippe zusammengewachsen. Die zwei so verschiedenen Haushalte lebten nun in den beiden Hälften des Doppelhauses, das Josef von seinen Eltern geerbt hatte. Tanjas Kinder nannten beide Männer mit gleicher Begeisterung Onkel. Und Jeannette kam trotz ihrer Vorbehalte gegen das Landleben oft und gerne bei den sechsen in Dechsendorf vorbei. Keinesfalls aus sentimentaler Familienanhänglichkeit, wie sie betonte, sondern um Josefs wunderbare Küche zu genießen.

Vielleicht war das der Grund, warum Frau Dürer sen., die sich sonst intensiv um die Belange ihrer erwachsenen Töchter zu kümmern pflegte, sich in letzter Zeit so selten dort blicken ließ. Ein schwules Vermieterpaar, das mochte ja noch angehen. Aber überflüssig gemacht zu werden mitsamt den mitgebrachten Tupper-Gaben voller Schweinebraten, Kloß und Kraut, das ging zu weit. Sie hatte an Josef, der formvollendet höflich war, noch nicht ein Wort gerichtet.

»Frag doch meine Mutter«, sagte Jeannette daher spontan, als sie an diesem Punkt ihrer Gedankenkette angekommen war.

Martin schaute sie an, und zum ersten Mal seit langem mußte er lächeln. Dann kicherte er und brach mit Jeannette gemeinsam in lautes Gelächter aus, das von den Kacheln des großen Raumes widerhallte.

»Das kann ich ihm nicht antun«, keuchte er schließlich und wischte sich die Augen. Jeannette grinste.

»Aber meine Schwester könnte Josef mitnehmen«, spann Jeannette ihre Überlegungen weiter. »Die ist sicher dankbar um jede Gelegenheit, mal aus ihrem Alltagstrott herauszukommen.«

»Die bräuchte einen Babysitter«, grübelte Martin. »Das übernehmen gewöhnlich wir, aber wir fallen ja aus.« Er hob hoffnungsvoll den Kopf. »Könntest du nicht …?«

Jeannette verneinte. »Aus den bekannten Gründen.«

Martin nickte fast synchron mit ihr. Richtig, das alte Problem. »Es ist echt zum Aus-der-Haut-Fahren.« Er hieb mit der Faust gegen die Wand. Putz bröckelte.

»Was is denn hier los? Mecht mer a weng randaliern, oder was?« Ein Putzmann war hereingeschlurft und stützte sich drohend auf seinen Schrubber. Sein fragender Blick wanderte von einem zum anderen.

Jeannette stellte sich schützend vor ihren Freund.

»Er hat Karten für Wagners ›Ring‹ in Bayreuth«, erklärte sie.

Der Putzmann pfiff anerkennend.

»Sei bedankt, mei lieba Schwan.« Dann tunkte er ohne weiteren Kommentar den Schrubber ein und widmete sich seiner Putzarbeit.

Verdutzt schauten die beiden Kommissare sich nach ihm um, als sie hinausgingen. Er hatte begonnen, eine aufrüttelnde Melodie zu trällern, untermalt vom Klingeln von Jeannettes Handy. Jochen Böhm von der Spurensicherung meldete sich.

»Wir haben einen Namen«, klang seine Stimme abgerissen aus dem Hörer.

»Kannst du das wiederholen? Der Empfang ist so schlecht.« Jeannette zog ihren Notizblock heraus und legte ihn auf Martins Schulter. »Sie haben den Namen der Russin«, flüsterte sie ihm erklärend zu. »Halt doch mal still!« Aufmerksam schrieb sie mit und sagte schließlich laut. »Danke, Jochen, gute Arbeit.«

Aus dem Handy kam ein hustendes Lachen.

»Ich dachte mir, daß du das sagen würdest. Willst du auch ihre Adresse?«

Jeannette notierte auch das.

»Was ist denn das bei euch für ein Lärm?« fragte Böhm unter Scheppern und Knistern. Jeannette wandte sich nach dem singenden Putzmann um. Eine Toilettenspülung rauschte.

»Wagner, glaube ich«, sagte sie. Im Handy blieb es still. Aber Jeannette konnte förmlich hören, wie Jochen Böhm die Augenbrauen hochzog.

Martin zupfte sie dringlich am Ärmel.

»Ist das Jochen?« erkundigte er sich leise. »Gib ihn mir mal, ich muß ihn was fragen.« In seiner Stimme lag neue Hoffnung.

»Wenn du meinst. «Jeannette schüttelte mitleidig den Kopf. »Ich warte im Wagen.«

2

»Und?«

Martin Knauer ließ sich mit Schwung in den Sitz fallen. »Er hat nein gesagt.«

Eine Weile fuhren sie schweigend.

»Wölkernstraße«, meinte er dann, als er in die lange, belebte Geschäftsstraße einbog. Die Reifen rutschten über die Straßenbahnschienen. »Wie lange waren wir da schon nicht mehr im Kino?«

Jeannette schaute aus dem Fenster und hing ihren Gedanken nach. Viele Filme hatten sie hier bereits gemeinsam gesehen. Sie mochte die Kinofassade mit ihrem altmodischen Kranz aus weißen Glühbirnen, der die Ankündigungen rahmte. »Ist überhaupt verdammt lange her, daß wir einen gemeinsamen Abend verbracht haben, was?«

»Das bringt das Familienleben mit sich«, bestätigte Martin. »Fahr langsamer, es muß jetzt gleich kommen!«

Jeannette manövrierte sie durch den dichten Verkehr auf der chaotisch zugeparkten Fahrspur. Die Straßenbahn klingelte vorbei. Martin reckte den Kopf. Geschäft um Geschäft glitt vorüber, typische Vorstadtläden, altmodisch, bunt, geschmacklos und voller Leben. Dann kam die Leuchtreklame des Kinos.

»Du, ab Donnerstag wiederholen sie ›The Incredible Hulk‹. Mensch«, fuhr er fort, als Jeannette, die nach einer Parklücke suchte, nicht reagierte, »der ist von Ang Lee.«

»Mir war ›Sinn und Sinnlichkeit‹ lieber.«

»Aber die Split-Screen-Technik ist besser eingesetzt als bei Greenaways ›Sturm‹ damals«, wandte Martin ein.

Jeannette hatte einen freien Platz in zweiter Reihe vor einem Döner-Imbiß entdeckt und steuerte energisch darauf zu.

»Trotzdem, ich kann nicht begreifen, warum jemand gerade eine Monsterstory zu einem Avantgarde-Erlebnis machen muß.«

Martin ereiferte sich, aber Jeannette winkte ab.

»Vergiß es, Donnerstag sitzt du mit Josef in der ›Walküre‹. Und du wirst ihn damit sehr glücklich machen.«

Martin antwortete nicht. Er sprach nicht, als sie ausstiegen und den zwischen Ladeneingängen versteckten Eingang zu dem Mietshaus fanden. Er schwieg während des gesamten Aufstiegs in dem alten Treppenhaus, das irgendwann im Lauf seiner Geschichte mit braunen Linoleumböden, einem abwaschbaren beigefarbenen Ölanstrich und Wohnungstüren in Alurahmen verschandelt worden war. Auf den lichtarmen Treppenabsätzen starben Yuccapalmen und Aspidistren vor sich hin. Ein seltsam ranziger Geruch lag in der Luft, entströmte dem Boden und dem Gemäuer, in Jahrzehnten entstanden und unwandelbar.

Nummer sechs im dritten Stock hatte noch seine schöne alte Holztür mit dem Glasfenster, doch lag sie unter einem dicken Farbanstrich verborgen. »Pfeuffer« stand auf dem handgeschriebenen, schon reichlich mitgenommenen Schildchen, das jemand neben den Klingelknopf geklebt hatte.

Jeannette und Martin mußten nicht läuten. Die Tür stand offen und gab den Blick frei auf einen engen Flur, in dem Jochen Böhms Team bereits an der Arbeit war. Martin, noch immer verstimmt, schob sich an ihr vorbei. Er grüßte mit einem stummen Nicken die hin und her wimmelnden Kollegen, hob die Füße und kletterte sorgsam über ein paar Markierungen, um sich umzusehen.

Jeannette tat es ihm gleich. Sie trat langsam ein, noch immer mit derselben Scheu, der ein Hauch neugieriger Erwartung beigemischt war, die sie immer umfing, wenn sie in den ganz privaten Kosmos eines fremden Menschen eindrang. Es war wie der Schritt durch eine verbotene Tür. Nie wußte man, was einen erwartete. Ein wenig fühlte sie sich jedesmal wieder wie beim ersten Schritt auf die Oberfläche des Mondes. Und manche der Erfahrungen waren wirklich außerirdisch.

»Das ist ja widerlich«, sagte sie mit aufrichtigem Ekel.

Martin kam aus der Küche herüber und blickte ihr über die Schulter.

»Geschmackssache«, meinte er und musterte gelassen das überdimensionale Bett mit dem gepolsterten Kopfteil in kreischrotem Plüsch und der metallisch-rosafarben glänzenden Steppdecke. Der Boden war mit dickem Flokati ausgelegt, an den Wänden hingen Blätter aus Autokalendern mit barbusigen Schönheiten.

»Handschellen!« Jeannette wies auf den Nachttisch und hob mit spitzen Fingern hoch, was dort lag. »Vergoldet.«

»Dann haben wir es hier wohl mit dem Arbeitszimmer zu tun«, meinte Martin Knauer. Der Raum in seiner schreienden, billigen Obszönität stand in krassem Gegensatz zum Rest der Wohnung: einem Wohnzimmer, das von der braunen Auslegware über das klobige Blümchensofa und die Schrankwand aus Eichenimitat bis hin zu den üppigen Stores an den Fenstern tiefste Biederkeit atmete, einer picobello aufgeräumten Einbauküche und einem zweiten Schlafzimmer mit der fröstеligen Atmosphäre des überzeugten Kaltschläfers. Darin stand neben Schrank, Nachttisch und Gardine ein Einzelbett.

Die Schlafstätte von Ewa Stepakowa fanden sie in einem fensterlosen Nebenraum der Küche, der ehemals wohl als Speisekammer gedient hatte. Es war nicht mehr als eine Liege, das Nachthemd so sorgfältig gefaltet und unter das Kopfkissen gebettet wie im Mädchenpensionat. An die Wand darüber war ein Bildchen aus einer Hochglanz-Illustrierten gepinnt, die Reklame für ein teures Marken-Parfum. Ewas tatsächliche Besitztümer waren bescheidener. Sie befanden sich in einem eintürigen Sperrholzspind, der den Rest des Raumes einnahm: eine abgeschabte kunstlederne Reisetasche mit geflicktem Griff auf dem Schrankboden, ein paar Plastikkleiderbügel mit den Aufdrucken eines billigen Kaufhauses, aus dem auch die daran hängenden, nagelneuen Kleider stammten, wie die Etiketten verrieten. An den Unterseiten der drei Paar Schuhe hafteten noch die Preisaufkleber. Darüber ein Wochensatz Unterwäsche. In einem Kulturbeutel, an dem ebenfalls das Preisschild noch klebte, fand sich neben einer neuen Haarbürste, einer Seifenschale und einem Schwamm eine angebrochene Flasche Chanel No. 5. Es fehlte nur wenig. Ewa Stepakowa war sparsam mit ihrem Schatz umgegangen.

»Der Mistkerl hat sie offenbar gezwungen, hier zu hausen.«

»Außer, es ging ans Bumsen«, stellte Martin lakonisch fest. »Dann folgte offenbar der Szenenwechsel in das Liebesnest nebenan.«

»Glaubst du, daß nur er …?« fragte Jeannette.

Martin zuckte mit den Schultern. »Steht kaum zu vermuten, oder? Vielleicht helfen uns die Videos weiter.«

Sie beendeten ihre Inspektion der traurigen Kammer und gingen in das rote Plüschzimmer zurück, wo sich neben einem Fernseher samt Recorder auch eine ganze Zahl Videokassetten befanden. Die Hüllen wiesen die meisten von ihnen als Pornos aus.

»Siegfried privat«, las Martin und lachte. »Das muß ich Josef mitbringen. Dann überlegt er es sich vielleicht.« Er schaute auf. »Stell dir vor: Der blonde Recke mit Brünnhilde beim …«

Er brach ab, als er Jeannettes Blick sah, und stellte die Liebesabenteuer des Nibelungenhelden zurück.

Es waren auch eine ganze Reihe selbstbespielter Kassetten in Pappumschlägen dabei; nach Daten sortiert. Martin Knauer suchte das jüngste Datum heraus und legte das Band ein. Die Spurensicherer kamen dazu, als er den Fernseher anschaltete.

Übergangslos füllte das monotone Klatschen von Bauchspeck auf Pobacken den Raum, begleitet vom ebenso monotonen Keuchen der Frau. Jemand räusperte sich. Jeannette verschränkte die Arme.

»Ist sie das?« fragte Martin.

Jeannette nickte. Im Gegensatz zu ihm hatte sie Ewa Pfeuffer-Stepakowa bei der Obduktion ausführlich betrachtet. Obwohl die Frau in dem Film nur von schräg hinten zu sehen war, war sie doch leicht zu identifizieren. Man konnte das rote Feuermal an ihrer Hüfte gut erkennen, den mageren Rücken, in einem Moment auch das Profil mit der seltsam gebogenen Nase.

»Das spielt eindeutig hier«, meinte sie und wies auf das gut sichtbare Kopfteil des Bettes. »Sogar der Fleck auf der Tapete ist zu sehen.«

Jochen Böhm nickte. »Aber der Mann da ist nicht Pfeuffer, nach allem, nach der Beschreibung, die die Nachbarn gegeben haben, zumindest.«

»Gibt's kein Foto?« fragte Jeannette.

Jemand kam mit einer gerahmten Studioaufnahme aus dem Wohnzimmer. Pfeuffer und die Stepakowa, mit Brautstrauß.

»Quod erat demonstrandum«, sagte Jeannette, gab das Bild zurück und drückte die Stopptaste der Fernbedienung. In die Männer an der Tür kam Leben. Einer nach dem anderen wandten sie sich verlegen wieder ihrer Arbeit zu.

»Er hat sie also weitervermietet«, überlegte Jeannette laut.

»Vermutlich hat er die Kamera gehalten, vielleicht Kopien der Filme verkauft.«

»Und sie ermordet, als sie aufmüpfig wurde?« spann Martin den Faden weiter.

»Oder er Frischfleisch wollte. Die nächste aus dem Katalog. Es ist einfach zum Kotzen.« Jeannette knipste unnötig heftig den Lichtschalter aus.

»Katalog?« fragte Martin.

Jeannette nickte.

»Jochen sagt, er hat sie aus dem Katalog eines – wie heißt das? – Eheanbahnungsinstituts, das auf Osteuropäerinnen spezialisiert ist.«

»Ich frag mich, warum er sie erschlagen hat«, meinte Martin nachdenklich. »Er hätte doch einfach die Scheidung einreichen können. Sie war noch keine zwei Jahre da. Die Ausländerbehörde hätte sie ihm sogar abgeholt.«

»Mach mich nicht wütend«, schnaubte Jeannette und marschierte auf den Ausgang zu. »Wieso sind hier eigentlich alle Türen eingetreten?« fragte sie im Hinausgehen, an niemand Bestimmten gewandt.

»Das ist typisch für Alkoholikerwohnungen«, erklärte Martin. »Man erkennt sie an den kaputten Zimmertüren, den Veilchen der Frauen, die drin wohnen, und ...«

»... am Geruch«, fügte Jeannette hinzu und stieß angeekelt die Luft aus. »Ich hab es manchmal wirklich satt, weißt du.«

Sie verließen das Mietshaus in der Nürnberger Südstadt, dessen vom Ruß geschwärzter Fassade niemand ansah, was für eine Privathölle es in seinem unauffälligen Inneren beherbergt hatte.

Auf dem Weg zum Wagen legte Martin aufmunternd den Arm um sie. »Wenigstens hast du mich«, sagte er.

Jeannette mußte lachen.

»Ja, du bist wahrhaftig der Trost jeder Weiblichkeit.« Sie

überließ sich kurz seiner Umarmung und barg den Kopf an seiner Schulter, dann löste sie sich und gab ihm einen Klaps, um auf der Fahrerseite einzusteigen.

»Jedenfalls bist du der rettende Hort der Dürer-Frauen«, sagte sie. »Warte, ich besorge uns noch einen Döner!«

3

Zurück im Revier, mit fettigen Fingern und Zwiebelatem, blätterte Jeannette am Bildschirm in einem der Kataloge, die Ewa Stepakowa nach Deutschland gebracht hatten. Galerien von Bildern zeigten heiratswillige junge Russinnen, lächelnde Gesichter, hinter denen eine Jeannette unverständliche Sehnsucht stehen mußte.

»Die Russin an sich«, hieß es vollmundig auf der Homepage, »ist noch nicht angekränkelt vom westlichen Materialismus. Sie ist nicht hochmütig und anspruchsvoll wie viele europäische Frauen. Das Glück ihres Mannes, sein zufriedenes Lächeln, ist ihr höchstes Glück.«

Wortwiederholung, notierte Jeannette sich wider Willen in Gedanken. Das war die ehemalige Germanistikstudentin in ihr. Mies im Stil, urteilte sie, und mies im Denken. Nur widerstrebend las sie weiter.

»Die russische Frau wünscht sich nichts mehr, als ihrem Gatten zu dienen. Äußerlichkeiten sind nicht so wichtig für die russische Frau. Für sie zählen innere Werte.«

Leider, dachte Jeannette sarkastisch, hatten die üblichen Kunden ihnen da nicht mehr zu bieten als überdurchschnittliche Werte in den Bereichen Fettgehalt, Altschweiß, Alkoholpegel und Anhänglichkeit an ihre Mütter. Und wofür ertrugen die Ewa Stepakowas dieser Welt das alles? Für eine Flasche Chanel No. 5? War es das wert? Kopfschüttelnd griff sie nach den Resten ihres Döner, als sie bemerkte, daß Martin mitlas.

»Hochmütig. Anspruchsvoll«, zitierte er aus dem Text. »Die geben's dir ja ganz schön, was?« Mitfühlend tätschelte er ihr die Schulter.

Jeannette ersparte sich würdevoll eine Antwort, doch wenn sie ehrlich sein sollte, ärgerte die böswillige Darstellung sie gewaltig. Innerlich hielt sie bereits feurige Monologe auf die Emanzipation.

»Und du kannst deinem Mann nicht den kleinsten Gefallen tun«, fuhr Martin mit theatralischer Stimme fort.

Da drehte Jeannette sich zu ihm um.

»Josef und die Karten sind ja wohl dein Problem, nicht meins«, fuhr sie auf, um sofort wieder leiser zu werden. Niemand im Revier wußte, daß Martin schwul war, die meisten hielten sie beide für ein, allerdings mehr als verklemmtes, Liebespaar. Fast flüsternd fuhr sie fort: »Warum gibst du nicht einfach nach und tust Josef den Gefallen?«

»Er hat doch schon geschluckt, daß ich unabkömmlich bin.« Martin kaute auf seiner Unterlippe. »Das Problem ist nur noch, ihm einen Ersatz zu verschaffen. Er hat gesagt, das wäre das mindeste, was ich tun könnte.«

Jeannette grinste. »Ta-ta-ta-taa«, summte sie bedeutungsschwer.

»Aaahh«, bemerkte ihr Chef, Dienststellenleiter Paumgartner, hocherfreut, als er gerade seine zwei Meter zehn ins Zimmer schob, »Beethoven.« Zum Glück bemerkte er nicht, wie Jeannette errötete.

Paumgartner hielt sich nicht mit langen Vorreden auf. »Martin, Jeannette, sie haben ihn. Pfeuffer.«

Sofort sprangen die beiden auf. »Wo?« fragten sie wie aus einem Mund.

Paumgartner strich sich über den grauen Bürstenhaarschnitt.

»Das Eheinstitut hat angerufen. Er sitzt gerade dort und

will die nächste kaufen.« Paumgartner blinzelte, als wollte er noch etwas dazu sagen. Statt dessen griff er nach der Brille in seiner Hemdtasche, um sie herauszuziehen und gleich darauf sorgsam wieder zu verstauen.

Jeannette kannte die Geste; es war sein Standardkommentar zu Dingen, die sein Verständnis überstiegen. Paumgartners Gestalt straffte sich zu voller Höhe.

»Wer von euch beiden will ihn verhören?« fragte er.

Energisch stand Jeannette auf: »Das erledige ich. Martin dreht ihm sonst noch Karten für Wagners ›Ring‹ an.«

Dienststellenleiter Paumgartner blinzelte noch heftiger. Erneut griff er nach der Brille, machte aber auf halbem Weg kehrt und zog die Hand zurück. Er machte den Mund auf, um etwas zu fragen, schloß ihn wieder und verließ rasch das Zimmer.

»Du bringst ihn ganz durcheinander.« Martin warf Jeannette einen wütenden Blick zu. »He, Chef«, rief er dann laut und lief Paumgartner nach. »Ich hätte da eine Frage.« Die Tür klappte hinter den beiden zu.

Jeannette griff nach ihren Unterlagen. Sie würde nicht bleiben und warten, bis Martin wie ein begossener Pudel aus dem Büro ihres Vorgesetzten käme. Lieber machte sie sich allein auf in die Verhörräume.

Ausgelaugt und frustriert kam sie drei Stunden später wieder zurück. Sie warf sich in ihren Sessel, legte den Kopf weit in den Nacken, stieß die Luft aus und starrte an die Decke. Nur langsam nahm sie ihre Umgebung wahr.

Irgend etwas hatte sich verändert, doch sie kam in ihrer Erschöpfung nicht sofort darauf, was es war. Sie setzte sich auf und schaute sich um. War etwas umgestellt worden? Die Möbel? Die Bilder? Woher kam diese unverkennbare Feindseligkeit, die in der Luft knisterte? Man konnte sie förmlich hören!

Dann begriff sie: Flötenklänge! Im nächsten Moment schwemmte eine Woge von Orchestermusik durch den Raum und überflutete alles mit aufwühlenden Emotionen. Jeannette saß jetzt kerzengerade. Das kam doch eindeutig aus dem verschlossenen Zimmer des Dienststellenleiters. Schaute der sich einen alten Film an? Es klang nach einem Breitwandwestern in frühem Technicolor. Fragend wandte sie den Kopf nach den Kollegen, doch alle arbeiteten so stoisch vor sich hin, als würden sie nichts bemerken.

Martin stand nach einer Weile auf und kam zu ihr hinübergeschlendert. »Na, wie war's?« erkundigte er sich beiläufig.

Die Frage brachte die Erinnerung an das Verhör zurück, und mit ihr die alte Frustration. Jeannette lehnte sich wieder in ihren Drehstuhl zurück.

»Ich begreife es nicht, Martin. Ich begreife es einfach nicht.« Sie schüttelte wieder und wieder den Kopf. »Er hält sie wie ein Tier, benutzt sie als Sex-Sklavin. Und am Ende erschlägt er sie, weil sie das Essen hat anbrennen lassen. Als wäre das sein gutes Recht.« Sie schaute mit müden Augen zu ihrem Kollegen auf. »Und als ich ihn frage, warum er glaubt, daß sie hierhergekommen ist und ihn geheiratet hat, da guckt er mich an und sagt: Na, weil sie mich liebt.« Jeannette rieb sich die Hände über das Gesicht. »Und bei dir?« fragte sie routinemäßig.

»Ach, ich hab noch Zametzer gefragt«, erläuterte Martin. »Aber der hätte nur beide Karten genommen, weil er doch ohne seine Frau nirgendwo mehr hingeht.«

Jeannette mußte trotz ihrer Erschöpfung grinsen. Zametzer war ihr Lieblingsfeind unter den Kollegen. Im letzten Jahr hatte er sich eine Affäre mit ihrer Freundin Regine geleistet. Bis diese durch Jeannettes Indiskretion erfuhr, daß Zametzer verheiratet war, und die Beziehung abbrach. Regine leckte noch immer ihre Wunden im fernen Rom. Zametzer hatte alles seiner Frau gebeichtet und wurde nun täglich von der Arbeit abgeholt, was allen im Revier reichlich Gelegenheit gab, die zahlreichen modischen Kostüme, den neuen Ring und den schicken Pelzmantel zu bewundern, in denen seine Gattin auftauchte.

Ein Neuanfang auf der Basis frisch erarbeiteten Vertrauens, wie Zametzer das selbst zu bezeichnen pflegte.

»Damit hätte er wohl Ehre eingelegt«, meinte Jeannette schadenfroh. »Aber was zum Teufel ist das eigentlich für ein Lärm?«

»Götterdämmerung«, sagte die Sekretärin und knallte mit einem vielsagenden Blick auf Martin einen Hefter auf ihren Schreibtisch. »Orchesterzwischenspiel.« Ihr Ton besagte deutlich, daß dies ein Nachspiel haben würde.

Jochen Böhm an seinem Computer, das bemerkte Jeannette erst jetzt, trug einen Walkman. Als sie auf dem Weg zum Getränkeautomaten unauffällig an ihm vorbeistreifte, glaubte sie die überlauten, blechernen Töne von »Satisfaction« zu hören.

»Paumgartner ein Wagnerianer. Man macht doch immer wieder Entdeckungen«, meinte sie, als sie zu Martin zurückkehrte.

»Ja«, bestätigte er. »Als ich ihm die Karte anbot, ist er beinahe in Freudentränen ausgebrochen. Aber seine Frau will an dem Abend zu einem Wohltätigkeitsball.«

»Der Ärmste.« Jeannette war in Gedanken schon bei ihrem Bericht. Ihr Computer fuhr sirrend hoch, der Bildschirm blitzte auf, und sie wählte die entsprechenden Menüs. Nach und nach schaffte sie es, Telefonklingeln, Walkmanscheppern und Orchesterklänge zu vergessen und sich auf ihre Arbeit zu konzentrieren. Bald war sie in die Formulierung des ersten Absatzes versunken.

»Jeannette?«

»Was?« fragte sie geistesabwesend. Ihre Finger tippten das Ende des letzten Satzes: … hat er nach eigenen Angaben die Leiche in sein Auto gepackt und zum Reichsparteitagsgelände gefahren. Punkt. Sie schaute auf.

Martin kam strahlend auf sie zu: »Deine Schwester war am Telefon. Sie sagt, sie ist dabei, wenn deine Mutter die Kinder hütet. Die haben nämlich Windpocken.« Er drückte ihr einen Kuß auf die Wange. »Fall Wagner gelöst. Danke für den Tip.«

»Na prima«, murmelte Jeannette. Derweil tippte sie: … Sagt aus, er habe im Fernsehen gehört, daß man Tote anhand von Fingerabdrücken und Zahnmustern identifizieren kann, weswegen er mittels seines mitgeführten Werkzeugkoffers …

»Jeannette?«

Sie hob kaum den Kopf: »Was ist denn jetzt?«

Martin mußte die Stimme erheben, um gegen die anschwellende Musik anzukommen. »Glaubst du, ich habe das Richtige getan?«

»Willst du mir Minne schenken«, dröhnte es aus Paumgartners Büro.

Jeannette klappte ihre Unterlagen zu und beschloß, den Bericht über Pfeuffers Verhör zu Hause fertigzuschreiben.

4

In Jeannettes Wohnung war es wunderbar still. Aufatmend stellte die junge Kriminalkommissarin fest, daß die schwerhörige alte Dame in der Wohnung über ihr heute offenbar nicht Fernsehen schaute. Nur das laute Klacken ihres Schlüssels im Schloß war zu hören, dann das Knarren ihrer eigenen Schritte auf dem Parkettboden der Altstadtwohnung. Jeannette warf ihre Akten auf das Garderobentischchen und ging in die Küche, um sich einen Tee zu kochen. Zufrieden setzte sie sich an den runden Tisch mit der bunt geblümten Wachstuchdecke. Der Raum war aufgeräumt und leer, ein seltener Zustand.

Letztes Jahr hatte Jeannette sich die Wohnung für einige Monate mit ihrer Schwester Tanja und deren drei Kindern geteilt. Sie hatte schlecht nein sagen können, als Tanja verkündet hatte, sie würde sich scheiden lassen und um keinen Preis mehr an den heimischen Herd zurückkehren. Jeannettes Wohnung war ja zugegebenermaßen einmal eine Dreier-WG gewesen, von der sie, Jeannette, als einzige übriggeblieben war. Reichlich Platz also, hatte Tanja entschieden.

Doch nach ihrem Einzug schien die Wohnung mit einemmal überzuquellen. Jahrelang gut funktionierende Provisorien hatten dem Ansturm nicht standgehalten und waren in die Brüche gegangen. Überall hatten Lätzchen und halbleere Hipp-Gläschen herumgelegen. Die Schuhe des fast achtzehnjährigen Jonas, Größe 47, waren durch den Flur geflogen, Antons Spielsachen in alle Winkel gekullert. Immer hatte irgend jemand geschrieen, hatte gestritten, war ihre Mutter hier herumstolziert und hatte sich eingemischt. Jeannettes Alltag geriet aus den Fugen.

Als die ganze Bagage endlich nach Dechsendorf verzog, hatte Jeannette aufgeatmet und beschlossen, ihrem Leben eine neue Wendung zu geben. Sie wollte nicht länger in den halbverlassenen Ruinen ihrer Studienzeit hausen. Und auch nicht als pflegebedürftige Außenstelle des Haushalts ihrer Eltern weitervegetieren. Sie wollte endlich erwachsen werden.

Die alten Kalender und Klosprüche wurden abgehängt, die letzten Bananenkisten mit Büchern auf den Trödel gebracht, die Möbel Tanja & Co. gestiftet.

Nach ein paar Tagen harter Arbeit hatte Jeannette in frisch geweißten, völlig leeren Zimmern gestanden und sich stolz die Farbspritzer von der Stirn gewischt. Es war vollbracht. Ihr neues Leben konnte beginnen. Allerdings war sich Jeannette noch nicht ganz sicher, in welche Richtung sie sich nun vom Nullpunkt aus bewegen wollte. Deshalb war die ganze Sache ein wenig ins Stocken geraten.

Der Wasserkocher piepste gerade, um anzuzeigen, daß er die nötige Temperatur erreicht hatte, als es an der Tür klingelte.

»Wer will denn jetzt was von mir?« Verärgert schlich Jeannette zur Tür. Als sie sie öffnete, wollte sie ihren Augen nicht trauen.

»Regine?« Im Flur stand ihre in Rom geglaubte Freundin, rothaariger, silberschmuckbehängter und fülliger denn je. Und trauriger.

»Ich hatte gehofft, du würdest dich freuen«, sagte Regine schlicht.

Jeannette holte tief Luft. »Bloß gehofft? Mensch, komm doch rein. Ich war nur so überrascht. Komm rein.« Sie zog die Freundin in die Wohnung und wuchtete den großen Koffer, den Regine mitgebracht hatte, gleich hinterher. Im Flur standen sie einander einen Moment lang schwer atmend und ein wenig verunsichert gegenüber. Sie hatten sich nicht in Freundschaft voneinander getrennt. Jeannette war wütend gewesen, weil Regine sich allein ihrer Beziehung zu Zametzer gewidmet und sie darüber vernachlässigt hatte. Sie wußte nur zu gut, daß sie den Anlaß für die Trennung der beiden geliefert hatte. Und sie hatte mit ihrer Freude darüber nicht hinterm Berg gehalten. Nicht zu Unrecht fürchtete sie nun, Regine könnte ihr die Schuld an allem geben. Und sosehr sie Zametzer verabscheute – sie würde jederzeit wieder auf dem Grab seiner Liebe tanzen –, sowenig wollte sie doch die Freundin verlieren.

»Also«, sagte sie und wischte sich eine nicht vorhandene Haarsträhne aus der Stirn.

»Tja«, sagte Regine und kaute auf ihrer Unterlippe herum.

Ihre schweifenden Blicke trafen sich. Sie lachten unsicher. Dann brach mit einemmal der Bann, und Jeannette umarmte Regine heftig.

»Ich bin so froh, daß du wieder da bist«, flüsterte sie am Ohr der Freundin.

Statt einer Antwort drückte Regine sie heftig an sich. Eine Weile wankten sie so durch den Flur wie tanzende Bären, dann forderte Jeannette Regine auf, doch mit in die Küche zu kommen, wo sie sich beide niederließen wie in den alten Zeiten, dankbar, daß sie sich an ihre Tassen mit heißem Tee klammern konnten.

Regine erzählte lange von ihrem Jahr in Rom. Von dem unverschämten Glück, das sie gehabt hatte, ein Zimmer in der Innenstadt zu finden, von der malerisch verfallenden Dachterrasse mit dem rostigen Geländer, von der aus sie den Tiber hatte sehen können, von der durch nichts zu zerstörenden Schönheit der Stadt und von ihrer Einsamkeit.

»Manchmal«, sagte sie, »habe ich mich an die Fontana di Trevi gesetzt, zu all den Touristen dort, mitten unter die Nepper, Schlepper und Marktschreier, wo die Kugel Eis zwei Euro fünfzig kostet, nur damit sich niemand wundert, daß ich da bin.«

Jeannette schluckte. Solche Bekenntnisse paßten überhaupt nicht zu ihrer sonst oft schnoddrig losplappernden, unverwüstlich selbstbewußten Freundin.

»Na«, versuchte sie es in aufmunterndem Ton, »du wirst mir doch nicht einreden wollen, daß sich dort keiner für deine rotgelockten Reize interessiert hätte.«

Regine winkte ab.

»Ich war nicht in Stimmung«, sagte sie nur und verstummte. Dann fügte sie hinzu: »Die einzigen sinnlichen Reize, für die ich offen war, waren die der Pasta.« Sie seufzte, als sie auf ihre Hüften hinunterblickte. »Wie geht's ihm?« fragte sie dann unvermittelt.

Jeannette mußte nicht fragen, wen Regine meinte. Sie erschrak ein wenig. Endlich waren sie bei dem Thema, das wohl angesprochen werden mußte. Sie überlegte kurz, wie sie es angehen sollte.

»Gut«, sagte sie vorsichtig, »er hat sich mit seiner Frau versöhnt.« Und sie setzte, als sie sah, daß Regine ein verächtliches Gesicht zog, spöttisch hinzu: »Auf der Basis von Blumen, Pralinen und Einkarätern.«

»Ein Diamant ist unvergänglich«, sagte Regine, die ehemalige Werbetexterin, und lächelte schwach.

»Was Kleines soll auch noch mal unterwegs sein«, fügte Jeannette hinzu und blickte angelegentlich auf ihren Tee, von dessen Oberfläche zarter Dampf aufstieg.

»So.« Regine nickte. »Vermutlich hat sie seine Aufmerksamkeiten schon über und will sich lieber auf was anderes konzentrieren dürfen«, sagte sie dann gehässig. »Mir ging es am Ende ähnlich.«

Jeannette holte tief Luft. »Er wollte dir nachreisen, falls es dich tröstet«, sagte sie behutsam.

Regine riß die Augen auf. »Das hätte er mal wagen sollen«, zischte sie.

Jeannette schwieg.

»Und warum hat er es nicht getan?« fragte Regine schließlich.

»Ich habe ihm gesagt, du wärst nach Helsinki gefahren.«

Eine lange Pause entstand. Jeannette biß sich auf die Lippen. Lange wagte sie nicht, von ihrem Tee aufzusehen. Doch als sie Regine dann endlich ins Gesicht blickte, erkannte sie, daß sie beide dasselbe dachte: Was für eine komische Gestalt Zametzer mit seinem Lodenmantel in Finnland abgegeben haben mußte. Wie auf Kommando kicherten sie los.

»Aber wenn man Kaurismäkis Filmen glauben darf, paßt er mit seinem traurigen Schnurrbart ganz gut hin.« Sie lachten, bis ihnen die Tränen kamen.

»Schätzchen«, sagte Regine, als sie sich einigermaßen beruhigt hatten, und hielt ihr die Tasse hin. »Hast du auch was Hochprozentigeres da?«

Im Laufe des Abends betranken sie sich gründlich. Jeannette erfuhr Details aus dem Intimleben ihres Kollegen, die sie davon überzeugten, ihm nie wieder ins Gesicht sehen zu können.

»Im Ernst?« fragte sie Regine und fiel vor Kichern fast vom Stuhl.

Im Gegenzug schilderte sie wieder und wieder in allen Einzelheiten, wie sie Zametzer seinerzeit »gestanden« hatte, daß Regine im hohen Norden weile.

»Sein Gesicht hättest du sehen sollen, als er dachte, er hätte es mir entlockt.«

»Ich hab ihn tatsächlich überwunden«, lallte Regine und

schwankte ein wenig. »Vollständig. Überwunden.« Sie bekam einen Schluckauf. Übergangslos fragte sie: »Kann ich bei dir übernachten?«

Jeannette wurde vor Schreck beinahe nüchtern.

»Ja, äh, natürlich«, sagte sie rasch, damit die Freundin ihr Zögern nicht mißverstand. Fieberhaft dachte sie nach und sagte schließlich lahm: »Es gibt da nur ein kleines Problem, weil ich, äh, ein wenig am Umbauen bin.« Sie mußte schneller sprechen, weil Regine sich bereits hochgestemmt hatte, um sich leicht wankend auf den Weg in den Flur zu machen.

»Ich nehme einfach mein altes Zimmer, einverstanden?« fragte die Freundin über die Schulter zurück, ohne auf Jeannette oder eine Antwort zu warten. Dann war sie an der Tür und knipste das Licht an. Sie erstarrte im Türrahmen.

»Ich wollte nämlich mein Leben ändern«, fügte Jeannette ein wenig hilflos hinzu. Ihre Stimme hallte in dem leeren Raum.

Stumm sah Regine sich in dem Zimmer um. In einer Ecke lag noch die zusammengeknüllte Plastikfolie, die das Parkett vor Farbspritzern bewahrt hatte. Ansonsten gab es nur leere Weite, strahlend weiße Wände und eine leicht angestaubte nackte Glühbirne. Im nächsten Zimmer war es dasselbe. Im dritten lag immerhin eine Matratze neben einem Schreibtisch mit Computer. Daneben stand ein Fernseher samt einer Notration Videos in einer Schachtel auf dem Boden.

»Und hier lebst du?« fragte Regine ratlos. Ihre Stimme war schwerfällig, und sie hielt sich an der Klinke fest.

Jeannette hielt eine Rechtfertigung für geboten.

»Wie gesagt, ich plane gerade einen Neuanfang.«

»Den hast du auch bitter nötig.« Regine klapste Jeannette auf den flachen Bauch. »Das hab ich dir schon immer gesagt.« Sie schüttelte den Kopf und schaute noch einmal in die leeren Zimmer. »Wie lange schon?« verlangte sie dann zu wissen.

Jeannette sträubte sich zunächst, doch schließlich antwortete sie, leise, mit hängendem Kopf: »Neun Monate.«

»Nur Elefantenkühe brauchen länger.« Regine nickte schwer. »Lämmchen«, erklärte sie dann überzeugt, »du brauchst Hilfe.« Sie umarmte Jeannette, die zufaßte, um die Freundin vor dem Stürzen zu bewahren.

»Meinst du?« fragte sie, keuchend unter dem Gewicht.

Regine ignorierte das.

»Ich habe eine großartige Idee«, verkündete sie. »Ich ziehe bei dir ein. Meine Möbel werden sich hier wunderbar machen.«

»Aber du hast doch deinen Job in Hamburg.« Mehr fiel Jeannette im ersten Schreck nicht ein. Sie dachte an das rosafarbene Designersofa, das Regine sich von ihrem ersten Gehalt als Art Director gekauft hatte und das sie bislang nur aus Erzählungen kannte. Sie versuchte, es sich auf ihrem Parkett vorzustellen. Wollte sie mit einem pinkfarbenen Ledersofa zusammen leben? Wollte sie überhaupt mit irgend jemandem zusammen leben?

»Pah, hab ich doch schon lange gekündigt. Haben mich abgefunden, diese Schweine.« Regines Erläuterungen wurden unzusammenhängend. »Ich wollte eh zurück in die Heimat.«

»Aber ...«, Jeannette suchte fieberhaft nach Argumenten. Gleichzeitig mußte sie daran denken, daß der eben verbrachte Abend ihr gemütlichster seit langem gewesen war. Mal was anderes als fernsehen und arbeiten. Vielleicht war an Regines Vorschlag ja etwas dran.

»Aber wo doch *er* hier lebt«, brachte sie dennoch ihren Einwand vor.

»Was nichts macht, weil ich ihn ja überwunden habe«, erklärte Regine mit erhobenem Finger. Es rächte sich, daß sie für diese Geste die Hand von Jeannettes Hals gelöst hatte, denn sofort kippte sie um. Zum Glück hatte ihre Freundin sie schon vorsichtig in die Nähe der Matratze manövriert, so daß Regine weich fiel. Da lag sie nun und schnarchte leise.

Jeannette deckte sie liebevoll zu. Dann schaute sie von den roten Locken zu den weißen Wänden, die sie nun seit neun Monaten anstarrte, und zuckte mit den Schultern. Sie würde den Abwasch erledigen und ihren Bericht schreiben. Die übrigen Probleme konnte sie nachher lösen.

Regine lag im einzigen Bett der Wohnung. Jeannette hatte sich daher für eine Wolldecke, drei zusammengeschobene Küchenstühle und einen Stapel Altpapier als Kopfkissen entschieden. Der Morgen begann entsprechend steif. Auch Regine war nicht in Bestform und humpelte blaß in die Küche.

»Was ist das eigentlich für 'n Film, den du da eingelegt hast?« erkundigte sie sich mit geschlossenen Augen, den Dampf aus einer Teetasse anbetend. Sie schluckte und verzog das Gesicht.

»›Medea‹, mit Maria Callas in der Hauptrolle.«

Es dauerte einen Moment, bis Regines Gehirnzellen Nachrichten verarbeiteten. Doch dann riß sie die Augen auf. »Hast du den nicht schon letzten Herbst dauernd gesehen?«

Jeannette antwortete nicht. Sie knisterte nur gelegentlich mit der Müslitüte.

»Du hockst in einer leeren Wohnung und guckst seit neun Monaten jeden Abend denselben Film?«

»Nicht jeden Abend«, widersprach Jeannette und drückte die Flocken in die Milch. »Manchmal auch morgens.«

»Süße, du hast echt 'ne Krise.« Regine schüttelte den Kopf und stöhnte. »Hast du 'ne Aspirin da?«

Jeannette stand auf und kehrte mit einer Tablette zurück, die sie Regine mit vielsagend hochgezogenen Brauen reichte.

»Wer hat hier die Krise?« fragte sie. Doch an der schwer leidenden Regine ging soviel zarte Ironie vollständig vorbei.

Das Telefon läutete.

»Und stopp diesen Lärm!« stöhnte sie.

Jeannette drückte die Stummtaste des Fernsehers und nahm ab.

Es war Martin, der völlig aufgelöst war.

»Eine Katastrophe«, jammerte er los. »Deine Schwester hat sich bei den Kleinen angesteckt. Sie hat die Windpocken, kannst du dir das vorstellen. In ihrem Alter! Ja, habt ihr die denn als Kinder nicht gehabt?« Er schien dieses Versäumnis der Dürer-Schwestern als persönliche Beleidigung aufzufassen.

Jeannette zuckte mit den Schultern. Das war schließlich nicht ihre Schuld.

»Dann mußt du wohl jemand Neuen für die Karte finden«, meinte sie nur ungerührt. Den Hörer kurz mit der Hand abdeckend, flüsterte sie zu Regine hinüber: »Es ist Martin, er hat Karten für Bayreuth.«

»Mein Beileid«, stöhnte Regine und legte den Kopf auf die verschränkten Arme.

»Du hast ja keine Ahnung«, dröhnte es derweil aus dem Apparat, »es ist alles noch viel schlimmer.« Martin schien in der Tat verzweifelt zu sein. Jeannette kaute sorgsam einen Löffel Müsli und verfolgte konzentriert den stummen Streit von Jason und Medea auf der Mattscheibe.

Martin fuhr mit seinen Klagen fort. »Josef war gestern abend bei ihr, um sie zu versorgen, bis der Bereitschaftsarzt kam. Und jetzt ist er auch krank. Voller Pusteln, es ist widerlich. Herrgott, daß ich so was mal über den Menschen sage, den ich liebe.«

»Er hört dich ja nicht«, tröstete ihn Jeannette. Zwischen Jason und Medea kam es mittlerweile zum Showdown. Eine

Weile lauschte sie noch zerstreut Martins farbigen Schilderungen, dann unterbrach sie ihn.

»Hör mal, im Grunde löst das doch all deine Probleme. Bye-bye, Bayreuth. Ist doch prima.«

Ihre Müslischüssel war leer, sie stellte sie auf den Tisch. Mit besorgtem Blick stellte sie fest, daß Regine eingeschlafen war. Hoffentlich fehlte ihr nichts Ernstes.

»Ich?« antwortete sie dann einem Vorschlag ihres Freundes. »Was soll ich mit zwei Karten, Martin? Ich will nicht mal eine.«

Regine grunzte. Jeannette verlor die Geduld.

»Weißt du was, mach es doch einfach kurz und gib die Karten Zametzer. Der wollte doch zwei nehmen. Da kann er sein Frauchen mal richtig ausführen.«

Eine Hand kam neben ihrem Kopf zum Vorschein und nahm Jeannette den Hörer ab.

»Martin?« erklang Regines rauchige Stimme, sexy, aber bestimmt. Zum ersten Mal bekam Jeannette eine Vorstellung davon, wie ihre Freundin in der Agentur mit ihren Untergebenen klargekommen war. »Ja, ich freue mich auch, dich zu hören. Wir nehmen die Karten!«

»Was?« Jeannette war aufgesprungen. Heftig gestikulierend versuchte sie, in das Gespräch einzugreifen.

Doch Regine ließ sich nicht irritieren: »Du übernimmst ihre Schicht? Das ist nett, Martin. Ciao.« Sie legte auf, kurz bevor Jeannette ihr den Hörer wieder entreißen konnte. Für einen Moment starrte sie mit glasigen Augen ins Leere.

Als sie wieder bei sich war, hatte Jeannette die Fäuste in die Hüften gestemmt.

»Also du hast ihn überwunden, ja?«

Regine kratzte sich am Kinn.

»Wird bestimmt ganz nett«, brummelte sie. Dann stürzte sie mit einem Schluck den restlichen Tee hinunter, und es kam endlich Leben in die Frau. »Ich muß meine Möbel herbeordern«, erklärte sie und wuchtete sich hoch. »Und Dirk soll mir die Kleider zusammenpacken. Vor allem die Abendkleider.« Mit klarer werdendem Blick nahm sie an Jeannette Maß. »Wir beide werden Bayreuth erobern.«

Jeannette hob resigniert die Hände gen Himmel: »Sag mir nur, warum ich es sein muß, die darunter leidet.«

5

Zametzer wandte sich ihr mit böser Miene zu. Er trug eine hochgeschlossene, bodenlange Lodenpelerine, und sein Schnurrbart reichte beinahe bis zu seinen Schultern. Schwarze Augenringe ließen ihn düster dreinblicken unter dem wilden Haarschopf, den der Helm mit seinen Hörnern kaum bändigte. Er deutete auf Jeannette, öffnete den Mund und sang: »Nun zäume dein Roß, reisige Maid! Bald entbrennt brünstiger Streit.«

Seine Stimme klang so hoch und schrill, daß Jeannette entsetzt in den Zuschauerraum starrte, wo Blut zwischen den weißen Zuckerbäckersäulen hervorquoll. Es schien heftiger zu fließen, je höher Zametzer seine Koloraturen schraubte. »Hojotoho! Hojotoho!«

Die ersten der runden weißen Lampen barsten und regneten Scherben auf die Sitze. Dort saßen, blaß im Dunkel der Sitzreihen ertrunken, Martin und Adolf Hitler einträchtig beieinander. Sie waren entstellt von Windpocken, krustigen, entzündeten Kratern, dick umschmiert mit einer grell rosafarbenen Salbe. Die beiden trugen Lätzchen dazu und applaudierten dem Sänger mit boshafter, hartnäckiger, ja dämonischer Entschlossenheit. Klappklapp, klappklapp.

Schweißgebadet wachte Jeannette auf. Aus dem Bad war das Prasseln des Duschwassers zu hören.

Jeannette war selbst im Auto noch schweigsam. Sie starrte auf die properen Wälder, den strahlend blauen Himmel und die leere, wie gefegt wirkende Fahrbahn. Ihr war, als führen sie ans Ende der Welt.

»Ich glaube nicht, daß ich hier im Leben schon mal gewesen bin«, murrte sie.

»Erzähl mir nichts«, erklärte Regine, die fröhlich und entschlossen am Lenkrad saß. »Du hast mir selbst gesagt, daß du vor ein paar Jahren mit Josef das Bayreuther Freimaurermuseum besichtigt hast.«

»Das war ganz was anderes«, widersprach Jeannette und verstummte.

Eine Fortsetzung wäre taktlos gewesen. Etwas ganz anderes war die Fahrt damals vor allem, weil sie verliebt gewesen war, herzklopfend verliebt, noch ohne es sich ganz eingestanden zu haben. Jeannette hatte kaum mehr von der Fahrt mitbekommen als Josefs ansprechendes Profil neben sich. Sie hätte weder sagen können, wie sie zu dem Museum gelangt waren, noch, was es dort zu sehen gab. Nicht einmal mehr, wie die Suppe bei dem Chinesen geschmeckt hat, den sie hinterher aufgesucht hatten. Bayreuth hatte für sie aus Josefs Lächeln bestanden, dem aromatischen Duft seiner Pfeife und dem dumpfen Kribbeln eines ungelösten Kriminalfalls. Nichts davon würde dort diesmal auf sie warten.

Sie hob das Buch wieder vors Gesicht, das die letzten Minuten auf ihrem Schoß gelegen hatte, und versenkte sich erneut in die Lektüre.

»Was liest du da?« erkundigte Regine sich und lugte aus den Augenwinkeln auf den Titel. »›Nacht über Bayreuth‹. Glaubst du, das werden wir für die paar Stunden benötigen? Nimm dir lieber das Libretto vor!«

Gehorsam griff Jeannette zu dem Heft, das die Freundin aus der Ablage genommen und ihr mit Schwung vor die Brust geklatscht hatte. Sie schlug es wahllos auf, überflog ein paar Zeilen, räusperte sich und begann laut zu deklamieren:

»Garstig glatter, glitschiger Glimmer! Wie gleit ich aus! Mit Händen und Füßen nicht fasse noch halt ich das schlecke Geschlüpfer!«

Regine verzog das Gesicht.

»Bißchen viel Stabgereime an der Stelle. Versuch was anderes!«

Demonstrativ schlug Jeannette eine weitere Seite auf.

»Glühender Glanz«, rezitierte sie leiernd, »entgleißt dir weihlich im Wag! Heijahei, Heijaheia!«

»Eijeijei.« Regine nahm eine Hand vom Steuer und schüttelte sie vielsagend, als hätte sie sich verbrannt.

»Willst du es etwa wagen, mit Worten schnöde zu witzeln?« fragte Jeannette streng.

»Nie und nimmer«, versicherte Regine. »Mir schien nur, was ich schnöd erlauscht, äh ...«

»... bescheiden«, half Jeannette aus. Sie mußten lachen.

Regine versuchte sie zu trösten: »Wenn sie singen, mit all der Musik, versteht man eh nichts vom Text.«

Das Hinweisschild auf die Autobahnausfahrt kam in Sicht. In Jeannette stiegen letzte Zweifel auf.

»Ehrlich, ich weiß nicht, warum ich mich von dir zu diesen Altnazis schleifen lasse.«

»Nix Altnazis«, meinte Regine munter und kurbelte am Lenkrad. »Da ist heute ein ganz anderes Publikum. Keine Lodenjanker und Mutterkreuze, das wird ganz schick. Hab ich schon erwähnt, daß sie es dieses Jahr von einem Filmregisseur inszenieren lassen? Eine ganz schillernde Figur soll das sein. Hat sogar schon in Hollywood gedreht.« Sie nannte einen Namen, der Jeannette nichts sagte.

»Komm schon«, sagte Regine. »Wir waren doch zusammen in einem seiner Filme.« Sie dachte nach. »In der langen Splatternacht. Da lief seine Adaption des Klassikers ›Ein Zombie hängt am Glockenseil‹ als Musical. Alle liefen in SS-Uniformen rum und sangen Abba. Das war irre ironisch irgendwie.«

»Kann mich nicht erinnern«, erwiderte Jeannette störrisch und sank tiefer in die Polster.

Regine versuchte es anders: »Außerdem gibt's jede Menge schriller Promis zu sehen!« Sie zählte Namen auf, die aktuell durch die Manege des Medienzirkus getrieben wurden. Viele sogenannte Prominente, keine wirklichen Stars.

»Woher hast du das denn?«

»Aus der ›Gala‹.«

»Du liest die ›Gala‹?«

Regine löste eine Hand vom Steuer und fuchtelte vor Jeannettes Nase herum.

»Im Handschuhfach müßte noch eine sein, schau mal nach. Da ist die ganze Prominenz aufgelistet. Ein bunter Mix aus Pop und Politik. Vielleicht sehen wir sogar den Kanzler!«

Jeannette gehorchte. Langsam blätterte sie sich durch die Hochglanzseiten voll lächelnder ihr unbekannter Menschen mittlerer Attraktivität, die über die eigene Bedeutung nicht im Zweifel schienen. Da, den kannte sie auch, der hatte mal Tennis gespielt. Aber wieso hatte er »Alle Tennisbälle vor Liebeskummer naßgeweint«? Sie las sich fest, errötete und klappte das Blättchen zu. »Der Kanzler kommt, wie könnt ich ihn erkennen«, kalauerte sie.

»In Klanz und Kloria«, bestätigte Regine, »den Sieg sich zu erkiesen.«

Lachend fuhren sie in Bayreuth ein.

Jeannette mußte sich gestehen, daß sie es auf den zweiten Blick recht ansprechend fand. Wie in der Wagnerstadt nicht anders zu erwarten, irrten sie zunächst auf einer Ringstraße um die Innenstadt herum. Doch taten sich dabei erfreuliche Blicke auf altes Gemäuer und enge Gäßchen auf.

Als sie endlich den Luitpoldplatz gefunden hatten, an dem nach ihren Auskünften die Touristeninformation lag, erhaschten sie auf ihrem Weg einen vielversprechenden Blick auf kleine Parkterrassen mit rund geschnittenen Bäumchen und barockem Mauerwerk. Es war ein immer noch fränkisch-sachlicher Barock, aber, soweit der erste Eindruck das erkennen ließ, doch etwas weniger streng, als sie ihn aus Erlangen kannten. Die sommerliche Hitze und eine flanierende Menge rundeten den lebensfrohen Eindruck ab. Es herrschte Kurstadt-Atmosphäre. Auch die Preise der Parkuhren waren dementsprechend.

Jeannette wäre gerne den Kaffeehausstühlen zugestrebt, die sich um die Ecke erkennen ließen. Aber Regine zog sie gnadenlos mit sich.

Josef hatte für Martin und sich ein Festspielpaket gebucht, das neben den Karten für die Aufführung der »Walküre« auch eine Übernachtung enthielt. Im Büro der Touristeninformation erfuhren Jeannette und Regine, daß es sich bei dieser Lokalität eher um einen Gasthof als um ein Hotel handelte, der sich auch nicht direkt im Zentrum der Stadt befand.

»Was hat Martin denn gesagt, wo das sein soll?« erkundigte Regine sich zunehmend gereizt, während sie versuchte, den freundlich erteilten Anweisungen der Dame von der Auskunft folgend, durch das belebte Bayreuth zu kurven.

»He, war das nicht gerade die Villa Wahnfried?«

Jeannette drehte den Stadtplan um 180 Grad, was ihr einen alarmierenden Seitenblick eintrug.

»Wir sind jetzt in der Cosima-Wagner-Straße. Links geht's in die Richard-Wagner-Straße, rechts in die Wieland-Wagner-Straße. Ein Glück, daß man sich nicht auch die zweiten Vornamen merken muß.«

Regine lugte noch einmal auf die Beschreibung, die sie bekommen hatte. »Wir müssen irgendwohin, wo nicht alles nach Wagner heißt«, erklärte sie entschieden.

»Dürfte schwer werden.« Jeannette seufzte, während Regine mit quietschenden Reifen wendete, verfolgt vom empörten Hupen einiger Touristenbusse.

Ihre Freundin gab Gas. »Ich hab ein gutes Gefühl bei der Richtung«, erklärte sie.

»Was wohl das Schlimmste war, was uns zustoßen konnte.«

Eine halbe Stunde und einige Vorstädte später fanden sie, was sie gesucht hatten, ein oberbayrisch anmutendes Haus mit schweren Holzbalkonen inmitten sanft gewellter Wiesen. Die Parkbuchten waren mit fränkischen Muschelkalksteinbrocken gerahmt. Derbe Baumstammbänke lehnten sich an die Hauswand.

»Wirkt eher wie eine Wirtschaft«, stellte Jeannette zweifelnd fest. »Steig aus und wandere!« Von Bayreuths belebter Innenstadt trennten sie etliche Felder.

Regine fuhr mit knirschenden Reifen auf den Parkplatz. »Was gar nicht schlecht wäre, ich habe Hunger.«

Drinnen umfing sie deftiger Bierstubendunst. An den blank gescheuerten Holztischen war jetzt um die Mittagszeit Hochbetrieb, die Bedienungen in Tracht eilten mit Armen voll Tellern hin und her, um Schweinsbraten, Knöchla und Klöße auszutragen. Zigarettenqualm wolkte hinauf zu den schmiedeisernen Lämpchen mit den karierten Schirmen. An einer davon baumelte ein verziertes Schild: »Stammtisch der gemütlichen Brüder«.

»Glaubst du echt, wir sind hier richtig bei Wagner?« fragte Jeannette und hielt sich dicht an Regine, die sich bemühte, den Mann hinter der Theke auf sich aufmerksam zu machen.

Der holte die letzten tropfenden Krüge aus dem Spülbecken, wischte sich die nassen Arme mit einem Handtuch ab und reichte ihnen dann die Hand über den Tresen.

»Noch zwa Festspielgäste. Herzlich willkommen!« Er

drehte sich um, um von einem abgeschabten Schlüsselbrett unter einer Reihe Flaschen mit Selbstgebranntem einen Schlüssel zu nehmen.

Na bitte, besagte Regines Miene. Ihre Blicke wanderten über das tellerklirrende, geschäftige Treiben in der Schankstube. An der Rückwand hing ein riesiger alter Bilderrahmen, auf dessen vergilbtem Passepartout alte Fotografien der freiwilligen Feuerwehrleute von Anno achtzehnhundertneunundneunzig angeordnet waren. Gemalte Ranken umblühten die ernsten sepiafarbenen Gesichter. Als der Wirt sich wieder zu ihnen umwandte, lächelten sie verbindlich.

»Irgendwann«, rezitierte Regine, »sitzen wir alle in Bayreuth zusammen und begreifen gar nicht mehr, wie man es anderswo aushalten konnte.« Sie nickte. »Nietzsche hat das gesagt«, fügte sie hinzu, als sie Jeannettes Stirnrunzeln bemerkte.

»Scho recht«, meinte der Wirt gelassen und reichte ihnen ihren Schlüssel. Sein Anhänger war eine große, altersglatte Holzscheibe, in die eine zittrige Neun eingebrannt war.

»Widdä naus in Flur, die Treppn nauf und dann rechts«, sagte ihr Wirt und wandte sich erneut seinen Zapfhähnen zu. »Kommt sofort!« rief er zu einem Ecktisch, wo leere Pilsgläser in die Höhe gehalten wurden.

Regine und Jeannette stolperten hinaus auf den Korridor. Sie fanden die angekündigte Treppe hinter den Toiletten. Eine enge, steile Holzstiege, von deren oberem Ende sie ein ausgestopfter Hirschkopf anstarrte. Der hing, wie sich, als sie oben waren, zeigte, mit einigen Artgenossen entlang des Korridors, immer im Wechsel mit etwas wackelig aussehenden Schirmlämpchen und gerahmten Luftaufnahmen der Stadt aus den sechziger Jahren.

»Ganz entzückend«, sagte Jeannette und warf sich mit einem Stoßseufzer auf das Doppelbett, das ächzend nachgab.

Sie kullerte in eine Mulde. »Genau das, was ich mir unter großer Oper vorgestellt habe.«

Regine ignorierte ihren Kommentar. Sie untersuchte die Beleuchtung am Badezimmerspiegel und grunzte zufrieden. Die nötigen Bedingungen zum Schminken waren gegeben. Den Sperrholzspind, der als Schrank dienen sollte, ignorierend, stemmte sie den Koffer auf ihre Seite des frisch gemachten weißen Bettes und klappte ihn auf. Satin quoll heraus.

Jeannette dachte an die Wirtschaft unten, wo es nach Fünf auf Kraut roch, während Regine Robe um Robe heraushob.

»Ich hab ein bißchen mehr mitgebracht, weil ich mich in der Eile nicht entscheiden konnte. Das hier wäre was für dich, oder das hier.« Sie breitete ihre Prachtstücke auf den Kopfkissen aus. »Dieses hätte perfekt die Farbe deiner Augen. Du kannst so was ja tragen.«

Es handelte sich um einen Schlauch aus violettem Satin mit Spaghettiträgern, über dem ein Netz aus Glitzergarn lag, das mit seinem würfelförmigen Op-Art-Muster den Körper hauteng einhüllte. Die Satinhülle reichte bis knapp unters Knie, das Garn hingegen zipfelte darüber hinaus, an einer Seite bis zu den Knöcheln, an der anderen Seite bis zur halben Wade.

»Es ist unten kaputt«, monierte Jeannette.

»Asymmetrisch nennt man das«, verbesserte Regine sie. »Todschick!« Und sie drückte Jeannette das Kleid vor die Brust. Die Sache war beschlossen. Erneut vertiefte sie sich in den Kleiderberg, um für sich selbst ein Etuikleid aus smaragdfarbenem Samt auszuwählen. »Ich bin dafür zu dick«, kommentierte sie seufzend und strich sich über die Hüften. Sie mußte auf die Zehenspitzen gehen, um sich im Badspiegel zumindest bis zur Taille sehen zu können. »Aber der Ausschnitt entschädigt für manches.«

Jeannette starrte auf das wogende Dekolleté der Freundin und mußte ihr recht geben.

»Ich wußte gar nicht, daß du da Sommersprossen hast«, meinte sie.

»Nicht mehr lange«, erklärte Regine und griff zu Puderdose und Pinsel.

Jeannettes Handy klingelte, als sie sich gerade in ihr Kleid hineingewurstelt hatte.

»Martin?« rief sie überrascht. »Nein, nein, wir sind schon da. Was gibt's?«

Sie lauschte den Erläuterungen ihres Freundes mit wachsender Konzentration. »Auf den Pornofilmen würde ich nicht rumreiten, wenn ihr zum Staatsanwalt geht«, erklärte sie dann. »Nein, nein, hör zu, Martin. Wir haben keinerlei Beweise, daß sie nicht freiwillig mitgemacht hat. Nein ...« Sie verstummte, um ihn ausreden zu lassen. »Das bringt doch alles nichts. Martin, Martin! Hör doch mal zu!« Erregt war sie aufgesprungen, um in dem engen Zimmer auf und ab zu gehen. Regine im Bad summte vor sich hin.

»Etwas anderes wäre es, ihn wegen des Handels dranzukriegen. Einige der Sachen, die wir auf Video gesehen haben, sind für eine Anzeige gut. Du mußt seine Kunden finden, verstehst du?« Wieder lauschte sie.

»Was weiß ich, wo du die Adressen herkriegst. Sprich mit seinen Kollegen, den Nachbarn! Da war so ein rotes Büchlein an seinem Telefon, vielleicht bringt das dich weiter.« Sie tigerte immer rascher hin und her. »Wieso das nicht bei den Beweisstücken ist? Woher soll ich das wissen? Ist das jetzt dein Fall oder meiner? Du hast Dienst, ich gehe in die Oper.« Entnervt drückte sie den Aus-Knopf.

»Genau«, meinte Regine und kam aus dem Bad. »Und jetzt setz dich hin!«

Jeannette gehorchte, doch mit den Gedanken war sie nicht bei der Sache.

»Hoffentlich verzockt Martin nichts, wenn er mit dem

Staatsanwalt spricht«, murmelte sie, während Regine sich an ihr zu schaffen machte. »Ich hätte den Fall nie und nimmer mittendrin abgeben dürfen.«

»Er macht das schon«, meinte Regine ohne großes Engagement. Ihre ganze Konzentration galt Jeannettes Wimpern. »Und jetzt der Mund.«

»Waff, whn eh möhhm hhm?« gab Jeannette mit zusammengepreßten Lippen zu bedenken. Regine ignorierte den Einwand.

»Fertig«, verkündete sie nach einer Weile. Jeannette schnellte auf wie eine Feder, um ihre Wanderung wiederaufzunehmen. Sie hielt Regine einen Vortrag über die Tücken des Falles Pfeuffer, ohne ihrem Make-up auch nur einen Blick zu gönnen. Eine Sache nach der anderen fiel ihr ein, die noch erledigt werden mußte und auf der To-do-Liste fehlte, die sie Martin hinterlassen hatte.

»Schätzchen, er ist doch schon groß«, wandte Regine ein, aber ohne Erfolg.

Jeannette griff noch einmal zum Handy. Dabei fiel ihr Blick zufällig in den Badezimmerspiegel. Sie erschrak: »Ich bin in einen Farbkasten gefallen.«

»Das sieht in der künstlichen Beleuchtung im Festspielhaus ganz anders aus«, wiegelte Regine ab, die sich gerade in ein Paar goldfarbene Stilettos zwängte. »Daß man auch an den Füßen zunehmen kann«, keuchte sie dabei.

»Künstliche Beleuchtung.« Jeannette schaute zweifelnd aus dem Fenster. Es war heller, sonnendurchfluteter Nachmittag, und der Himmel über den Wiesen leuchtete unschuldig weißblau.

»Da, zieh lieber die hier an.« Regine warf ihr ein paar filigrane, spitzwinklige Objekte zu.

»Das sind Schuhe?«

Sie kamen unter Mühen die Treppe hinunter. Auf dem gefliesten Flur gab es einen kleinen Aufenthalt, weil Jeannette sich strikt weigerte, in ihrem derzeitigen Aufzug die Wirtsstube zu betreten, um den Schlüssel zurückzugeben und ein Taxi zu bestellen. Seufzend übernahm Regine diesen Gang. Die wartende Jeannette stellte derweil mit einer gewissen Beruhigung fest, daß sie tatsächlich nicht die einzigen Gäste waren, die vorhatten, die Festspiele zu besuchen. Ein älteres Ehepaar schritt gravitätisch die Stufen herunter, er im dunklen Abendanzug, sie in einem grauen Kostüm, das steif war von Pailletten, und mit einem silbernen Abendtäschchen. Gemessen senkte sie kurz den Kopf mit dem eisgrauen Dutt, als sie an Jeannette vorbeiging, zwei Fremde mit gleicher Mission. Jeannette erwiderte das Nicken und kam sich halb wie die Angehörige eines Geheimordens vor und halb wie eine Schwindlerin. Eine junge Frau im roten Blumenkleid schlüpfte schüchtern vorbei. Dann war Regine wieder da.

»Das Taxi kommt in zwanzig Minuten«, verkündete sie.

Jeannette hoffte, es würde sie wohlverborgen durch das profane Treiben der Geschäftsstraßen bringen bis an den Fuß jenes Tempelberges, den sie dann gemeinsam mit den gleichgekleideten Gläubigen hinaufwallen durfte. Ihre Robe paßte weder zu der Wirtschaft, deren Gerüche sie bis vor die Tür verfolgten, noch zu dem unschuldigen Sonnenschein des Nachmittags oder den Einkaufstüten der Passanten.

»Ich komme mir vor wie ein Priester im Ornat, der sich im Feiertag vertan hat«, meinte sie, als sie einstiegen.

Regine konnte ihr durchs Wagenfenster hier und da andere Menschen zeigen, die offenbar dasselbe Ziel hatten. Schleppen, Abendtäschchen und Seidenkrawatten, die sich zwanglos unter die Menge in ihren Shorts und Sommerkleidern mischten.

»Die Prozession formiert sich«, murmelte Regine.

Hinter dem Bahnhof über den Gleisen thronend, kam schließlich das Festspielhaus in Sicht. Sie kamen nicht so nah heran, wie Jeannette es sich gewünscht hatte, denn das Gedränge am Fuß des Hügels war unmenschlich. Taxis, Busse und Limousinen reihten sich, um ihre Fracht abzuladen. Regine und Jeannette entschlossen sich nach einigen Minuten im Stau, den Weg hinauf durch den Park trotz der Nachmittagshitze und ihres unzureichenden Schuhwerks zu Fuß in Angriff zu nehmen. Sie waren nicht allein auf ihrem Gang.

»Du hast mich belogen.« Jeannettes Stimme klang so vorwurfsvoll wie die eines Kindes. Sie wies auf die bergan strebende Menge unter den alten Bäumen, die, obwohl dem Gral nun schon näher gerückt, noch immer deutlich unhomogen war und bunt gewürfelt. Über den Weg wallten neben Abendroben und Fräcken, Alpträumen in Spitze und Träumen von Versace auch genügend Zeitgenossen in Blümchenkleidern und selbstgehäkelten Stolen, in schlichten Tageskostümen, in Jeans und T-Shirts und in anderen Alltagsaufzügen, zu denen enttäuschte Mütter seufzend zu sagen pflegen: »Na, wenigstens sauber sind sie.«

»In der Nürnberger Oper geht's auch nicht anders zu«, maulte Jeannette, bis Regine auf ein Punkmädchen mit kobaltblauer Hochfrisur und einem Lederoutfit wies, das an den gewagtesten Stellen durchlöchert war.

Befremdlicher allerdings fand Jeannette die zahlreichen Herren, die als Pendant zu den glitzernden Handtäschchen ihrer Damen diverse Sofakissen unter ihre befrackten Arme geklemmt hatten und einem dabei einen guten Eindruck von der Ausstattung ihrer heimischen Wohnzimmer gaben. Neben neutral gemusterten Sitzkissen wölbte sich da manch Geblümtes, Gerüschtes und Besticktes. Vielleicht, mutmaßte Jeannette, wollten sie sich damit in den langen Pausen auf dem Rasen plazieren?

Oben angekommen, starrte sie auf die sagenumwobene Fassade.

»Das ist das Festspielhaus? Da sieht der Bahnhof ja hübscher aus.«

»Aber der ist kleiner«, entgegnete Regine prompt. »Hier passen fast zweitausend Leute rein. Stellvertretend für das deutsche Volk.«

»Lassen wir sie rein«, schlug Jeannette vor und wies auf ein Studentenpärchen, das hoffnungsvoll ein Schild gegen das Menschenmeer emporhielt: »Suchen Karten«.

Aber Regine schüttelte verbissen den Kopf.

»Wo sind denn die Promis?« fragte sie statt dessen und schaute sich angelegentlich um. Sie wirkte enttäuscht. Auch Jeannette konnte in dem Gewühl kein ihr irgendwie bekanntes Gesicht ausmachen. Es dominierte der Eindruck von Masse. Dennoch zuckten Blitzlichter. Fernsehkameras wurden herumgewuchtet und zoomten auf Damen, die vorgebeugt und mit spitzen Fingern ihre Bratwurstsemmeln hielten, um ihre Roben nicht zu beschmutzen. Regine zog Jeannette so dicht wie möglich heran an dieses Geschehen und sorgte dafür, daß sie beide direkt vor der Linse eines ZDF-Übertragungsteams zu stehen kamen.

»Hoffentlich guckt er Fernsehen«, murmelte sie grimmig, während sie lächelnd Richtung Kamera starrte.

Jeannette, die noch immer mit der Erkenntnis haderte, daß sie ebenso gut in ihrer geliebten Lederhose hätte kommen können, tat ihr nicht den Gefallen zu fragen, wen sie meinte. Sie schaute sich um. Stände mit Büchern, Postkarten und Andenkenkitsch säumten die linke Terrasse mit dem Kiosk. Sie hätte Wagner als Tasse, als Zinnteller, als Büste, als Mousepad oder Gästehandtuch erwerben können. Oder als Toilettensitz, Tischdecke und Anhänger für den Rückspiegel. Als Pralinenschachtel und T-Shirt sowieso.

Am faszinierendsten aber fand sie einen Imbißstand, dessen Semmeln belegt waren mit Wursträdchen, deren eingebettetes Schinkenteil in der Mitte eindeutig das unverwechselbare Profil Cosima Wagners zeigte. Der Respekt vor dem Metzgermeister nötigte Jeannette beinahe, eines der Sandwiches zu erwerben.

»Es geht los«, meinte Regine mit einem Blick auf die sich in Bewegung setzende Menge und zog sie weg. »Wir gehen lieber nachher was essen.«

»In vier Stunden?« fragte Jeannette zurück.

»Sechs mit den Pausen«, gab Regine zurück.

»Meine Füße tun weh.«

»Warte, bis du erst die Sitze gesehen hast.«

Jeannette verstand sofort, als sie sich niederließ. Es würden harte vier Stunden werden. Neidisch blickte sie auf die versierteren Besucher, die sich ihre Kissen mitgebracht hatten.

»Wo sind denn die Musiker?« erkundigte sie sich.

»Der Orchestergraben ist hier komplett verborgen«, klärte Regine sie auf. »Man sagt, weil es darin so heiß ist, spielten die Jungs fast nackt.« Sie seufzte verzückt.

Das blaue Fräulein, das sie an ihren Platz geleitet hatte, zog sich mit ungerührter Miene zurück.

»Sind alles Bayreutherinnen«, erklärte Regine fröhlich, »aus Familien, die irgendwas mit den Wagners zu tun hatten.«

»Vermutlich solche, die ihre Töchter bis in die dritte Generation eisern Wellgunde nennen«, meinte Jeannette und rutschte unwohl auf ihrem harten Klappsitz hin und her. Ihr waren diese vormodernen genetischen Verschlingungen rund um das Festspielhaus nachgerade unheimlich. Nur sie beide und der Regisseur schienen garantiert nicht mit den anderen verwandt zu sein, dachte sie, als sie sein Kurzportrait im Programmheft las.

»Jetzt fällt es mir wieder ein«, flüsterte sie Regine zu, als schon der Vorhang aufging. »Er hat doch auch diesen Film über den Astronauten gedreht, der zu Gott fliegen wollte und eine multiple Persönlichkeit besaß. Ich werde nie das Schlußbild vergessen, wie er nackt ins All treibt. Diese Blutstropfen, die hinter ihm her schweben und dann in Zeitlupe an seiner Stirn zerplatzen.«

»Pst«, erscholl es von hinten. Die Musik setzte ein. Es wurde still im Zuschauerraum. Doch die aufmerksamsten Augen verfolgten das Geschehen hinter der Bühne.

6

Jeannette erging es wie immer in musikalischen Darbietungen. Die ersten Minuten versuchte sie noch anzuerkennen, daß sie es mit einem Zeichensystem zu tun hatte, das Regeln und Muster aufwies, die es zu erkennen und eventuell sogar zu genießen galt, und sie bemühte sich angestrengt, hinzuhören. Doch nach spätestens fünf Minuten begannen ihre Gedanken, durch die Geräuschkulisse aufs angenehmste eingelullt, zu wandern und zu mäandern.

Noch während des Orchestervorspiels diktierte Jeannette einen vorläufigen Bericht an Paumgartner. Dann, während auf der Bühne das Unwetter niederging, das Siegmund in Hundings Hütte treibt, ventilierte sie die offenen Fragen des Falles Pfeuffer und hielt vor dem Ehemann eine äußerst befriedigende Brandrede gegen Frauenkauf, die sie sich im Verhörraum nie hätte erlauben können. Schließlich – Sieglinde findet Siegmund an der Feuerstelle und bittet ihn zu Tisch, wo er seine Geschichte erzählt – wanderten ihre Gedanken auf assoziativen Pfaden hinüber zum Wohlbefinden ihrer eigenen Familie und zu den von Martin erwähnten Feinheiten des »Incredible Hulk«. Sie nahm sich vor, ihren Neffen Jonas mal wieder ins Kino einzuladen, es war lange her, daß sie etwas gemeinsam unternommen hatten. Der letzte Ausflug mit ihm und seiner Freundin allerdings ... Jeannette mußte lächeln. Das Wälsungenblut blühte, die Zeit verging wie im Flug, und hätte sie nicht so unbequem gesessen, der Abend hätte nicht zu den schlechtesten gezählt.

Im Strom der anderen stolperten sie dann zerstreut für die

einstündige Pause nach draußen. Es war noch immer hell und sonnig.

»Und«, fragte Regine, »wie fandest du es so bisher?«

»Hm?« Jeannette versuchte, möglichst indifferent zu bleiben. Sie hatte nicht viel mehr als die ersten zehn Minuten mitbekommen.

»Also, toll fand ich die Deutung von Hundings Heim als bürgerlicher Zwangsveranstaltung«, ging Regine in Vorlage.

»Ich fand, es sah aus wie bei ›Edward mit den Scherenhänden‹«, meinte Jeannette abwesend.

»Eben«, gab Regine verzückt zurück. »Und wie sie sich zum Inzest mit Gedärmen aneinandergewickelt haben. Quasi die Nabelschnur, durch die sie als Geschwister miteinander verbunden sind. Das wird noch blutig.«

Jeannette dachte an den Astronauten und wollte gerade fragen, was sie denn jetzt anfangen sollten, als sie von einer Blondine mit gelackten Haaren und Diamantcollier angesprochen wurde:

»Sind Sie nicht die mit der Talkshow am Nachmittag?« fragte diese angeregt.

Jeannette schüttelte den Kopf und verneinte verlegen. Aber Regine kniff die Augen zusammen und beobachtete erst ihre Freundin, dann die Umgebung mit neu erwachtem Interesse. Die meisten der Besucher schienen sich vor der Restauration angestellt zu haben, in der Hoffnung auf einen Sitzplatz im Schatten, die anderen zerstreuten sich zwischen den Bäumen, um ihre Picknickkörbe auszupacken. Wo sie die wohl die ganze Zeit über verstaut hatten?

»Da hinten gibt's ein Klo, wo weniger los ist«, rief eine festspielerfahrene Mutter ihrer Tochter zu und winkte mit ihrer Stola. Auch auf den Parkplätzen wurde eifrig rangiert.

»Wo fahren all die Limousinen hin?« fragte Regine nachdenklich.

Ein weiteres Paar, das den abfahrenden Wagen entgegenstrebte, kam vorbei. Er trug Loden mit Hornknöpfen, sie viel Sonnenstudiobräune. »Sind Sie nicht …« setzte die stark geschminkte Frau an und zupfte die nicht vorhandenen Träger ihres Abendkleides zurecht. Die Straßsteinchen in ihren Augenwinkeln funkelten.

Jeannette hatte bereits Luft geholt, um eine barsche Antwort zu geben, doch zu ihrer Überraschung packte Regine sie rasch am Ellbogen und antwortete an ihrer Stelle, in demselben überschwenglichen Sopran, mit dem sie angesprochen worden waren: »Aber natürlich. Sie ist es.«

»Mein Mann war schon bei ›Vera am Mittag‹«, erklärte die Dame entzückt, »als Experte für Brustvergrößerungen.« Sie selbst war zweifellos als Anschauungsobjekt dabeigewesen. »Ach, ich freue mich. Kommen Sie doch mit uns! Ich liebe ihre Sendung.«

Ehe Jeannette protestieren konnte, wurde sie über den Parkplatz geschoben, glitt in den Fond einer der Limousinen und rollte lautlos bergab, fort vom Festspielhügel und seinem regen Treiben.

Der Chirurg schwieg, allerdings nicht unzufrieden, während seine Frau Jeannette und Regine pausenlos mit Fragen zum Fernsehalltag bombardierte. Zum Glück hatte Regine im letzten Jahr an der Produktion einer Doku-Soap für RTL II mitgewirkt und konnte gelassen die Expertin geben.

»Das muß doch aufregend gewesen sein, als Sie letztens diesen Ex-Boygroup-Star zu Gast hatten. Nicht Schnuckel?« wandte ihre Gastgeberin sich an ihren Mann und tätschelte enthusiastisch seine nikotinfleckige Hand. Der Schönheitschirurg lächelte. Sie warf einen Blick aus dem Fenster und flötete. »Und schon sind wir da.«

Der Wagen hielt zusammen mit anderen vor einem Hotel, in das die angeregt plaudernden Grüppchen strömten.

Jeannette starrte mißtrauisch an der häßlichen Fassade empor, über deren Eingang ausgebleichte Landesfähnchen flatterten. Regine wies sie mit vielsagender Miene auf die Bronzetafeln von Rotary und Lions Club hin. Drinnen schmückten die gerahmten Autogrammkarten zahlloser Prominenter die Wände.

In einem Nebenraum wartete bereits ein üppiges Buffet. Diskrete Kellnerinnen in weißen Schürzen gingen mit Tabletts voller Sektflöten herum. Jeannette fand sich zu ihrer Überraschung allein. Die Chirurgengattin war auf der Jagd nach anderen Prominenten verschwunden. Jeannette schaute sich nach Regine um und entdeckte sie in einem lebhaften Kreis. Sie winkte der Freundin, die eine Visitenkarte entgegennahm und dann mit Sekt und Häppchen auf sie zusteuerte.

»Ist das nicht phantastisch?« fragte Regine. »Ich habe eben einem Plattenproduzenten die Hand geschüttelt, der seine neu gecastete Girlgroup in deiner Sendung auftreten lassen möchte.«

Jeannette schüttelte den Kopf. Die Sache war ihr unheimlich.

»Laß uns von hier verschwinden«, drängte sie.

Aber Regine hatte nicht die geringste Lust dazu.

»Hierher passen unsere Roben doch viel besser«, befand sie.

»Aber wenn jemand was merkt?« wandte Jeannette ein. »Ich kann es nicht fassen, daß die mich mit dieser hirnlosen Moderatorin verwechseln.«

»Stimmt«, gab Regine zu. »Du siehst viel hübscher aus.« Sie ignorierte Jeannettes verdrehte Augen und stieß sie freundschaftlich in die Rippen. »He, entspann dich! Alles wird gut.« Dann stellte sie sich auf Zehenspitzen. »Sag mal, ist das dahinten nicht dieser Spielshow-Moderator?« Schon war sie verschwunden.

Ein alter Mann mit wabbelnden Wangen schlurfte zum Buffet, begleitet von einer jungen Blondine, die mißmutig auf High Heels hinter ihm herstöckelte und an einem Satin-Minirock zupfte, dessen Kürze einem den Atem verschlug. Jeannette starrte sie an. Sie war das wandelnde Klischee. Doch als sich zufällig ihre Blicke trafen, warf ihr die Blonde über ihrem Silikon-Schmollmund einen so überraschend klugen, offenen Blick zu, daß Jeannette sie impulsiv ansprach.

»Was«, fragte sie und umfaßte mit einer Geste den summenden Saal, »machen all diese Leute eigentlich hier?«

Die Blonde rümpfte ihr operiertes Näschen.

»Das sind Wagner-Flüchtlinge«, erklärte sie. Sie sah die Verwirrung in Jeannettes Miene. »Dabeisein ist alles, kennen Sie das nicht?« Sie grinste verächtlich. »War mal ein ehrenwerter olympischer Grundsatz.« Sie wies mit dem Kinn auf die Feiernden. »Man läßt sich gerne von den Fernsehkameras einfangen, hat aber keine Lust, hinterher die ganze Oper durchzustehen. Soweit ich weiß, machen die das schon seit Jahren.«

»Zumindest das kann ich verstehen«, seufzte Jeannette. »Ich bin selbst nicht gerade ein Wagner-Fan, ehrlich gesagt«, fügte sie hinzu.

Die Blonde musterte sie überraschend kühl. Ihre Stimme klang spröde, als sie fortfuhr: »Er hat im ›Tristan‹ ein bis heute in seinen Dimensionen noch nicht annähernd erkanntes Meisterwerk der Orchesterkunst geschaffen. Ich frage mich echt, wieso ich seit Wochen diesen alten Sack vögle, wenn ich jetzt nicht mal den kompletten Ring zu sehen kriege.« Sprach's und wankte auf hohen Absätzen davon. Jeannette erkannte, daß sie ihr Bild des typischen Wagner-Anhängers revidieren mußte.

»Sind Sie nicht ...«, erklang es vertraut neben ihr.

Jeannette wandte sich erschrocken um und stand vor einer Frau, deren Gesicht sie schon einmal in der Zeitung gesehen hatte. Sie war Kolumnistin eines Blattes, von dem Jeannette nur unter Folter zugeben würde, daß sie es las.

»Ja, äh, klar«, quetschte sie angestrengt hervor und zeigte ihre Zähne in einem künstlichen Lächeln.

Jetzt kam sie auch noch in die Zeitung. Doch erleichtert stellte sie fest, daß sie hier offenbar zu den kleinen Fischen zählte. Das öffentliche Interesse an ihrer Doppelgängerin war nicht so intensiv wie befürchtet. Nachdem die Journalistin Jeannette ein paar notierenswerte Worte zum abendlichen Event abgerungen hatte, stürzte sie sich mit Verve in das, was offenbar ihr Lebenselixier war, den Klatsch.

»Sind sie nicht süß?« fragte sie und wies auf eine Gruppe Mädchen in angestrengt schrillen Kostümen, die sich aneinander festhielten. »Sie sollen den Popmarkt erobern und sind noch ganz, wie Mutti sie gemacht hat. So frisch und unverbraucht. Sie müssen bald zu ihrem Flieger. Heute abend spielen sie noch in einem Club in Hamburg.«

»Ja, soweit ich weiß, habe ich sie in einer meiner nächsten Sendungen«, sagte Jeannette höflich.

Dann hechelte ihre Gesprächspartnerin die Anwesenden der Reihe nach durch. Bankiers und Plattenproduzenten, Programmchefs und Drogeriekettenbesitzer, Oppositionsführer und Düngemittelproduzenten, sie kannte sie alle.

»Der da ist der Interessanteste«, meinte sie schließlich und wies auf einen gutaussehenden jungen Mann, der sich nervös an seinem ledernen Aktenkoffer festhielt.

Er hatte lockiges schwarzes Haar und glatte braune Haut, die seine leuchtend blauen Augen hervorragend zur Geltung brachte. Alles an der sportlichen Gestalt im hellgrauen Armani-Anzug atmete Gesundheit, Geld und Erfolg. Die Gesellschaftskolumnistin hob dennoch vielsagend die Augenbrauen.

»Was ist denn an dem so interessant?« fragte Jeannette und

leerte ihr Glas bis auf den Grund. Der Mann, bei aller Schönheit, gefiel ihr nicht. »Nicht nur sauber, sondern rein«, fiel ihr ein, wenn sie ihn betrachtete. Er spiegelte und glänzte ebenso unecht und unbewohnbar wie die mit dem so beworbenen Putzmittel gereinigten Böden. Uninteressiert beobachtete sie, wie er sich mit einer Bewegung von dem Tischrand löste, an dem er gelehnt hatte, um auf zwei Männer zuzugehen.

Die Kolumnistin bedachte sie mit einem verschwörerischen Lächeln.

»Nun, er ist der Ehemann der Diva, Eva Föringson, die gleich die Brünnhilde geben wird.« Ihr Blick verfolgte ihn mit gräßlichem Appetit. »Es wundert mich, daß er so kurz vor dem Auftritt nicht an ihrer Seite ist.« Sie nickte vielsagend zu Jeannette hinüber. »Er ist immer an ihrer Seite, zu seinem eigenen Besten. Denn er ist zwar nur halb so alt wie sie, aber auch nur halb so begabt. Und er hat nicht ein Hundertstel von ihrem Vermögen, wenn Sie verstehen, was ich meine.«

Noch immer starrte sie hungrig auf die Szene gegenüber. Der Gatte von Eva Föringson – Jeannette war nicht so naiv, anzunehmen, daß er Herr Föringson hieß – verhandelte eben mit den beiden Neuankömmlingen, zwei Hünen von Männern, wahre Riesen. Seine Leibwächter vielleicht, überlegte Jeannette. Sie hatte solche Gestalten schon vor exklusiven Clubs herumstehen und Leute vom Besuch abhalten sehen. Sie hatten grobe Gesichter und trugen Anzüge, in denen der aktuelle Gouverneur von Kalifornien sich verloren hätte, die in Schnitt und Material dem Anlaß aber nicht ganz gerecht wurden. Alle drei starrten auf den Inhalt des nun geöffneten Koffers, der vor Jeannette und ihrer Gefährtin durch den aufgeklappten Deckel verborgen blieb. Als er sich wieder schloß, wurde am anderen Ende des Raumes eine blonde Göttin in einem atemberaubend dekolletierten roten Kleid sichtbar, die mit geschürzten, ebenso scharlachroten Lippen an ihrem

Sektglas saugte und gelangweilt ihre aufgesteckten Locken schüttelte. Eva Föringsons Mann, sichtlich lockerer, nachdem der Koffer übergeben war, schien sie ebenfalls entdeckt zu haben, denn er zupfte am Revers seines Rohseidejacketts, versorgte sich mit frischem Sekt und schlenderte zu ihr hinüber.

»An den Scheidungsgerüchten scheint doch was dran zu sein«, murmelte die Kolumnistin. »Sie entschuldigen mich, ich habe zu arbeiten.« Damit verließ sie Jeannette und pirschte sich an das schöne Paar heran.

»Ach, da bist du«, sagte Regine, die von hinten herangetreten war. Ihre Abendtasche quoll über von Visitenkarten, die hineinzustopfen sie sich mühte.

Jeannette half ihr dabei. »Ich war die ganze Zeit hier«, erklärte sie ein wenig streng.

Regine war nicht in der Stimmung für Zwischentöne. Sie hatte reichlich vom Sekt genossen und offenbar einige gesellschaftliche Erfolge gefeiert.

»Ich glaube«, erklärte sie, »ich mache eine Casting-Agentur auf. Schade, daß du nicht tatsächlich eine Fernsehshow hast. Wir könnten reich werden.«

»Und«, fragte Jeannette geduldig, »gehen wir wieder zur Oper zurück?«

Unentschlossen schaute Regine sich um. Das hier war der bei weitem aufregendere Event. Ihr Blick blieb an einer in dieser Umgebung grotesken Erscheinung hängen. Sie stieß Jeannette mit dem Ellbogen an und machte sie auf die Frau aufmerksam.

Ihr Gesicht war von Schminke entstellt, deren Wirkung auf eine größere Distanz berechnet war, als sich in einem solchen Saal herstellen ließ. Riesige Balken betonten die Augen, leuchtendes Marzipanrosa schattierte die Wangen, und der Lippenstift trat über jede natürliche Begrenzung des Mundes hinaus. Er war zudem verschmiert durch den Genuß einiger Gläser

Sekt, wie sich an den unsicheren Bewegungen der Frau offenbarte. Obwohl Jeannette nicht wußte, wie anders als unsicher man sich in diesem Aufzug bewegen sollte. Die Frau war in eine Art Sado-Maso-Kostüm aus hauteng sitzendem Latex gehüllt, das an »The Matrix« erinnert hätte, wäre nicht ein Bärenfell mit hineinverarbeitet worden. Es bedeckte in Streifen die Schultern, gab aber ein Dekolleté frei, das eine schier unermeßliche Büste nur mittels zweier runder Bronzeplatten knapp bändigte. Auf ihrem Kopf saß eine Perücke mit üppigen Roßhaarzöpfen, darauf ein Wikingerhelm mit Schwanenflügeln.

»Glaubst du, der Busen ist echt, oder hat den unser neuer Freund entworfen?« fragte Regine andächtig flüsternd.

»Sie sieht nicht aus, als ob sie glücklich damit wäre«, gab Jeannette ebenso leise zurück. »Vielleicht ist sie hier wegen einer Reklamation.«

»Du, ich glaube, das ist Gummi«, meinte Regine verdutzt, »gar nicht echt.« Sie griff nach ihrem zentnerschweren Programmheft und blätterte durch die Seiten. »Da«, sagte sie und wies auf eine Abbildung im hinteren Teil, »Vera Gontscharowa, die zweite Besetzung. Im vollen Ornat der Walküre. Armes Ding, darf die denn überhaupt hier sein?«

»Möchten Sie vielleicht ein Lachs-Oliven-Röllchen?« fragte eine eifrige Bedienung, die ein gefülltes Tablett durch die Menge stemmte.

Regine wollte, und die Gontscharowa verschwand aus ihren Augen. Sie fraßen sich noch eine halbe Stunde durch diverse Platten, entdeckten zu ihrer Freude, daß es am hinteren Ende des Buffets auch Süßspeisen gab, und wurden erst wieder aufmerksam, als neben ihnen ein Handy klingelte. Regine fuhr herum, einen Löffel mit Zabaione in der Hand, und hätte den Inhalt beinahe der Walküre auf ihre Gummibrüste geklackst. Sie verpaßte knapp die hervorstehendsten Merkmale, wischte der Frau aber unbeabsichtigt über die Wange.

Als wollte sie belegen, daß nichts an ihr aus Fleisch und Blut war, verlor die traurige Gestalt dabei ihren falschen Leberfleck. Mitleidig zückte Regine ihr Taschentuch und hob ihn aus der benachbarten Mousse au chocolat. Die gebeutelte Sängerin starrte sie mit aufgerissenen Augen an und nahm ihn mechanisch entgegen. Ohne hinzusehen, klebte sie ihn an die alte Stelle.

»Danke«, brachte sie schließlich mit deutlich osteuropäischem Akzent hervor. Ihr Handy klingelte erneut. Hastig nestelte sie es hervor.

»Ja«, keuchte sie hinein und lauschte der elektronischen Stimme. »Ja, ich varstähe. Ich kommä.« Die Gontscharowa schaute sich hastig um, streifte noch einmal mit einem ängstlichen Blick Jeannette und Regine, griff nach ihrem Speer und eilte wie auf Flügeln zum Ausgang.

Sie hörten aus der Halle ihre heiseren Rufe nach einem Taxi.

»Na, aber Hojotoho«, murmelte Regine und schaute ihr nach.

Im Ballsaal wurde es unruhig. Der überstürzte Abgang der Gontscharowa, die von einigen als Witzfigur und Verliererin belächelt oder auch bedauert worden war, hatte doch einiges Aufsehen erregt. Mehrere Handys klingelten, und die Menge begann vor Spekulationen zu summen. Eine Spannung baute sich auf, die sich plötzlich in einem Ruf entlud: Zum Festspielhaus!

Die Kolumnistin war wieder da und hakte sich bei Jeannette unter. »Kommen Sie«, zwitscherte sie. »Der Föringson soll etwas zugestoßen sein, und die zweite Besetzung wird singen. Mein Instinkt sagt mir, daß es einen Skandal geben wird. Das müssen wir uns ansehen.« Eine angeregte Menge strömte aus dem Saal.

7

»Gott, wie aufregend«, hatte die Journalistin sich noch im Wagen gefreut und dem Festspielhügel mit ganz neuen Erwartungen entgegengesehen.

Die Bläsergruppe stand schon auf dem steinernen Balkon, als sie eintrafen, und rief die Massen mit Motiven aus der »Walküre« aus dem Sonnenlicht in den Saal zurück. Voller Anspannung folgten sie dem Signal.

Doch es geschah nur, was Jeannette bereits auf der Rückfahrt geargwöhnt hatte: Was immer hinter der Bühne vor sich gegangen sein mochte – und auch Jeannette verspürte so ein gewisses Kribbeln, das ihr sagte, dort war etwas Ungewöhnliches geschehen –, auf der Bühne fand nichts anderes statt als der zweite Aufzug einer Oper. Dort wurde gesungen wie eh und je. Und nur die Musikkenner gewahrten, daß mit der Darbietung der Gontscharowa eine musikalische Sensation sich anbahnte. Die jahrelang kaum bekannte Sängerin, die es nie zu größeren Engagements gebracht hatte, gab die Brünnhilde mit einem Feuer und einer Finesse, daß es die Musikwelt verblüffte.

Die Stifte der Kritiker flogen übers Papier, und die Eingeweihten begannen, sich auf ihren Stühlen nach vorn zu beugen. Selbst Jeannette, die die ferne, kleine Gestalt, die aus der Nähe so traurig ausgesehen hatte, nun mit dem Opernglas einfing, um sie erneut zu betrachten, staunte, wie die angeschlagene Frau nun, da sie auf der Bühne stand, eine solche Energie zu verströmen imstande war. Ihr Make-up war nun nichts anderes als eine Maske der Leidenschaft, und ihre Stimme brillierte mit einer Klarheit, die sogar Opernmuffeln wie Jeannette auffiel. Es muß, dachte Jeannette mit einem Achselzucken, das Geheimnis der Bretter sein, die die Welt bedeuten. Oder es lag am Champagner.

Sie selber dachte voller Sehnsucht an das blaue Schimmern der Lichter auf den Einsatzwagen, auf die sie während ihrer hastigen Rückfahrt nur einen kurzen Blick hatte erhaschen können. Der Durchgang zur Probebühne war völlig mit Polizeifahrzeugen zugeparkt gewesen; hinter dem Festspielhaus war zweifellos die Hölle los. Aber niemand konnte Genaueres sagen. Ein Raubmord, war im Foyer geflüstert worden, wo die blauen Fräulein mit deutlich blasseren Mienen herumgestanden, aber sich standhaft geweigert hatten, irgendwelche Auskünfte zu geben. Ein Raubmord soll es gewesen sein. Die Sängerin tot und die Juwelen verschwunden.

»Woher wollen die Leute das denn schon wissen«, hatte Jeannette abwiegelnd zu all den Gerüchten gemeint. »Die Polizei hat sich bestimmt noch nicht dazu geäußert.«

Jeannette knetete das Programmheft, bis Regine es ihr abnahm. Ihre Bayreuther Kollegen waren jetzt irgendwo dort hinten zugange. Und sie wünschte glühend, sie könnte dabeisein.

»In eigener Fessel fing ich mich, ich Unfreiester von allen«, sang Wotan Jeannette aus der Seele. Sie verfluchte die strikte Anordnung der Sitzreihen, ohne Wölbung, ohne Seitenlogen, die einen zwang, stur geradeaus auf die Bühne zu starren. Der Meister hatte offenbar gewünscht, daß man sich durch nichts vom Genuß seiner Werke ablenken ließ. Jeannette allerdings hätte den Blick gern ein wenig übers Publikum schweifen lassen, um Eindrücke zu sammeln und ihre Schlüsse zu ziehen. Aber so eng, wie sie alle saßen, hätte es schon eine Belästigung des Nachbarn bedeutet, auch nur den Kopf zu drehen.

In der zweiten Pause brauste der Gerüchtechor erneut auf. Doch etwas Konkretes war nicht zu erfahren. Die Rückseite des Festspielhauses wurde noch immer diskret abgeschirmt. Jeannette sah ihre neue Journalistenbekanntschaft vor den Polizisten an der Absperrung stehen und ausgiebig, aber vergeblich gestikulieren. Klar, dachte Jeannette, die machen dicht.

Als die Limousinen der Flüchtigen daraufhin wieder abfuhren, wurden Regine und Jeannette für dieses Mal in keine gebeten. Sie verbrachten die Stunde an dem Teich im Park unterhalb des Festspielhauses und kühlten ihre gequälten Füße. Als die Bläser erneut mahnten und sie sich die Sandalenriemchen über die Blasen an ihren Füßen zogen, überraschte Regine ihre Freundin mit dem Vorschlag, die Sache aufzugeben und lieber abzusteigen zu der Bahnhofsschwemme, die sie unterwegs gesehen hatten und die immerhin auch nach einer Wagner-Oper hieß, für einen Ausklang des Abends bei Bier und Gyros. Überraschenderweise aber weigerte sich nun Jeannette energisch. Es zog sie zurück zum Festspielhaus wie den Jagdhund zum Wild. Hinter seinen Kulissen spielte sich etwas ab, was ihr zutiefst vertraut war, und sie brachte es nicht fertig, sich so ohne weiteres davon zu trennen.

»Immerhin«, argumentierte sie, »hat Josef acht Jahre auf diese Karten gewartet. Da wäre es pietätlos, sie einfach wegzuwerfen.« Regine sah es seufzend ein.

Tapfer hielten sie aus bis zum Ende. Man sang. Regine nickte zeitweise ein wenig weg. Jeannette spürte das Gewicht ihres Kopfes, der sich mit wachsendem Druck auf ihre Schulter senkte. Sie ertrug auch das.

Endlich hatten Wotan und Brünnhilde alle notwendigen Argumente ausgetauscht. Die zum Dornröschenschlaf verdonnerte Walküre forderte von ihrem göttlichen Vater eine feurige Dornenhecke zum Schutz ihrer Keuschheit:

»Es leck' ihre Zunge, es fresse ihr Zahn den Zagen, der frech sich wagte, dem freislichen Felsen zu nahen.«

»Freilich ein fraglicher Fortschritt«, murmelte Regine halb im Schlaf. Jeannette kicherte grimmig.

Dann stieg für die Schlußszene in naturalistischer Manier ein Flammenkranz aus dem Boden. Er sah aus wie der überdimensionale Brenner eines Gasherdes. Offensichtlich versinnbildlichte er den endgültigen Sieg der heimherdlichen Idylle über das Aufbegehren der Urkräfte. Die Horde der Walküren hatte sich zurückgezogen zugunsten einer Gruppe modisch gekleideter Schaufensterpuppen, die mit hohlen Augen über die Bühne starrten. Fricka im Hintergrund häkelte derweil an einem Paar riesiger Topflappen, deren Schatten sich drohend über Wallhall senkten.

Die Bühnenmechanik ließ die Feuerzungen zischen und lodern. An dem Eisenring, aus dem sie aufstiegen, aber erblickte Jeannette plötzlich die Gestalt einer weiteren Puppe. Sie hing von der Konstruktion herab, die sie hinter sich her nach oben gezogen hatte, wie etwas Weggeworfenes. Das unruhige Helldunkel auf der Bühne ließ ihren Umriß nur undeutlich sichtbar werden. Da fing das Haar der Gestalt in einer Explosion Feuer, ihr Kleid schien schrumpfend um ihren Leib zu schmelzen.

»Ein Fetisch«, flüsterte Regine, deren Aufmerksamkeit von dem Spektakel noch einmal geweckt worden war. In diesem Moment öffnete sich die herabbaumelnde Handtasche der Gestalt und verteilte ihren Inhalt über den Boden. Klackernd rollten Lippenstifte, Schlüsselbund und Pillendöschen über die Bühne.

»Ein großartiges Bild für die völlige Entmündigung der Frau.« Regine umklammerte erregt ihre eigene Abendtasche, zweifellos im Gedenken an deren ganz ähnlichen Inhalt.

Jeannette dagegen stieg ein Geruch in die Nase, der ihr leider nur allzu vertraut war. Sie hatte ihn gerochen, wenn sie zu Hausbränden gerufen worden war, bei denen die Anwesenheit der Kriminalpolizei verlangt wurde, weil jemand in den rauchenden Ruinen eine grauenhafte Entdeckung gemacht hatte. Sie kannte ihn von Obduktionen, bei denen auf den Edelstahltischen der Gerichtsmediziner Objekte gelegen hatten, die verkohlten Ästen ähnelten, schwarze Lumpenbündel, klein, verdreht, mürbe. Sie haßte diesen Geruch.

Jeannette zwang sich, das Opernglas noch einmal zu heben und die Figur zu studieren. Doch sie war ihrer Sache bereits sicher. Das dort vorne auf der Bühne war tot, aber es hatte einmal gelebt. Das Gesicht der vermeintlichen Puppe schmolz wie Wachs.

Jeannette sprang auf. Sie verstand nicht viel von Regietheater. Sie glaubte gerne, daß es mit echten Därmen arbeitete und literweise Schweineblut. Aber sie glaubte nicht, daß es eines brauchte, um seine Effekte zu inszenieren: brennendes Menschenhaar und echtes, verkohlendes Fleisch. Beides verschickte seinen charakteristischen, stechenden Gestank mit wachsender Intensität, und eine gewisse aufkommende Unruhe des Publikums verriet ihr, daß auch andere Besucher zu zweifeln begannen, ob sie es hier wirklich nur mit einer berechneten olfaktorischen Provokation ihrer bürgerlichen Wahrnehmungsgewohnheiten zu tun hatten. Noch geschah nichts. Das Feuer brannte zischend weiter.

Jeannettes Entschluß war gefaßt. Sie raffte den asymmetrischen Saum ihres Kleides und begann, über die engen Sitzreihen nach vorn zu krabbeln. Sie stemmte sich dabei auf Stuhlränder und Schultern gleichermaßen und suchte auf den Lehnen zu balancieren, was in den seltensten Fällen gelang. Die Flammen auf der Bühne verfärbten sich. Wenn sie noch etwas retten wollte, mußte sie sich beeilen. Jeannette trat auf Hände, stützte sich auf schwankende Köpfe und rempelte protestierend erhobene Arme beiseite. In das beengte Auditorium, durch das sie sich rücksichtslos hindurchpflügte, kam Leben. Jeannette hinterließ eine Spur der Erregung, von der aus sich, wie Ringe im Wasser, größer werdende Kreise der Beunruhigung und Ratlosigkeit in der Menge ausbreiteten. Sie ignorierte auch das und behielt die Bühne fest im Auge, von der sie nur noch wenige Reihen trennten. Das Wort »retten« ging ihr durch den Kopf und trieb sie an, obwohl sie schon wußte, das dort nichts zu retten war. Die brennende Leiche krümmte sich in den Flammen wie etwas Lebendiges. Jeannette biß die Zähne zusammen. Diese Mißhandlung sollte endlich aufhören.

Irgendwo streifte sie ein Toupet ab, das hartnäckig an ihrem Armband hängenblieb, und schüttelte es geistesabwesend jemand anderem in den Schoß, der aufkreischte. Sie verfing sich in einer Stola. Ihr spitzer Absatz bohrte tief in etwas Weiches. Jemand schlug mit der Abendtasche nach ihr und traf sie ins Gesicht. Jeannette japste.

»Entschuldigung«, murmelte sie verbissen vor sich hin, »Entschuldigung. Entschuldigung.« Doch ihr Ziel verlor sie nicht aus den Augen. Spitze Schreie stiegen vereinzelt über das Kielwasser der allgemeinen Empörung.

»Entschuldigung.« Sie stemmte ihr Knie auf einen Ellbogen in der ersten Reihe. O Gott, war das der Außenminister? Jeannette nahm sich nicht die Zeit, darüber nachzudenken. Vor ihr lag der Orchestergraben, und sie stürzte sich hinein. Ein, zwei Sekunden hing sie baumelnd mit beiden Händen an der überhängenden Abdeckung. Dann ließ sie los; es war nicht allzu tief.

Ganz nackt, dachte Jeannette, noch benommen vom Aufprall, waren sie nicht, die Musiker. Sie befreite sich von einigen umgekippten Notenständern und richtete sich auf. Niemand trug etwas, was an einem Badeweiher unangenehm aufgefallen wäre. Während sie sich durch die leicht bekleideten Bläser wühlte, spießten ihre Absätze Notenpapier auf.

»Entschuldigung.«

Jeannette stieß versehentlich an die Becken. Die entgeisterten Streicher kamen kurz aus dem Takt.

»Loge! Loge! Hierher!« rief droben der Göttervater. In seiner Stimme lag aufrichtige Panik. Der Dirigent schaute zu ihm hinauf und schüttelte hilflos den Kopf. Als Kommissarin Dürer, die geübte Freeclimberin, ohne großen Aufwand den Rand der Bühne erklomm und sich für einen kurzen Moment zum Publikum umdrehte, fiel endlich der Vorhang.

8

Jeannette ignorierte den erst zögernd aufprasselnden, dann brausenden Applaus in ihrem Rücken, rannte zu der Gestalt im Feuer und zog sie geistesgegenwärtig, so gut es ging, von den Flammen fort. Der Stoff ihres Kleides, der sich in der Eisenkonstruktion verhakt und sie so überhaupt erst in diese Lage gebracht hatte, war verbrannt und gab nun nach. Der Körper selbst war schlaff und schwer. Er stank furchtbar.

»Machen Sie das endlich aus«, brüllte sie niemand Bestimmten an. Eilige Schritte entfernten sich. Und während sie die Leiche auf den Rücken zu drehen suchte, erlosch mit leisem Fauchen eine Flamme nach der anderen.

Das Ensemble stand für Momente entsetzt im Bühnenraum herum, zwischen Unglauben und Begreifen, und versuchte, den Anblick des nahezu entstellten Gesichts zu Jeannettes Füßen zu vermeiden. Hunding tätschelte Sieglinde die Schulter, Siegmund lugte hinter Fricka hervor. Dann, unter der Führung der Gontscharowa, siegte der Unterhaltungsinstinkt der Künstler. The Show must go on. Nacheinander schlüpften sie durch den Vorhang, wo sie aufatmend in den Ovationen des für die wiedereinsetzende Normalität ebenfalls dankbaren Publikums badeten und sich die wohlverdienten Da-capo-Rufe nicht entgehen ließen. Der Name der Gontscharowa erscholl mehrfach über der ohrenbetäubenden Applauskulisse. Bayreuth hatte seine Sensation.

Jeannette blieb allein zurück mit etwas, was einmal ein Mensch gewesen war. Aus den Kulissen traten die ersten schüchternen Gestalten. Ein Bühnenarbeiter brachte eine Decke. Für einige wenige Augenblicke war es still hinter der Bühne. Der nächste Auftritt schien direkt aus Wallhall zu kommen:

»Was, zum Teufel, glauben Sie eigentlich, was Sie da tun?«

Die Frau, die mit großen Schritten aus den Kulissen auf sie zukam, besaß durchaus eine gewisse Ähnlichkeit mit der Darstellerin der Göttin Fricka, sie war ebenso untersetzt, mit einem ähnlich groben Gesicht unter dem gepflegten silberblonden Haar. Und ihr Zorn war ebenso göttlich. Doch für das Dior-Kostüm der Dame hätte die für die Aufführung zu geblümten Polyesterschürzen verdammte Göttermutter sicher den halben Nibelungenhort gegeben. Mit kleinen Augen und großem Kinn baute sich die Person vor Jeannette auf.

»Verhaften und verhören«, knurrte sie den jungen Mann an, der an ihrer Seite erschien.

Jeannette warf ihm nur einen kurzen Blick zu. Sie zückte ihre Dienstmarke.

»Jeannette Dürer, Kriminalkommissariat Nürnberg.« Sie nickte beiden knapp zu. »Sie können sich glücklich schätzen, daß ich Ihnen eine noch identifizierbare Leiche gerettet habe«, fügte sie an. Obwohl sie im Innern zweifelte. Leicht würde es für die Gerichtsmediziner nicht werden. »Und vielleicht sollten Sie Ihre Leute langsam anweisen, die Bühne abzusperren, ehe noch mehr Beweisstücke verlorengehen.« Mit diesen Worten nahm sie einem der Bühnenarbeiter die Handtasche ab, die dieser ahnungslos aufgehoben hatte. Sie wies auf die herausgefallenen Stücke, die weit verstreut herumlagen. Die Frau in Dior betrachtete sie stumm aus zusammengekniffenen Augen.

»Was grinsen Sie denn so?« rüffelte sie dann ihren Untergebenen.

Der grinste weiter und ließ seinen Blick fröhlich an Jeannette hinauf- und hinunterwandern. »Ich überlege nur gerade, wo sie die Marke stecken hatte.«

Errötend wurde Jeannette sich ihres Aufzugs bewußt. Barfuß im hautengen Abendkleid stand sie da und zog unwillig ihre Träger zurecht. Doch sie hielt den Kopf oben.

»Ich frage mich, ob sie schon tot war, als sie sich in der Bühnenmechanik verfing, oder nicht«, sagte sie sachlich. »Was meinen Sie?«

»Geben Sie ihr die Schuhe wieder«, erwiderte ihr Gegenüber nur. »Und dann schmeißen Sie sie raus!« Die Frau wandte sich um und ging davon. »Wir haben einen Mord zu klären«, bellte sie über die Schulter.

»Wohl eher zwei, wie es aussieht«, rief Jeannette ihr nach und nahm aus irgend jemandes Hand ihre Schuhe entgegen. Die Decke, die man ihr reichen wollte, als sei sie die Überlebende einer Katastrophe, wies sie zurück. Die Umstehenden schwiegen verlegen, während Jeannette sich verärgert mühte, wieder in ihre Pumps zu schlüpfen. Eine Hand streckte sich ihr als Hilfe entgegen.

»Messingschlager«, stellte ihr Bayreuther Kollege sich vor. »Sie müssen die Chefin entschuldigen. Die Sache wird morgen in allen Zeitungen stehen. Europaweit.« Er zog die Augenbrauen hoch, sah aber nicht sonderlich besorgt deswegen aus.

Eine Frohnatur, dachte Jeannette abfällig. Sie musterte ihn, konnte aber nichts entdecken, was ihr mißfallen hätte. Er hatte ein rundes, weich konturiertes Gesicht und seelenvolle braune Augen, in denen es fröhlich und voll hinterhältiger Intelligenz funkelte. Sein schwarzes Haar war kurz, stark und widerborstig. Er würde einmal dick werden, dachte Jeannette, aber auf sympathische Weise. Dann erschrak sie. Sie hatte ihn ebenso ungeniert gemustert wie er sie. Sie bemerkte, wie er etwas pfiff, und sie dachte an seine anzügliche Bemerkung von vorhin. Wenigstens machte er keine Anstalten, sie sofort hinauszuwerfen.

»Ich nehme an«, begann Jeannette vorsichtig das Gespräch, »daß es sich hier nicht um die Föringson handelt.« Sie wies mit dem Kinn auf die zugedeckte Leiche.

Ihr neuer Bekannter hob die Brauen.

»Ach, hat sich das schon herumgesprochen?«

»Man sprach sogar von Raubmord.«

»Tat man das?« Aufreizenderweise lächelte er noch immer. Sein Interesse an ihrer Person schien in keiner Weise nachzulassen. Aber zu dem Fall wollte er sich ganz offensichtlich nicht äußern. Er steckte die Hände in die Jackettaschen, zog die Schultern hoch und guckte weiter wie ein Lausbub.

Jeannette bekam langsam den Verdacht, daß seine fröhliche Art nur eine Masche war, mit Druck und unliebsamen Anforderungen umzugehen. Seine Chefin war zweifellos ein permanenter Anlaß dafür. Sie räusperte sich und versuchte einen letzten Anlauf.

»Kommen Sie schon, Sie haben zwei Tote in einer Oper und vermutlich die gesamte Presse des Landes auf dem Hals. Sie können jede Unterstützung brauchen.«

Kommissar Messingschlager lachte laut und herzhaft. Es klang sympathisch.

»Und wie tatkräftig die Ihre ist, habe ich ja schon gesehen. Wissen Sie, daß Sie da vorhin einen Staatssekretär getreten haben?«

»Ich dachte, es wäre der Außenminister«, gab Jeannette ungerührt zurück.

Ihr Kollege betrachtete sie und kam zu einem Entschluß.

»Nehmen wir einmal an«, sagte er und wurde zum ersten Mal ernst, »daß es in der Garderobe der Sängerin tatsächlich einen Safe gab für ihre stets mitgeführte Diamantschatulle.

Und daß der Safe leer war und die Schatulle fehlte, als wir eintrafen.«

»Leer, aber nicht aufgebrochen?« präzisierte Jeannette und erntete ein anerkennendes Kopfnicken für ihre rasche Auffassungsgabe. Voll Genugtuung stellte sie fest, daß Messingschlager begann, sie ernst zu nehmen. Sie stellte ihm zahlreiche Fragen und war bald in eine lebhafte Diskussion verwickelt. Um so unangenehmer fühlte sie sich gestört, als plötzlich Regines laute Stimme auf der Bühne erklang, deren Akustik in der Tat furchterregend gut war.

»Da bist du ja, Lämmchen. Ich hatte mir schon Sorgen gemacht, daß sie dich abführen.«

Regine stolperte beinahe über das Bündel zu Jeannettes Füßen, dem sie aber keine größere Beachtung schenkte. Offenbar hatte sie, wie der größte Teil der Zuschauer, gar nicht recht begriffen, was auf der Bühne vorgefallen war, und hatte an eine weitere Schaufensterpuppe geglaubt.

»Der Staatsminister hat keine Anzeige erstattet«, sagte Messingschlager augenzwinkernd.

Er erwiderte Regines Vamp-Lächeln ohne Anzeichen von Furcht, was nicht vielen Männern gelang. Er nahm sogar ihre Hand und führte sie leicht an seine Lippen. Doch danach bestand er zu Jeannettes Entsetzen darauf, sie beide zum Ausgang zu begleiten. Keiner ihrer Einwände fruchtete. Er verabschiedete sie formvollendet.

»Ihre Leiche ist bei uns in guten Händen«, sagte er zum Abschied

Regine drehte sich überrascht um. »Ihre in unseren auch. Aber wir bevorzugen Sie lebendig.«

Jeannette sah Messingschlagers verdattertes Gesicht mit grimmiger Genugtuung. Dennoch war sie wütend über das Auftauchen der Freundin. Messingschlager hatte begonnen, ihr kurz als Kollegin zu vertrauen, aber der Anblick Regines in ihrem viel zu engen, viel zu grünen Kleid und der Champagnerröte auf den Wangen schien ihn wieder daran erinnert zu haben, daß sie nichts weiter waren als zwei gewöhnliche Festspielgäste. Sie stolperte hinter Regine her und hatte Mühe, ihren Ärger im Zaum zu halten.

»Mußt du immer so Sachen sagen, nach denen man sich nirgendwo ein zweites Mal blicken lassen kann?« fragte sie gereizt.

»Ich dachte, du wolltest nie wieder Wagner hören«, gab Regine über die Schulter zurück.

Verdammt auch! Dabei hatte sie Messingschlager noch so vieles fragen wollen. Wurde ein weiteres Mitglied des Ensembles vermißt? Gab es Hinweise darauf, wer die zweite Tote war? Sie hätte sich liebend gern noch die Räumlichkeiten unter der Bühne angesehen, in denen sie gelegen haben mußte, bis die Bühnenmechanik sie so unerwartet ins Rampenlicht hob. Hoffentlich dachten die Bayreuther Kollegen daran, sich dort gründlich umzuschauen.

Warum sollten sie es nicht tun, schalt Jeannette sich dann selbst. Die haben gerade auf dich gewartet, um ihr Handwerk zu erlernen. Sie rief sich ins Gedächtnis, daß sie tatsächlich nichts anderes war als eine Touristin, eine von Tausenden, ein Fall für die Verkehrspolizei, die die Staus der abfahrenden Taxen regelte, allenfalls. Sie nahm Regines Arm und verließ den Schauplatz.

Draußen wehte endlich ein erfrischender Wind zwischen den nächtlich zischelnden Bäumen. Die Luft war mild und lau, die Sterne flirrten. Bergab verliefen sich die letzten Gäste, die Scheinwerfer irrten über die dunklen Parkplätze. Kein Taxi weit und breit.

»Was hat dich eigentlich vorhin wie gestochen loshechten lassen?« fragte Regine mit einer Spur von Tadel in der Stimme, als sie sich mit schwindender Hoffnung umschaute.

»Eine brennende Leiche«, antwortete Jeannette knapp.

»Die Puppe?« Regine riß die Augen auf, begriff und schlug sich die Hand vor den Mund. Aber ihre Überraschung währte nicht lange. So leicht war Regine nicht zu beeindrucken. »Und ich dachte, da wäre nur ein Kabel durchgeschmort. Alle dachten das. Sie haben von einem verrückten Fan geredet, der die Bühne stürmte, weißt du?« Regine schüttelte noch immer fassungslos den Kopf. »Na, daß das nicht stimmte, wußte ich ja schon.« Sie dachte nach. »War das die Sängerin?« Ihre Stimme klang zweifelnd.

»Nein«, bestätigte Jeannette. »Es ist eine Unbekannte, um die sich keiner so recht Gedanken zu machen scheint im Schatten der ermordeten Diva.«

Sie wußte, wie ungerecht der Vorwurf war. Messingschlager war erst wenige Sekunden mit der neuen Leiche konfrontiert gewesen. Es gab noch nichts zu wissen und wenig mehr zu unternehmen, als sie abtransportieren zu lassen und die Spuren zu sichern, was er zweifellos tun würde. Und doch störte Jeannette sich daran, wie ausschließlich sich ihr Gespräch um den Raubmord an der Föringson gedreht hatte, der die Gedanken des Bayreuther Kommissars völlig zu besetzen schien.

»Sie konnte wohl kein hohes C singen. Und wenn sich nicht rasch herausstellt, daß sie für etwas anderes berühmt war, und tatsächlich keiner sie auf der Bühne bemerkt hat, dann wird sie sich wohl hinten anstellen müssen.«

Sie stöckelten den Festspielberg hinab.

»Und der Kommissar? Der hatte wohl Angst, daß du dich auf eigene Faust umschaust«, meinte Regine

»Das hätte ich mit Sicherheit auch getan«, gab Jeannette zurück. Sie wollte ihrer Freundin keinen Vorwurf machen, aber es fuchste sie noch immer, daß Messingschlager plötzlich dichtgemacht hatte. Er war drauf und dran gewesen, sie in den gesamten Fall einzuweihen. Und ehrlich gesagt, sie hatte verdammt noch mal gehofft, daß er das tun würde.

»Er sieht aus wie ein Softie, aber er ist ein Chauvi, der Frauen nichts zutraut, weil sie alberne Schuhe tragen«, sagte sie giftig und schaute traurig auf ihre eigenen Pumps.

»Schade«, meinte Regine nachdenklich. »Dabei wirkte er sehr sympathisch. Nicht wirklich sexy, aber der Typ zum Pferdestehlen.«

»Ich reite nicht«, gab Jeannette zurück.

9

Schweigend liefen sie eine Weile. »Gehen wir was essen?« fragte sie auf der Höhe eines anheimelnd jagdgrün gestrichenen alten Lokals. Doch drinnen war es voll. Die Stadt feierte Wagner noch immer.

»Der Akzent liegt auf ›gehen‹«, seufzte Regine, als sie die besetzten Stühle sah und wieder hinaustrat.

Irgendwie schafften sie es zurück zum Luitpoldplatz, den sie schon kannten. Von dort folgten sie anderen Flaneuren in die Fußgängerzone, wo sich der lebensfrohe Barock und die Geschäftsfassaden zu einer lebendigen Kulisse für das nachoperliche Treiben fügten. Jeannette redete über die Mordfälle.

»Er hat gesagt, die Föringson sei erschlagen worden, als sie in den Kulissen wartete. Der Mörder muß definitiv jemand aus dem Festspielhaus sein, der an dem Abend Zutritt hatte. Jemand aus dem Ensemble, aus dem Chor, einer der Statisten oder von den Angestellten in der Maske, der Requisite.« Sie zählte die zahlreichen Beschäftigten auf.

Regine nickte weise mit dem Kopf.

»Da rächen sich diese Masseninszenierungen«, meinte sie kennerisch. »Jede Menge Verdächtige. Obwohl«, fuhr sie fort, »man beim Mord an der ersten Besetzung ja sofort an die zweite Besetzung denkt.«

»Die es aber nicht gewesen sein kann«, führte Jeannette laut diesen Gedanken weiter, »weil sie sich auf einem Empfang herumtrieb.«

»Was wir bezeugen können«, ergänzte Regine. »Hast du es ihm schon gesagt?«

»Er hat es bereits gewußt«, meinte Jeannette und fuhr fort: »Der nächste Verdächtige, wegen des nicht aufgebrochenen Safes, ist natürlich der Ehemann.«

»Oho«, Regine schnalzte genießerisch mit der Zunge, »der Playboy, Spieler und Prinzgemahl.« Sie klang fast enttäuscht, als sie hinzufügte. »Aber der scheidet ja auch aus.«

»Wie wir ebenfalls bezeugen können.« Auch Jeannette schien nicht glücklich über diesen Umstand. »Wie es aussieht, wissen wir vor allem genau, wer es nicht gewesen ist.«

»Das ist doch schon mal was«, tröstete Regine und streckte dann die Hand aus. »Schau mal, das entzückende Gäßchen. Und ›italienische Küche in 50 m‹.« Sie wies auf das verheißungsvolle Reklameschild.

Das gab den Ausschlag, und sie bogen ein.

»Mensch, da ist die ›Eule‹«, rief Regine plötzlich enthusiastisch aus, als zu ihrer Rechten ein kleines altes Haus auftauchte, das den Namen als schlichten schwarzen Schriftzug auf der Fassade führte.

»Meinst du, da gibt's die italienische Küche?« fragte Jeannette kritisch und studierte die ausgehängte Karte, die kroatische Spezialitäten verhieß.

»Du Ignorantin«, erklärte Regine, »das hier ist die absolute Berühmtheit unter Bayreuths Lokalen. Bei Rosendorfer steht, daß er schon Töchter der Hochfinanz in ihren Nerz hat rotzen sehen, weil in der ›Eule‹ nicht einmal mehr ein umgedrehter Küchenkübel zu haben war.«

Jeannette bemühte sich vergeblich, von außen einen Blick hineinzuwerfen; die Butzenscheiben wahrten strikt ihr Geheimnis. Also öffneten sie die Tür. Auf den Holzbänken im Vorraum zur eigentlichen Schankstube drängten sich die Menschen. Der Kleidung nach waren es Festspielgäste, doch

Nerze konnte Jeannette hier keine ausmachen. Immerhin verrieten die Bilder an den Wänden, die Szenen aus Wagner-Opern zeigten, daß sie prinzipiell richtig waren.

»Ich glaube, die Hochfinanz rotzt heutzutage woanders«, meinte Jeannette. »Laß uns gehen, hier ist es sicher voll, wenn sie sogar schon im Torraum sitzen.«

In diesem Moment ging scheppernd die kleine Tür zum eigentlichen Gastraum auf. Heraus kam ein bekanntes Gesicht.

»Nein, so was!« rief die Gattin des Chirurgen und blieb stehen. Ihr Gesicht zeigte beinahe so etwas wie Schrecken. Für einen Augenblick fehlten ihr die Worte. Vermutlich, dachte Jeannette, war es immer peinlich, den draußen Gebliebenen zu begegnen, Nerz oder nicht. Doch die Dame fing sich rasch wieder und begrüßte sie, nun beinahe überschwenglich. Jeannette verfluchte sich, daß sie sich den Namen nicht gemerkt hatte. Ohne ihren kleinen Notizblock war sie hilflos. Aber sie konnte sich ja als vermeintliche Fernsehmoderatorin keine Aufzeichnungen machen.

»Frau Schüpferling«, half Regine ihr glücklicherweise nach, indem sie sich vordrängte und die andere mit zwei Luftbussis auf die Wangen versah. »Wie reizend, Sie so rasch und unverhofft wiederzusehen.«

»Ja«, japste die andere, nachgerade rot im Gesicht. Ihr Blick wanderte von Jeannette zu Regine, als gewahrte sie etwas wahrhaft Aufregendes. »Sie müssen sich uns anschließen«, rief sie dann und zog die beiden zur Tür. Was immer sie draußen gewollt hatte, schien vergessen zu sein. »Ich möchte Sie lieben Freunden vorstellen.«

Jeannette und Regine tauschten einen Blick und zuckten mit den Schultern. Sie hatten denselben Gedanken: Hauptsache, sitzen und etwas essen. Die Stube war klein, aber brechend voll und entsprechend laut. Frau Schüpferling dirigierte sie zu ihrem Tisch, wo neben dem ihnen bereits bekannten

Chirurgen ein weiteres Ehepaar saß, er im korrekten Frack, aus dem große, hagere Hände ragten, mit einem fetten Herrenring verziert. Sie in etwas entfernt klassisch Griechischem, das ihren runden Körperformen und dem molligen Gesichtchen Hohn sprach. Das Gespräch verstummte, als Frau Schüpferling die Neuankömmlinge vorstellte, doch es hatte sich zweifellos um den Mordfall Föringson gedreht.

»Sie ist beim Fernsehen«, erklärte Frau Schüpferling unnötigerweise, als sie Jeannette mit ihrem vermeintlichen Namen vorstellte. »Du weißt, Erich, die Dame, die wir auf dem Empfang kennenlernten.« Ihr Blick war tief, ihre Stimme vielsagend.

Jeannette ihrerseits nickte dem Mann, der ihr als Herr Dr. Keuzner vorgestellt worden war, freundlich zu. Doch schien er sich nicht so für Talkshows zu interessieren wie die Schüpferling, denn er entschuldigte sich fast umgehend, griff nach seinem Handy, erhob sich und strebte dem Ausgang zu.

Etwas peinlich berührt, lächelten die verbliebenen Damen in die Runde. Der wie immer schweigsame Chirurg widmete sich seinen Bratwürsten, die er gerade einmal in der Mitte zerteilte und mit viel präzise gestapeltem Kraut in seinen Mund schob.

»Mein Mann hat immer viel geschäftlich zu tun«, suchte die verlegene Frau Keuzner ihren unhöflichen Gatten zu entschuldigen.

Jeannette winkte ab, doch Frau Schüpferling assistierte ihrer Bekannten. »Ja, er ist ein Staatsanwalt.«

»Richter«, verbesserte Frau Keuzner sie sofort.

Frau Schüpferling ignorierte es.

»Und er hat rasend gute Verbindungen zur Polizei. Vorhin hat er gleich mit der Polizeipräsidentin gesprochen, die er gut kennt, und seine Hilfe angeboten. Stimmt's, Elfriede?«

»Sie ist keine Präsidentin«, suchte Elfriede Keuzner zu verbessern, »sie ist ...«

»Nein?« fragte die Chirurgengattin erstaunt zurück, ohne ihre Freundin ausreden zu lassen. »Ich dachte, du hättest mir erzählt, ihr trinkt immer mit der Präsidentin Tee? Na, ist ja auch egal.« Ihre Wangen glühten vor Eifer. »Jedenfalls hat sie ihn voll informiert und ...«

»Es ist nicht unser Teekreis. Wir kennen sie aus dem Bildbetrachtungskränzchen«, warf die Richtergattin ein.

Ihr Ton war angespannt, und ihre Augen wanderten zur Tür, zweifellos in der Hoffnung, ihr Mann käme zurück, ohne dessen hochgewachsene Gestalt sie ein wenig hilflos wirkte. An seiner Seite wurde sie sicher weniger gnadenlos ignoriert. Sie rückte ein wenig näher an den Chirurgen, der allerdings ungerührt weiter die halben Würste in seinen Mund stopfte.

Regine, die mit dem Studium der Speisekarte fertig war, nahm sich ihrer an und verwickelte die nervöse Dame, die mit der blassen Kamee an ihrem Ausschnitt zu spielen begonnen hatte, so gut es ging, in eine Konversation.

Jeannette ihrerseits versuchte beim Thema Polizei zu bleiben. Sie denke daran, eine Sendung mit Mordzeugen zu machen, erklärte sie, ins Blaue hinein improvisierend. »Hilfe, ich sah ihn sterben, oder so.« Sie schaute in die Runde. Die Damen Keuzner und Schüpferling warfen sich einen vielsagenden Blick zu. »Das werden Sie zweifellos selbst am besten wissen«, sagte die Richtergattin nicht ohne Bissigkeit.

Frau Schüpferling sah erschrocken aus. »Ach, Elfriede!« Ganz offensichtlich versetzte sie ihrer Freundin unter dem Tisch einen Tritt.

»Lassen Sie nur«, meinte Jeannette freundlich. »Nicht jeder ist ein Freund unserer lebensnahen Form des Journalismus.« Sie konnte da ganz gelassen sein, gehörte sie doch selbst nicht zu seinen Anhängern.

»Ja, genau.« Frau Schüpferling antwortete etwas atemlos, aber erleichtert.

Die nächsten Sekunden falteten alle am Tisch ihre Servietten neu. Jeannette dachte an ihren Eindruck von der Einsatzleiterin. Sie konnte sich diese nur mit Mühe in einem Bildbetrachtungskreis vorstellen. In einem Schützenverein wäre sie eher am Platz gewesen. Schon gar nicht war sie der Typ, Damen der Gesellschaft mit den Einzelheiten einer laufenden polizeilichen Untersuchung zu unterhalten. Andererseits erklärte sich so das Dior-Kostüm ihrer Kollegin: Vermutlich hatte sie ebenso wie Keuzner im Zuschauerraum gesessen. Vermutlich waren die halbe Bayreuther Polizei und Justiz ebenfalls im Auditorium gewesen, um Wagner zu lauschen, und gingen jetzt in Abendkleidung ihrer Arbeit nach und tauschten sich aus. Ach, sie wollte dabeisein. Jeannette tastete sich noch einmal an das Thema heran.

»Nun«, begann Frau Schüpferling vorsichtig, »direkte Zeugen sind wir ja wohl alle nicht, obwohl ...« Ihre paillettenumrandeten Augen blitzten gleichermaßen furchtsam wie erstaunlich befriedigt: Angstlust. Jeannette kannte den Ausdruck von ihren Befragungen. Sie nickte nur.

Frau Keuzner hob alarmiert den Kopf.

»Aber natürlich sind wir in alles eingeweiht«, fuhr Frau Schüpferling fort.

»Ach, und was haben Sie so erfahren?« plapperte Jeannette. »Das ist ja hochinteressant. Für meine Sendung, meine ich.«

Frau Schüpferling glühte förmlich.

»Der Herr Richter meinte, es sehe ganz nach einem klassischen Fall aus«, erklärte sie eifrig. Vertraulich beugte sie sich vor. »Wir wissen ja alle, daß der Ehemann ein Schwerenöter war.« Sie genoß die Indiskretion sichtlich.

»Aber der war doch auf Ihrem kleinen, äh, Empfang«, warf Jeannette ein. Die Hautevolee samt vermeintlicher Präsidentin befand sich da offenbar auf einem Holzweg.

»Ja!« sagte die Dame vielsagend und hob die Brauen. »Aber

er ist ja früher weggegangen, nicht wahr? Doch mit …!« Sie schlug sich auf den Mund und guckte ein wenig erschrocken drein.

»Helene Schüpferling, du gehst zu weit.« Die Richtergattin saß sehr aufrecht und mied Regines fragenden Blick. Frau Schüpferling wurde rot.

»Da hätte ich mich doch fast verplaudert. Au. Ich meine, auweia. Beinahe hätte ich das Polizeigeheimnis verletzt, nicht wahr, Elfriede?«

»Es gibt kein Polizeigeheimnis«, konnte die nicht anders, als wiederum zu korrigieren. »Es heißt … ach, da bist du ja.« Aufatmend begrüßte sie ihren Gatten, der mit demselben ernsten Gesicht hereinkam, mit dem er aufgebrochen war. Er nahm die ausgestreckten Hände seiner Gattin, barg sie in seinen und blickte düster vor sich hin.

»Ach«, sagte die Chirurgengattin schließlich hilflos in das allgemeine Schweigen, »war die Aufführung nicht rasend erhaben?«

Ihr Mann wischte systematisch mit einer Brotscheibe seinen Teller aus.

Die Konversation zu Wagner schleppte sich dahin. Jeannette versuchte noch einige Male, die Sprache auf die Vorfälle im Festspielhaus zu bringen, wurde aber ebenso sanft wie bestimmt abgeschmettert. Dann kam das Essen.

Aufatmend wollte Jeannette sich darauf stürzen, dankbar, sich aus dem drögen Gesprächsfluß verabschieden zu dürfen, vor allem aber hungrig, als die Tür erneut aufging und einen späten Gast einließ. Es war Kommissar Messingschlager in Begleitung zweier Beamter.

Zu Jeannettes Überraschung rückten ihre Tischgenossen auf einen Schlag deutlich von ihr ab. Sie schaute zu Regine hinüber. Die hob ratlos die Schultern.

»Das ist sie, Herr Kommissar«, rief der Richter, der aufgesprungen war. Selbst sein Gesicht zeigte nun eine gewisse Röte.

Messingschlager neigte leicht den Kopf zur Begrüßung. Er zeigte sein Jeannette nun schon beinahe vertrautes Grinsen. Es war unmöglich, zu erkennen, was er dachte.

»Wenn die Damen mir dann bitte folgen würden«, forderte er Jeannette und Regine sanft auf. Erstaunt ließen die beiden ihr Besteck sinken. Die anderen am Tisch wandten den Blick ab.

»Aber ...«, wollte Regine einwenden.

Jeannette musterte ihren Kollegen eindringlich. Da war etwas in seiner Miene, was sie unsicher machte. Eine versteckte Botschaft? Oder nur unterdrückte Belustigung? Er wiederholte jedoch stur seine Einladung mit unterschwelligem Nachdruck.

»Komm!« Jeannette legte ihrer Freundin die Hand auf den Arm. Ohne die Augen von Messingschlager zu wenden, stand sie auf. Mit einem sehnsüchtigen Blick auf ihre Grillspießchen folgte Regine ihr und dem Kommissar hinaus. Ein letzter Blick zeigte ihr, daß Frau Keuzner endlich erlöst an die Schulter ihres Gatten gesunken war, der ihr mit einer Serviette Luft zufächelte.

»Hach«, hörte sie es hinter sich seufzen, »ist Mörderjagd aufregend.«

»Was ...?« begann Jeannette, als sie wieder draußen auf der Straße standen. Aber ein Lachanfall Messingschlagers unterbrach sie. Regine zeigte ihr heimlich einen Vogel. Jeannette verschränkte die Arme und tappte ungeduldig mit dem Fuß auf. Als Messingschlager wieder ernst wurde, erklärte er:

»Meine Damen! Diese braven Bürger haben mir Sie«, er verneigte sich vor Jeannette, »eben als die geheimnisvolle Blondine avisiert, die mit dem Mann der Föringson gesehen wurde, als er den Pausenempfang im Hotel verließ.«

»Jeannette?« rief Regine ungläubig und brach ihrerseits in haltloses Gelächter aus.

Ihre Freundin hingegen überschlug rasch das Gehörte.

»Sie verdächtigen ihn also«, meinte sie. Zweifellos wegen des Safes. Und wegen seiner Position als Prinzgemahl. Vermutlich würde er vom Tod seiner Gattin finanziell profitieren. Sie nahm sich vor, Messingschlager später danach zu fragen.

»Aber er war, während der Mord verübt wurde, auf dem Empfang«, wandte sie ein, mehr für sich selbst. Konnte er dort überhaupt früh genug weggekommen sein? Sie begann zu überlegen, wann sie den Mann das letzte Mal gesehen hatte. Es mochte gut in der Mitte der Pause gewesen sein. Sie sagte es laut.

»Der Richter hat in etwa dasselbe ausgesagt«, bestätigte Messingschlager sofort ihren Gedankengang.

Jeannette rechnete: Zum Festspielhaus waren es nur wenige Minuten mit dem Auto. Ja, er konnte gut und gerne nach seinem öffentlichen Auftritt dorthin zurückgekehrt sein. Aber reichte die Zeit für den Mord? Ließ sich das so genau planen? Es war in jedem Fall ein Risiko. Alles kam darauf an, den genauen Zeitpunkt seines Aufbruchs zu ermitteln. Jeannette begriff und nickte.

»Die Blondine könnte es Ihnen sagen«, meinte sie unvermittelt.

Als sie Messingschlagers zustimmenden Blick sah, wußte sie, daß er dasselbe dachte. Sie richtete sich würdevoll auf.

»Aber ich kann Ihnen versichern, daß ich diese Blondine nicht bin.«

»Das kann ich bestätigen«, sprang ihr Regine bei. »Wir waren die ganze Zeit zusammen. Und überhaupt.« Sie kicherte wieder, was ihr einen bösen Blick von Jeannette einbrachte.

Zur Sicherheit gab sie ihm noch den Namen der Kolumnistin, die bestätigen konnte, daß sie gemeinsam zum Festspielhaus zurückgefahren waren.

Messingschlager notierte alles und lächelte sein gelassenes Lächeln.

»Ich dachte mir schon, daß eine Verwechslung vorliegt, als ich Sie dort drinnen erkannte.«

Jeannette schaute ihn argwöhnisch an. Was wollte er damit sagen? Daß sie nicht imstande wäre, einen Alexander Laval für sich zu interessieren? Oder sollte das ein Lob ihrer Tugend sein?

Sie zog es vor, nicht zu fragen, und ließ ihren Ärger an den Schüpferlings aus.

»Diese Schnepfe muß sich vertan haben«, schimpfte Jeannette, während sie noch im nachhinein rot wurde, wenn sie daran dachte, wie sie sich von der unbedarften Chirurgenfrau hatte in die Wirtschaft locken lassen. Dabei hatte die sich mit ihrem angeregten Geplauder noch fast selber verraten! Mein Gott, wie peinlich. »Was muß die jetzt von mir denken?« fragte sie sich laut und schaute zurück zur »Eule«, in die noch immer späte Gäste strömten, um unverrichteterdinge wieder ausgespuckt zu werden, enttäuschte Nostalgiker.

Regine meinte trocken: »Daß du ein kurzes Rendezvous mit einem Mörder hattest.« Sie lachte.

Messingschlager nickte dazu: »Benutzung einer falschen Identität, Beihilfe zum Mord. Das hat Wagnersche Ausmaße.«

»Na«, meinte Regine und drückte sie tröstend, »in Bayreuth werden die Quoten deiner Sendung in astronomische Höhen schießen.«

10

Am nächsten Morgen fand Regine ihre Freundin im Schankraum unten, allein an einem Ecktisch. Neben sich hatte sie ein Tablett mit Teekanne und Tasse auf einem Spitzendeckchen aus Papier, vor sich einen Stapel Notizzettel, einen Stadtplan und alle Prospekte, mit denen sie in der Tourist-Info am Vortag versorgt worden waren. Während sie sich setzte, äugte Regine neugierig auf das, was Jeannette geschrieben hatte. Sie sah Pfeile, Zahlentabellen und Wegskizzen. Gelassen nahm sie hin, daß Jeannette ihren Morgengruß kaum beantwortete, hob den Deckel von der Kanne ab – »Igitt, Beuteltee« – und bestellte sich einen Kaffee und das große Frühstück. »Messingschlager«, las sie, in eine Ecke notiert, mit drei Fragezeichen und dreimal unterstrichen. Messingschlager hatte sich am Vorabend erboten, sie zu ihrer Pension zu fahren.

»Nein, danke«, hatte Jeannette angesetzt zu sagen. »Das ist wirklich nicht nötig.«

Aber Regine hatte sie wieder einmal unterbrochen. »Das wäre wirklich sehr nett.«

Im Dunkel des Dienstwagens, der durch Bayreuths Vororte kurvte, nur sporadisch erhellt von den Scheinwerfern entgegenkommender Fahrzeuge, hatten sie zu dritt geschwiegen. Bei der schon nachtstillen Pension angekommen, hatten sie sich verabschiedet und ihre Visitenkarten getauscht. Regine hatte die nachdenklichen Blicke wohl bemerkt, die ihre Freundin dem stummen Profil ihres Chauffeurs zugeworfen hatte. Gleich drei Fragezeichen. Sie mußte lächeln.

»Na, hast du den Fall schon gelöst?« fragte sie, als ihr Hörnchen kam und sie es in die Tasse tunken konnte.

»Messingschlager würde mich erwürgen«, murmelte Jeannette, ohne von ihren Berechnungen aufzuschauen.

»Dann ist es wohl das, was dir so viel Kopfzerbrechen bereitet?« Regine wies auf die Zeichnungen und Messingschlagers vielbearbeiteten Namenszug.

Jeannette wurde rot und zog eine Serviette darüber. Nervös nagte sie an ihrer Unterlippe herum. Dann schaute sie auf.

»Meinst du, wir könnten noch einen Tag bleiben. Nur einen?«

Regine zuckte mit den Schultern.

»Ich habe nichts anderes vor, Schätzchen. Den Wirt solltest du aber fragen.«

Jeannette zögerte noch.

»Mich läßt die ermordete Frau nicht los«, sagte sie und schaute Regine, um Verständnis heischend, an.

Die hatte ihre Mahlzeit beendet und fischte nach ihrer Morgenzigarette.

»Geht mir ständig so mit Brandleichen«, erklärte sie großzügig und inhalierte genußvoll. »Nein, im Ernst. Ich habe mir heute nacht so meine Gedanken gemacht zu der Sache. Und ich glaube, ich weiß, wer deine verschmorte Unbekannte ist.« Sie machte eine kunstvolle Pause.

Jeannette schaute zweifelnd drein.

»Und wer, bitteschön?« fragte sie dann, um Regine den Gefallen zu tun.

Die streifte die Asche von der Spitze ihrer Zigarette.

»Du natürlich«, erklärte sie dann triumphierend. Als Jeannette verständnislos stirnrunzelnd drein sah, fügte sie erklärend hinzu: »Na, die gesuchte Blondine, die mit dem Mann zusammen von der Fete weggegangen ist. Wie heißt er eigentlich?«

»Alexander Laval«, antwortete Jeannette. »Ein Künstlername.« Sie blätterte in ihren Aufzeichnungen. »Er war mal klassischer Tänzer, aber offenbar kein besonderes Talent. Die Ehe mit der Föringson war sein bisher größtes Engagement.«

»Na bitte.« Regine zeigte ihre Handflächen, wobei etwas Asche auf die Tischdecke fiel, die sie geistesabwesend wegfächelte. Jeannette brachte ihre Unterlagen in Sicherheit. »Also, ich denke mir das so. Er macht seine Frau kalt und raubt ihren Schmuck. Die Blondine ist seine Komplizin. Aber irgendwas passiert, sie streiten sich oder so. Und dann beseitigt er sie als lästige Zeugin.«

»Und das alles soll sich hinter den Kulissen des Festspielhauses zugetragen haben?« fragte Jeannette zweifelnd.

»Die Oper war lang genug.« Regine nahm einen tiefen Zug.

Aber Jeannette schüttelte den Kopf. Schüttelte ihn, als wollte sie gar nicht mehr damit aufhören.

»Nein, nein, nein. Ab dem Ende der Pause war das Haus voller Polizei. Alles, was vorgefallen ist, muß sich in der ersten Stunde abgespielt haben.« Sie starrte auf ihre Notizen. Mit der linken Hand tastete sie nach ihrer Teetasse und verfehlte sie.

Regine betrachtete das Spiel eine Weile, dann schob sie ihr ohne Kommentar die Tasse so hin, daß Jeannettes Finger sie fanden.

Die bemerkte nichts, griff zu und trank.

»Und außerdem«, sagte sie, »ist das Ganze nicht stichhaltig. Ich habe es durchgerechnet: Die Zeit, die wir bis ins Hotel gebraucht haben, unsere mutmaßliche Aufenthaltsdauer, der Zeitpunkt, zu dem ich ihn beobachtet habe, die Zeit für die Rückfahrt, der Weg hinter die Bühne etc.« Sie fuhr mit dem Stift ihre Zahlenkolonne entlang. »Es hätte nicht funktioniert, der Zeitraum ist einfach zu knapp. Dabei wäre es umständlich gewesen und unsicher, es hängt von so vielen weichen Faktoren ab. Wenn man allein den Verkehr berücksichtigt und die vielen Zeugen, die ihn unterwegs gesehen haben können. Nein!«

Sie schüttelte schon wieder den Kopf, verschüttete beinahe ihren Tee und stellte die Tasse ab. Sie kam auf der Tablettkante zu stehen. Schweigend rückte Regine sie zurecht.

»Nein, das ist eine viel zu aufwendige Konstruktion für ein Alibi. Außerdem hat eh der halbe Saal bemerkt, daß er früher ging. Wozu dann die ganze Mühe?« Sie tippte mit der Spitze ihres Stiftes aufs Papier. »Schließlich fehlt das Wichtigste: das Motiv. Weshalb sollte er seine Frau ermorden und berauben?«

»Na wegen des Geldes«, antwortete Regine wie aus der Pistole geschossen.

Jeannette schaute sie an.

»Aber in dem Fall hätte es doch genügt, sie umzubringen. Dann hätte er die Diamanten geerbt und alles andere dazu. Wozu dann noch der kompromittierende Raub, wegen dem Messingschlager ihn jetzt so beargwöhnt?«

»Vielleicht erbt er nicht?« fragte Regine ruhig.

»Dann wäre wiederum der Mord überflüssig«, gab Jeannette prompt zurück. »Es sei denn, sie hätte ihn beim Diebstahl überrascht. Aber sie lag in der Seitenkulisse ...« Ihre Stimme wurde leiser. »Nein«, erklärte sie dann wieder, »das macht alles keinen Sinn.«

Regine betrachtete sie mit zusammengekniffenen Augen durch den Rauch ihrer Zigarette. Es störte sie nicht die Bohne, daß ihre schöne Theorie sich in blauen Dunst aufzulösen schien.

»Sieht ganz so aus, als sollten wir klären, ob er erbt oder nicht«, meinte sie schließlich. Jeannette hatte die Hand schon auf ihrem Handy.

»Messingschlager dürfte das wissen, nicht wahr?«

Regine zuckte mit den Schultern.

»Vermutlich«, meinte sie. »Und?«

»Was und?«

»Du zögerst?«

»Du hast doch gesehen, wie er mich gestern rauskomplimentiert hat«, gab Jeannette gereizt zurück. »Außerdem darf er keine Auskünfte aus einer laufenden Untersuchung geben.«

Regine machte ein aufmunterndes Gesicht.

»Er hat sie ›deine Leiche‹ genannt, oder etwa nicht? Und er hat dir schon all diese Details verraten.« Sie wies auf Jeannettes Aufzeichnungen.

»Das war Ironie, mein liebes Kind. Er hat mir klar gesagt, ich bin draußen.«

»Ach was«, wehrte Regine fröhlich ab. »Es geht ihm wie Wotan mit seiner Fricka. Er darf nicht dürfen, aber er würde doch so gern und hofft, daß du in seinem Sinne handelst, als seine treue Walküre. Es ist genau wie in der Oper.«

Jeannette verzog das Gesicht. Ganz so romantisch hatte sie das Geschehen dann doch nicht in Erinnerung. Regine nickte bestärkend und wies mit der Zigarettenhand auf sie.

»Das Motiv, das er ständig pfeift«, sie wiederholte die Melodie ein wenig schief, und Jeannette verzog das Gesicht, »stammt genau aus der Stelle. Ein klares Zeichen.«

»An mich sind seine musikalischen Kodierungen jedenfalls verschwendet«, schnaubte Jeannette. »Aber falls er mich wegen Amtsanmaßung festnimmt, werde ich mich auf das berufen, was du gesagt hast.«

Regine schob ihr das Handy, das sie wieder losgelassen hatte, noch ein wenig näher hin.

»Komm schon, wenn du ihm verrätst, wo du deine Marke hattest, erzählt der dir doch alles, was du willst.«

Jeannette zog ein beleidigtes Gesicht.

»Das ist entwürdigend«, erklärte sie. Der Wählton erklang.

»Hier ist Jeannette Dürer. Ja, Ihnen auch einen guten Morgen. Eine Frage, Herr Messingschlager. Wenn ich Ihnen verrate, wie die Blondine heißt, die Sie suchen, sagen Sie mir dann, ob Laval der Erbe seiner Frau ist?« Sie lauschte angespannt.

Regine drückte kichernd ihre Zigarette aus. «Psst«, bezeichnete ihr Jeannettes mahnende Geste.

»Er erbt? Danke sehr.« Jeannette legte auf.

Es dauerte eine Weile, bis Regine sich von ihrer Verblüffung erholte. »Das war jetzt insgesamt würdiger und anständiger, ihn so zu linken, oder wie?« fragte sie aufgebracht.

»Ich hatte die Marke in meinem Slip stecken.«

Das Handy läutete. Jeannette warf einen Blick auf das Display und schaltete es aus.

»Tja«, sagte Regine und lehnte sich zurück. »Damit scheidet der Gatte als Räuber wohl aus.«

»Umgekehrt«, sagte Jeannette und lächelte. »Er scheidet als Mörder aus.«

Ehe Regine die Frage aussprechen konnte, die ihr ins Gesicht geschrieben stand, winkte Jeannette den Wirt heran.

»Können wir unsere Buchung um ein oder zwei Nächte verlängern?« fragte sie in ihrem freundlichsten Ton.

Der Mann schaute sie mit der Nachsicht an, die Verrückte verdient hatten. Es war Festspielzeit, die Stadt war ausgebucht bis unter die Dachböden. Regine neigte sich vor und schaltete ihr Lächeln dem Jeannettes hinzu. Vor diesem doppelten Angriff wich der Gastwirt zurück. Er kratzte sich am Kopf.

»Da wäre der Anbau«, sagte er. »Aber der ist noch nicht fertig. Und außerdem …«

»Angenommen«, unterbrach Jeannette ihn und widmete sich wieder ihren Notizen, denen sie weitere hinzufügte. Der Mann ging kopfschüttelnd davon.

»Und jetzt«, sagte sie, »zeige ich dir, wie richtige Polizeiarbeit gemacht wird. Lektion eins«, sie hob mit Schwung ihr Bein auf die Bank und wackelte mit dem Fuß, »wähle ordentliches Schuhwerk!«

»Lektion zwei«, entgegnete Regine, als sie ihre Koffer in ihr neues Domizil schleppten. »Laß die Leute ausreden!«

Der Wirt hatte nicht untertrieben, als er meinte, die Räumlichkeiten wären nicht ganz fertig. Das Bad war zwar komplett ausgestattet, aber über allen Sanitärteilen klebten noch dicke Klebestreifen, die den Kantenschutz aus Pappe festhielten. Regine, die dringend pinkeln wollte, machte sich als erstes daran, ihn mit ihrer Nagelfeile abzupulen.

»Hier liegen überall noch Mörtelteilchen und Dreck in den Ecken«, rief sie herüber. Ihre Stimme hallte in dem kahlen Raum. »Handwerker, die hinter sich aufräumen, scheint es nicht mehr zu geben.«

Jeannette wäre über Mörtel und Beton nur in Bröckchen froh gewesen, denn sie stand auf dem blanken Estrich. Ihr Wirt hatte die Klappbetten auf ihren dringenden Wunsch dennoch hereingestellt und mitleidsvoll einen Läufer als Bettvorlage dazugelegt. Es gab keine Vorhänge und keine Bilder an den Wänden. Wo im Bad Lampe und Spiegel hätten hängen sollen, gähnte ein Loch voller heraushängender Drähte. Die Tapeten kämen übermorgen, wurde ihnen versichert. Aber so lange hofften Jeannette und Regine nicht bleiben zu müssen.

»Wir werden hier eh nur zum Schlafen sein«, meinte Jeannette, um die Freundin und auch sich selbst zu trösten. Sie setzte sich mit überkreuzten Beinen aufs Bett, dem einzig komfortablen Ort in diesem Zimmer. Es signalisierte ihr überdeutlich, daß sie im Rennen um die Auflösung dieses Falls nicht in der Pole Position starteten.

Es war, als hätte Regine ihre Gedanken erraten, als sie sagte: »Sensiblere Naturen als wir könnten den Eindruck bekommen, daß wir einen Fehler machen.« Sie kletterte auf das zweite Bett und schlug ebenfalls die Beine übereinander. »Andererseits ist es nur graduell verschieden von deiner eigenen Bleibe. Du wirst dich schon wohl fühlen.«

Jeannette zog eine beleidigte Grimasse.

»Und du?« gab sie zurück. »Alles prima, solange du Zametzer eins auswischen kannst?«

»Was meinst du damit?«

»Daß du doch nur mit auf Mörderjagd gehst, um ihn auch noch in seinem ureigenen Terrain auszustechen, oder?« fragte Jeannette bissig.

Regine schwieg einen Augenblick.

»Das war ein unsensibler, beleidigender und deiner nicht würdiger Kommentar«, erklärte sie dann mit verletzter Miene.

Jeannette blickte zerknirscht zu Boden und schwieg. Es war Regine, die als erste wieder etwas sagte.

»Du hast für mich Wagner ertragen. Ich ertrage für dich das hier, alles klar? Was genau tun wir eigentlich?«

»Wir suchen Riesen«, erklärte Jeannette.

11

»Hat das irgend etwas damit zu tun, daß du meintest, Alexander Laval käme als Mörder nicht in Frage?«

Friedensbereit klärte Jeannette ihre Freundin während der Autofahrt auf. Die Augustsonne lag auch am frühen Morgen bereits strahlend über den fränkischen Hügeln, auf denen sich Streifen von Wiesen und Nadelgehölzen abwechselten. Landgasthöfe lockten auf Schiefertafeln vor ihren Fachwerkfassaden mit der Ankündigung von Selbstgebackenem. Es würde wieder heiß werden, wie jeden Tag dieses seltsamen Sommers. Aber Jeannette hoffte, vor dem Mittag fündig zu werden.

»Ich meine«, erklärte sie, »daß wir uns an das halten müssen, was wir haben. Ohne Spekulationen.« Sie lenkte das Auto durch den belebten Bayreuther Verkehr. So langsam wurde ihr der Hohenzollernring vertraut. »Wenn wir mal davon ausgehen, daß Laval nicht beim Empfang auftrat, um sich ein Alibi für den Mord zu verschaffen, erhebt sich doch die Frage, warum er dann gekommen war.«

»Weil er Wagner nicht mag?« spekulierte Regine. »Der Zeitpunkt für eine Flucht war günstig. Im ersten Aufzug trat seine Frau ja nicht auf, da hätte er nicht weg gekonnt, ohne daß sie es merkte. Aber in der Pause war sie vermutlich mit ihrer Maske beschäftigt und die nächsten beiden Stunden dann mit Singen. Da hatte er Freizeit.«

»Schön gesagt«, pflichtete Jeannette bei. »Er hatte die Gelegenheit, unbemerkt wegzukommen. Aber wieso? Ich glaube, ehrlich gesagt, nicht, daß es an Wagner lag. So was dürfte er gewohnt sein. Als ehemaliger Ballettänzer ist er doch sicher klassikresistent. Nein!«

Sie blinkte und hielt vor der Fassade des Hotels, in dem sie gestern die erste Pause der »Walküre« verbracht hatten. Der Duft eines chinesischen Imbißstandes umwölkte sie, als sie ausstiegen. Dann wandte sie sich wieder Regine zu.

»Ich habe gesehen, weshalb er dort war.« Sie beugte sich vor. »Er hat einen Koffer übergeben.«

»Einen Koffer?« echote Regine. »Und da waren die Diamanten drin?«

»Ich weiß es nicht«, gab Jeannette zu. »Aber die Männer, die ihn in Empfang genommen haben, werden es wissen.«

»Die Riesen«, rief Regine, als sie aus dem Wagen stiegen. »Jetzt weiß ich, wen du meinst. Die beiden haben mich fast umgestoßen auf ihrem Weg hinaus.«

Gespannt ließ sie sich auf dem Weg hinein von Jeannette alle Details der Übergabe erzählen.

»Und der Kofferdeckel hat sie ganz verborgen?« fragte sie. »Mensch, das ist ja schon wieder Wagner. In Rheingold fordern die Riesen von den Göttern einen Berg Schätze, der so groß ist, daß er den Anblick der Göttin Freya gänzlich verdeckt.«

»Wieso das denn?« fragte Jeannette nach, die die Libretti nicht mit demselben Eifer wie Regine gelesen hatte.

Doch da standen sie bereits vor der Rezeption. Etwas holprig brachten sie ihre Geschichte vor, daß sie gestern auf dem Empfang mit zwei Herren geplaudert hätten.

»Ja«, erklärte Jeannette dann, »und dem einen hat meine Freundin ihre Stola anvertraut, während sie in die Waschräume ging. Nichts wirklich Wertvolles, verstehen Sie ...«

»... aber ein Erbstück von meiner Tante aus Spanien, eine echte Mantilla«, fügte Regine ein wenig vorwurfsvoll hinzu.

»Ich fürchte, bei dem überhasteten Aufbruch sind wir dann

getrennt worden. Wir dachten, wir sähen uns am Festspielhaus wieder, aber ...« Jeannette ließ den Satz ausklingen und hob in einer bedauernden Geste die Hände.

Die Freundinnen sahen erst einander an, dann die Dame an der Rezeption.

»Wie heißen denn Ihre Bekannten«, fragte diese.

»Ja, wie hießen sie noch?« fragte Jeannette, an Regine gewandt.

»Ach Gott, der Name«, antwortete Regine und schickte ihr einen hilflosen Blick. Als Jeannette ihr unmerklich aufmunternd zunickte, improvisierte sie zunehmend freier.

»Also, er hat mir sehr anregend von dem offenen Immobilienfond erzählt, in den er investiert, bei einer Frankfurter Bank, wirklich interessant ... Aber der Name?« Vorwurfsvoll drehte sie den Kopf zu Jeannette. »Du weißt doch, wie es auf solchen Empfängen zugeht. Aber sie sind leicht zu erkennen.« Sie tat, als fiele ihr etwas ein. Schon strahlte sie wieder und wandte sich mit sichtlich erleichterter Miene der Empfangsdame zu. »Sie sind nämlich auffallend, also wirklich außerordentlich groß, alle beide.«

Die Empfangsdame schüttelte den Kopf.

»Sie waren mit Herrn Laval hier«, warf Jeannette ein, als wäre es ihr eben eingefallen.

»Bedaure, Monsieur Laval logiert nicht bei uns«, antwortete die Empfangsdame steif.

»Wir wollen ja auch nicht mit ihm sprechen, sondern mit seinen beiden Freunden.« Jeannette klang ungehalten; sie schlug mit der flachen Hand auf den Tresen der Rezeption. »Herrgott, Regine, daß du auch nie auf deine Sachen aufpassen kannst.«

»Was soll das heißen?« Regine klang beleidigt und ein wenig schrill.

Eine Gästegruppe kam aus dem Aufzug und zog leise murmelnd an ihren vorbei. Die Empfangsdame neigte sich vor und bat sie, ihre Stimmen zu dämpfen.

»Sie würden uns wirklich sehr helfen«, flüsterte Jeannette übertrieben leise zurück und lehnte sich weit hinüber.

Doch es blieb beim Kopfschütteln.

»Keiner unserer Gäste entspricht Ihrer Beschreibung. Ich bedaure.« Die abschließende Geste war unmißverständlich.

Draußen am Auto klemmte ein Strafzettel, den Jeannette verärgert in den Fond warf. Sie hatte vergessen, einen Parkschein zu ziehen.

»Glaubst du, sie hat die Wahrheit gesagt?« fragte Regine und nahm Jeannette die Schlüssel ab. »Ich fahre wieder.«

»Wir müssen es darauf ankommen lassen«, meinte Jeannette. »Aber ich denke schon.« Sie stieg ein. »Wie viele Vier-Sterne-Hotels hat Bayreuth eigentlich?« Nervös sichtete sie die Unterlagen aus der Tourist-Info, bekam den Hotelprospekt zu fassen und zählte. »Sechs, wenn man die Umgebung nicht mitrechnet. Danach gehen wir einen Stern runter.«

Regine startete den Motor. »Glaubst du wirklich, daß die beiden in so einer Nobelherberge abgestiegen sind?« fragte sie zweifelnd. »Ihre Anzüge sahen mir, ehrlich gesagt, nicht danach aus.«

»Sie nicht«, meinte Jeannette und dirigierte Regine zur nächsten Adresse. »Aber der Mann, für den sie arbeiten, ganz sicher.« Sie schaute hinaus und sah, wie die langsam vertrauten Szenerien Bayreuths vorbeiglitten. »Es gibt immer einen Mann, für den Schläger wie diese arbeiten. Es sind Handlanger. Ich habe solche Typen schon vor teuren Clubs herumstehen sehen und vor den Türen zu den rückwärtigeren, verschwiegeneren Räumen von Casinos, Nobeldiskos oder Massagesalons. Und hinter solchen Türen sitzt immer ein wichtiger Mann. Sie wären nie auf einer Party wie dieser eingeladen gewesen, wenn es diesen Mann nicht gäbe. Und glaub mir, der logiert garantiert mit vielen Sternen.«

Einige Hotels später waren Jeannette und Regine nicht mehr so sicher. Sie hatten ihre Nummer mit kleinen Varianten wieder und wieder abgezogen und kamen sich bald vor wie zwei alternde Schauspielerinnen, die seit zwanzig Jahren mit demselben Programm durch die Provinz tingeln, an Mißerfolge gewöhnt. Manchmal improvisierten sie ein wenig, aus purer Verzweiflung. Einmal war Regine in Tränen ausgebrochen. Der Portier hatte ihr wortlos ein Taschentuch gereicht.

Einmal hatte Jeannette sehr sanft gefragt. »Sie wollen doch nicht, daß Gäste von Ihnen in den Verdacht des Diebstahls kommen?«

Der Empfangschef hatte keine Miene verzogen. Doch nur ein eiliger Rückzug hatte ihren sehr unsanften Rauswurf verhindert. Einmal erlebten sie die unglaubliche Demütigung, daß ein unauffällig über den Tresen geschobener Geldschein nicht angenommen wurde.

»Komisch, die sehen alle gleich aus«, meinte Regine nach dem siebten Hotel. »So banal und einfallslos. Würdest du dich in so was niederlassen, wenn du Geld hättest?« Ihr Blick wanderte über das mutige Muster der Auslegeware.

Nicht einmal das »Rheingold«, dessen Name Regine noch einmal zu großen Hoffnungen ermutigte, konnte ihnen Riesen bieten.

Bei der letzten Adresse packte Jeannette die Wut. Sie zückte ihren Polizeiausweis und verlangte barsch Auskunft. Der Portier, dessen Blick zweifelnd von Jeannette zur Regine wanderte, verneinte dennoch: Zwei Männer von ungewöhnlicher Größe gehörten seines Wissens nicht zu den Gästen. Auf Jeannettes Verlangen befragte er die Zimmermädchen, doch ebenfalls ohne Ergebnis.

»Verdammt«, rief Regine enttäuscht aus. »Wo wohnen denn hier die wirklich reichen Leute?«

Der Portier lächelte säuerlich.

»Versuchen Sie es doch einmal in Pflaums Posthotel in Pegnitz«, sagte er steif.

Jeannette winkte Regine hinaus. Durch die Glasfront sahen sie, wie der Portier zum Hörer griff.

»Der ruft jetzt bestimmt bei der Polizei an«, sagte Regine besorgt.

Jeannette zuckte die Achseln. Sollte er. Sie hatten um die Ecke geparkt und würden so verschwinden, daß er das Nummernschild nicht sah. Messingschlager würde sie natürlich aufgrund der Personenbeschreibung erkennen. Aber irgendwie brachte sie es nicht fertig, sich vor ihm zu fürchten.

Jeannette schüttelte den Kopf, als sie einstiegen. Mit deutlich gedämpftem Elan fuhren sie weiter. Aber das mochte auch an der Hitze liegen. »Was machen wir jetzt?« wollte Regine wissen. »Die drei Sterne abklappern? Oder fahren wir nach Pegnitz?«

»Erst mal suchen wir uns einen Schattenplatz und denken nach«, schlug sie vor. »Wir müssen unsere Strategie überarbeiten.«

Sie fanden ein Café an den Mühlbachterrassen. Der Bach, der eher ein gestylter Kanal war und wenig Wasser in einem mit viel Stein gemauerten Schacht fließen ließ, bot allerdings wenig Erfrischung.

»Wir sollten uns lieber in den Hofgarten setzen«, moserte Regine und beschattete mit der Hand die Augen. »Hey, ist das dahinten nicht die Oper?«

Jeannette konsultierte ihre Pläne.

»Das ist das Forstamt«, meinte sie und betrachtete den massigen Bau mit dem unproportionierten Rundturm, den Josef sicher als »faschistischen Jugendstil« bezeichnet hätte.

»Nein, ich meine doch das da drüben. Komm schon«, drängelte Regine. »Wenn wir schon mal hier sind, sollten wir uns auch die Sehenswürdigkeiten reinziehen. Vielleicht gibt uns ein bißchen Kultur den richtigen Kick.«

Jeannette hatte von Opern eigentlich genug, aber der barocke Sandsteinbau versprach zumindest Kühle, also ließ sie sich überreden, den echten Kick einer Cola noch ein wenig aufzuschieben. Sie gingen die paar Meter, bezahlten ihre Tickets, erfuhren, daß in wenigen Minuten eine Lightshow mit Führung stattfinden sollte, und gingen hinein. Regine warf sich in die gut gepolsterten Stühle und ließ die Kulisse auf sich wirken.

»Das ist schon was anderes als die frigide Hotelästhetik von heute Vormittag. Schau dir das an. Damals wußte die Hautevolee noch zu leben.«

Jeannette starrte verblüfft auf das Interieur, das vor dekorativen Elementen geradezu überquoll. Zwischen auf Marmor getrimmten, voluminösen Holzbalustraden, schwebenden Stuck-Musen und Siegesgöttinnen, zwischen blumenumrankten Säulen, Trompe-l'Œil-Malerei, die die flachen Rückwände ins Dreidimensionale zu erweitern suchte, und allerlei vergoldeten Barockschnörkeln, zwischen Wappen und Blumen, Muscheln und Putten, Troddeln und Lüstern blieb kein Stück freier Raum.

»Da hat der Horror vacui ja ganze Arbeit geleistet«, meinte Jeannette. Sie schwankte, ob ihr gefiel, was sie sah. Sie mußte an ihre eigene Wohnung denken, und ihr schien, daß da jemand ins gegenteilige Extrem verfallen war. Nein, sie persönlich würde hier drin auf Dauer Alpträume bekommen. Aber sie begriff den Willen, der dahinterstand und dem die banale Welt nicht genügte, nicht an Schönheit, nicht an Fülle, nicht an Sinn.

»Es ist ein Schatzkästchen«, flüsterte Regine. Das Licht

ging aus, und auf dem gemalten Vorhang, dessen Original von Napoleon gestohlen, nach Wien verschenkt und dort bei einem Theaterbrand vernichtet worden war, wurden die Gesichter der Markgräfin Wilhelmine und Voltaires sichtbar.

Leicht eingelullt, lauschte Jeannette ihren Stimmen.

»Und wie alle wahrhaft schönen Frauen«, sagte Wilhelmine eben, »bin ich unglücklich und voller Hochmut. Uns bleibt nur die Kunst.«

Regine drückte an dieser Stelle ihre Hand, was Jeannette lächeln ließ. Dann spürte sie eine andere Berührung. Ein Arm hatte sich gegen ihre Schulter gedrückt, ein Schenkel gegen den ihren. Einen Moment lang dachte sie noch, der neue Besucher hätte sich unabsichtlich zu dicht neben sie gesetzt und rückte nur mechanisch ab. Doch der Druck verstärkte sich sofort wieder.

Regines Griff um ihre Hand intensivierte sich zu einem angstvollen Klammern. Jeannette bemerkte aus den Augenwinkeln, daß sich auch neben ihre Freundin jemand gesetzt hatte. Sie wurden, isoliert in der Dunkelheit, flankiert von zwei Männern, zwei wahrhaft riesenhaften Männern. Sie hatten gefunden, was sie gesucht hatten. Oder vielmehr waren sie gefunden worden. Der Portier mit dem Telefonhörer, schoß es Jeannette durch den Kopf. Er hatte mitnichten die Polizei angerufen. Er hatte mit einem guten Kunden telefoniert.

Die Köpfe der Menschen vor ihnen, die verstreut in den Sitzreihen saßen, waren gebannt auf die Leinwand gerichtet. Auch ihre neuen Begleiter taten so, als würden die Bekenntnisse der traurigen Markgräfin sie überaus fesseln. Doch nach wenigen Minuten sagte der eine leise: »Mitkommen!« Mehr nicht. Sein Tonfall und die bedrohliche Nähe ließen keinen Protest zu. Alle vier standen so synchron auf, als hätten sie es geübt.

Niemand wandte den Kopf von der Leinwand, wo Wilhelmine gerade erzählte, wie ihre Mutter sich aus Angst vor dem gewalttätigen Vater, dem preußischen König, in die Hysterie geflüchtet hatte. Jeannette versuchte, das Zittern ihrer Knie zu kontrollieren.

»Ich hielt mir die Seele frisch«, sprach Wilhelmines sanfte Stimme. Es war ein ergreifender Moment.

Seele frisch, Seele frisch, echote es in Jeannettes Gedanken. Sie drückte noch einmal Regines Hand, die sich mit einemmal kalt und feucht anfühlte. Mehr konnte sie für die Freundin nicht tun. Eng beieinander, wie in größtem Einvernehmen, marschierten sie alle vier aus der Oper hinaus, durch den leeren Vorraum, in das grelle Licht des Tages. Es blendete Jeannette so, daß sie zusammenzuckte, was die Riesen veranlaßte, sie fest unter den Armen zu fassen.

Jeannette machte sich ärgerlich los. »Ich komm ja mit«, knurrte sie. Was blieb ihr übrig.

Einer der Männer wies ihr den Beifahrersitz eines schwarzen BMW zu. Jeannette gehorchte und erhaschte einen Blick in Regines blasses Gesicht, in dem die Angst stand. Der Gedanke, mit dem zweiten, schweigsamen Riesen auf der Rückbank eingeklemmt zu sein, bereitete ihrer Freundin sichtlich Panik. Sie sah, wie Regine unwillkürlich am Ausschnitt ihres Sommerkleids zupfte, als könnte sie ihn nachträglich verkleinern. Jeannette schickte ihr ein kleines Lächeln, das ermutigend wirken sollte, aber vermutlich kaum die Furcht verbarg, die sie selber erfüllte.

Das Auto fuhr dezent schnurrend aus Bayreuth hinaus. Der Auftraggeber ihrer Entführung, von dem Jeannette noch immer sicher war, daß es ihn gab, mußte außerhalb logieren wie sie selbst. Da hatten sie lange suchen können.

Jeannette erhaschte den Blick auf ein Straßenschild. Königsallee, las sie und versuchte verzweifelt, sich den Bayreuther Stadtplan vor Augen zu stellen. Die Szenerie wurde rasch ländlicher. Auf einem an die Straße geklebten alten

Häuschen erhaschte sie gerade noch die Aufschrift »Rollwenzelei«, dann waren sie schon vorüber. Das Zurückbleiben der letzten Häuser erfüllte sie mit Panik. Wohin fuhren diese Männer sie?

Die Frage wurde erst beantwortet, als zu ihrer Linken zwischen den Hügeln ein modernerer Anblick auftauchte, ein Einkaufszentrum, wie es im ersten Moment schien. Sie bogen auf den weitläufigen Parkplatz davor ein und hielten. Jeannette betrachtete den glatten graublauen Bau mit den vielen Fenstern, auf denen sich in schwungvoll abstrakten Linien das Motiv eines stilisierten Schwans wiederholte. Als sie ausstiegen, stach ihr ein vertrauter Geruch in die Nase. Was war das, Chlor, Ozon? Jedenfalls roch es nach Schwimmbad.

»Mitkommen!« Der Wortschatz ihrer Begleiter war begrenzt. Regine und Jeannette stolperten den langen Schritten hinterher, so gut sie konnten. Der feste Griff unter ihre Arme hob sie beinahe vom Boden hoch. Jeannette sah noch die Werbetafeln einer Klinik, dann hatten sie das Ziel ihrer Fahrt vor sich. Ein Springbrunnen umplätscherte das Logo. Sie konnte es nicht glauben.

»Lohengrin-Thermen«, stieß sie überrascht aus, als sie das Signet inmitten des Springbrunnens entdeckte. »Sollen wir etwa baden gehen?«

»Ich habe keine Schwimmsachen dabei«, protestierte Regine von hinten schwarzhumorig. Sie klang kühner, als ihr zumute war. Ein Versuch, die Bilder von in Pools treibenden Wasserleichen zu verdrängen, mit schwebenden Haaren und aufgerissen zum Grund starrenden Augen, wie sie sich ihr unmittelbar aufdrängten.

»Ist hier jetzt nicht geschlossen?« fragte Jeannette, als sie, grob an der Schulter mitgezerrt, einen kurzen Blick auf einen Anschlag an der Tür werfen konnte. Aber ihre Begleiter stellten sie ab und klopften nur wortlos an die Scheibe. Ein weiterer Mann wurde drinnen sichtbar, der den beiden in Größe, Kantigkeit und der Geschmacklosigkeit seines Polyesteranzuges in nichts nachstand. Er schloß ihnen die Tür auf.

»Laßt mich los!« Regine begann instinktiv, sich zu wehren. Sie wollte nicht in dieses Gebäude, weg von den Blicken der Menschen, die draußen über den Parkplatz wimmelten und ihren Alltagsgeschäften nachgingen. Der feuchtwarme Hauch aus dem Inneren ließ Panik in ihr aufsteigen.

»Helfen Sie uns!« rief Jeannette einer Putzfrau zu, die hinter dem Drehkreuz herumfeudelte, sich aber nur erschrocken bückte und eilig verschwand, als sie die kleine Gruppe kommen sah.

Na prima, dachte Jeannette verbittert. Von der Wand blickte ein riesenhafter Lohengrin mit ebensolchem Schwan. Das mußte ja so kommen. Die weiten, luxuriösen Hallen mit den menschenleeren, blau schimmernden Pools wirkten gespenstisch, wie sie so verlassen dalagen. Ihre Schritte hallten über der unbewegten Wasserfläche. Möglicherweise wurde das Unbehagen auch von ihren Begleitern erzeugt, deren dunkle Anzüge und Straßenschuhe zu den heiteren Pastellfarben und Palmendekorationen des Bades einen irritierenden, bedrohlichen Kontrast bildeten. Dann hörten sie ein hohes Kichern. Jeannette und Regine schauten sich an.

»Hier rein!« Sie wurden unfreundlich weitergeschoben. Eine Tür öffnete sich, das Kichern und Plantschen wurde lauter. Verdutzt stellten sie fest, daß sie in einer Art Séparée standen, vor einer schimmernden, bauchigen Kupferwanne von wahrhaft königlichen Ausmaßen. In dem penetrant nach Rosenöl duftenden Wasser fielen zunächst drei Nymphen auf, die sich den Schaum zubliesen und kichernd um einen älteren Mann herumschmeichelten, der beim Anblick der Neuankömmlinge seine Sektflöte neben dem Champagnerkühler abstellte. Kerzen flackerten, ihre Flammen spiegelten sich in den goldfarbenen Armaturen. Es gab Kaviar, Shrimps und eine Efeudekoration.

»Alberich«, hauchte Regine.

Der Mann schien sie nicht gehört zu haben.

»Raus mit euch, hopp-hopp!« befahl er seinen Gespielinnen und klatschte in die feuchten Hände. Die Nymphen zogen Schmollmünder, schlüpften aber ohne ein Zeichen von Schamgefühl splitterfasernackt, wie sie waren, aus dem Wasser und marschierten mit tropfenden Silikonbrüsten hinaus, nicht ohne Jeannette und Regine einen abschätzigen Blick zuzuwerfen. Jeannette konnte sie draußen erneut giggeln und mit einem Platsch in den Whirlpool hüpfen hören. Sie senkte den Blick auf »Alberich«. Der Schaum verdeckte zum Glück seine Gestalt von dem runden Kopf auf seinem faltigen Hals abwärts. Ein über die Wanne gelegtes Tischtablett tat ein übriges.

»Also die Polizei interessiert sich für mich«, sagte er und ließ seine Finger wählerisch über der Auswahl an Garnelen auf einem Silbertablett kreisen. Schließlich fand er eine, die ihm behagte, und drehte ihr mit einer entschlossenen Bewegung den Kopf ab.

»Nun, nicht direkt die Polizei«, hob Regine an. Jeannette stieß ihr den Ellbogen in die Rippen.

»Sie haben einen Koffer erhalten«, erklärte sie ihrerseits in forschem Ton, der, wie sie hoffte, nichts von ihrer Angst verriet.

Der Alte lächelte.

»Etwas Champagner?« fragte er.

Jeannette schüttelte den Kopf, aber Regine nahm zu ihrer Überraschung an. Sie zitterte so, als sie das hohe Glas entgegennahm, daß sie ein wenig davon ins Badewasser verschüttete. Vom ausgestreckten Arm des Alten tropften Wasser und Schaum. Jeannette sah, daß seine Haut in Falten von den dürren Knochen hing. Begütigend tätschelte er Regines Hand.

»Glauben Sie mir, Sie machen das weit geschickter als Ihre Freundin.«

Regine lächelte schwach. Er wandte sich Jeannette zu.

»Und Sie wollen also etwas über den vermaledeiten Koffer wissen.« Seine Stimme klang angeekelt.

Jeannette straffte sich.

»Ich glaube nicht, daß wir hier wären, wenn Sie uns nichts darüber erzählen wollten.«

Der Alte seufzte und rutschte ein wenig tiefer ins Wasser.

»Ich bin ein einfacher Festspielgast«, sagte er, »ich will die Opern genießen, nichts weiter.« Seine Stimme klang fast übertrieben harmlos, aber seine kleinen Augen funkelten sie an.

»Sind Sie Patient in der Klinik?« fragte Jeannette. Es war ein Schuß ins Blaue.

Das Gesicht des Alten verzog sich.

»Ein harmloses Augenleiden. Nichts von Bedeutung. Ich will meine Umgebung nicht damit beunruhigen.«

Seine Umgebung, wie Jeannette vermutete, war die einschlägige Szene von Frankfurt oder Berlin, die nichts von der kleinen Schwäche des großen Machers wissen durfte. Aber sie sagte nichts dazu.

»Ich habe ein kleines Appartement«, fuhr er fort, »gleich über der Klinik. Zu den bescheidenen Vorteilen zählt ein privater Barfußgang in die Thermen hier.«

Vom Badebereich, wo die Rheintöchter spielten, drang hohes Kreischen herein.

»Ein Appartement, nur für die Festspiele?« fragte Regine erstaunt.

Alberich verzog seine Falten zu einem Grinsen.

»Ich bin ein Kunstfreund«, erklärte er und hob in entschuldigender Geste die Arme: »Was soll ich machen?«

»Deshalb waren Sie vermutlich auch nicht persönlich auf

dem Empfang«, mutmaßte Jeannette ein wenig höhnisch. Die aufgesetzte Sentimentalität des Mannes ging ihr auf die Nerven. Er wies mit dem Finger auf sie.

»Genau. Ich würde mir keinen Ton der »Walküre« entgehen lassen. Aber Geschäft ist nun einmal Geschäft.«

Er seufzte, rutschte wieder tiefer und schien sich ganz auf die wohltuende Wirkung seines Heilbades zu konzentrieren.

»Sprechen wir doch übers Geschäft«, schlug Jeannette burschikos vor, nachdem sie ihn eine Weile betrachtet hatte. Der Alte schwieg, so lange, daß ihnen die Angst beinahe die Kehle zuschnürte. Ihnen war nur zu bewußt, daß noch immer die beiden Riesen hinter ihnen standen. »Oder über Alexander Laval«, fuhr sie fort.

Da schlug Alberich die Augen wieder auf.

»Er ist ein Kunde«, sagte er, »ein Gast, ein geschätzter Freund.«

»Ein Spieler«, warf Jeannette ein.

Alberich wiegte abwägend den Kopf.

»Und er hat Schulden bei Ihnen.«

Die Stimme des Alten wurde schärfer.

»Niemand hat Schulden bei mir.« Die Hand des Alten schlug aufs Wasser, um die Feststellung zu unterstreichen. »Alle zahlen sie.« Das Bad in der glänzenden Wanne schwappte leise.

»Laval hat wohl gestern nachmittag gezahlt«, stellte Jeannette fest.

Alberich hob die Hände und zeigte ihr die Innenflächen.

»Eine ganz normale Transaktion.«

»Nicht, wenn es die Juwelen seiner Frau waren, die er Ihnen gegeben hat«, warf Jeannette ein.

Alberich lächelte wieder.

»Und warum nicht? Vielleicht hat sie sie ihm ja überlassen?« Er zog ein bedauerndes Gesicht.

»Wohl kaum«, bemerkte Jeannette steif.

Sein Gesichtsausdruck besagte: Wer weiß. Dann winkte er ab.

»Was soll's. Selbst wenn es die Juwelen gewesen wären, und ich sage wohlgemerkt nicht«, er hob den Finger, »daß es so ist. Jetzt, wo jemand so zuvorkommend war, seine Frau zu ermorden, gehört ohnehin alles ihm. Wozu sich aufregen?«

»Die Polizei«, schnappte Jeannette, »würde das sicher anders sehen.«

»Die Polizei sieht gar nichts«, kam es scharf zurück. »Sie interessiert sich nicht für mich. Sie«, wieder stieß sein spitzer Finger in ihre Richtung, »interessieren sich für mich. Sie schnüffeln mir nach.« Er holte Luft und beruhigte sich. »Und ich bin so zuvorkommend«, fuhr er dann wieder in seiner übertrieben verbindlichen Stimme fort, »Ihnen zu sagen, daß das nicht nötig ist. Hier gibt es nichts als eine Transaktion unter Geschäftsleuten, ganz legal, was mich betrifft. Ich habe Schuldscheine, die ich Ihnen vorlegen kann.«

»Zeigen Sie die der Polizei.«

»Polizei! Polizei!« äffte er ihre hohe Stimme nach. »Ich habe es Ihnen doch schon gesagt. Ich bin Kunstliebhaber. Ich möchte in Ruhe die Oper genießen heute abend, sonst nichts.« Wieder lächelte er sein falsches Lächeln.

Jeannette verstand.

»Wir sollen Sie in Ruhe lassen und nichts an die Behörden weitergeben?«

»Weil es nichts gibt, was mit Mord und Totschlag zu tun hat«, nickte er wohlwollend.

»Was haben wir davon?« fragte Jeannette aufsässig.

»Eine heile Haut?« fragte er und grinste.

Jeannette hörte hinter sich Regines Sektglas zu Boden fallen und klirrend zerspringen.

»Ein Scherz, ein Scherz«, rief Alberich darauf begütigend.

Er schnippte mit den Fingern. Einer der Riesen trat mit einem goldgestreiften roten Satinbademantel hervor und stellte sich zwischen die Frauen und die Wanne. Jeannette sah dennoch, daß Alberichs dünne Arme und Beine von einem Leib ausgingen, dessen dürrer Brustkorb müde über einem rund vorstehenden Bäuchlein thronte. Neben seinem Bodyguard wirkte er geradezu grotesk klein.

Dann drehte er sich wieder zu ihnen herum. Er verknotete energisch den Gürtel seines Mantels und fragte: »Was wollen Sie?«

»Die Juwelen sehen«, antwortete Jeannette wie aus der Pistole geschossen.

Er schüttelte den Kopf.

»Das wird leider nicht möglich sein. Mein Mitarbeiter hat sie bereits in Verwahrung gegeben.«

Einer der Riesen nickte daraufhin und verließ den Raum. Jeannette war sicher, daß er soeben den Auftrag erhalten hatte, den kompromittierenden Koffer verschwinden zu lassen. Aber sie war nicht in der Lage zu insistieren.

Ein aufforderndes Brauenheben zu dem verbliebenen Riesen, ein kaum merkliches Kopfschütteln, ein paar rasch gewechselte Worte in einer fremden Sprache. Daraufhin nickte er auch den zweiten Riesen hinaus.

»Behalt ihn im Auge«, befahl er.

Dann wandte er sich wieder den beiden Frauen zu.

»Gibt es sonst noch etwas, was ich für Sie tun kann?« Seine Stimme troff von Schmalz.

»Sagen Sie uns den Namen der Blondine, mit der Laval gleich nach der Kofferübergabe zu flirten begann«, platzte Regine heraus. Es waren die ersten Worte, die sie sprach, seit sie das Bad betreten hatten, und ihre Stimme klang spröde.

Der Alte kniff sie entzückt in die Wange.

»Ich weiß ihn leider nicht. Aber warum fragen Sie nicht

Ihre Freundin von der Zeitung? Meine Jungs haben mir erzählt, Sie verstehen sich prächtig. Sie logiert mit all diesen schönen Menschen, die die Öffentlichkeit so lieben, in …«

»Pegnitz«, vollendete Jeannette seinen Satz, die an den Rat des Portiers dachte. Er breitete wieder die Arme aus.

»Sehen Sie, Sie wissen schon alles, Sie brauchen mich nicht.«

12

Jeannette fühlte sich erst wieder sicher, als sie draußen auf dem Parkplatz standen. Der Wagen der Riesen war verschwunden. Auch darüber war sie nicht böse.

»Und was machen wir jetzt?« fragte Regine.

»Nachdenken«, sagte Jeannette.

»Könnten wir das eventuell bitte in einem Taxi tun?« In Regines Stimme lag ein gewisses Zittern.

Jeannette faßte nach dem Riemen ihres kleinen Rucksacks und griff ins Leere.

»Wenn du Geld hast«, meinte sie dann. »Meine Tasche ist in deinem Auto geblieben.«

Regine zog ein unglückliches Gesicht.

»Und meine liegt noch in der Oper, wegen diesen, diesen …« Sie dachte noch einmal an den Schrecken, als die beiden Männer sich plötzlich neben sie gesetzt hatten, und suchte die Erinnerung rasch zu verdrängen.

»Dann trampen wir eben«, schlug Jeannette vor.

Aber Regine schüttelte heftig den Kopf.

»Ich steige nie wieder in einen fremden Wagen ein«, erklärte sie kategorisch.

Also blieb ihnen nichts übrig, als zu laufen. Ein goldenes Spätnachmittagslicht lag über den sanften Hügeln der fränkischen Landschaft.

»Weißt du«, meinte Jeannette, als sie im Gänsemarsch den Randstreifen der Landstraße entlangmarschierten, zwischen Asphalt, blühendem Löwenzahn und glitzernden

Schneckenspuren, eine noch immer unbarmherzige Sonne im Nacken. »Du bringst einen entschieden dilettantischen Zug in mein Leben.«

»Und du bringst entschieden einen Zug von Lebensgefahr in meines«, kam es von hinten zurück.

»Ach, halt den Mund und marschiere!«

Ein Traktor mit Anhänger, der in Richtung des Stadtteils St. Johannis wollte, nahm sie schließlich auf und brachte sie bis zur Eremitage. Dort ließen sie sich vom Anblick der Bassins und Heckenwege verlocken, eine Pause einzulegen. Langsam schlenderten sie die mit fränkischen Muschelkalkbrocken gesäumten Wasserbecken voller Seerosen entlang und gaben sich der schönen Illusion hin, die die langen Buchenlaubengänge hervorriefen, nämlich ein klares Ziel vor Augen zu haben.

»Schau mal«, rief Regine schließlich und wies auf die pralle Rückansicht eines strahlend vergoldeten, nackten Gottes auf dem Dach eines kleinen Säulenrundbaus. »Das muß der Sonnentempel sein.«

Eine Erfrischung im angrenzenden Café konnten sie sich bargeldlos nicht leisten, aber sie setzten sich auf die Stufen unterhalb des kleinen, komplett mit Steinen besetzten Tempelchens der Markgräfin, blickten auf das Bassin mit seinen Statuen und genossen die Schönheit des Fleckchens.

»Gestrandet in Bayreuth«, konstatierte Jeannette.

Regine legte den Kopf auf ihre Schulter.

»Voltaire soll es ein Paradies genannt haben.« Dann brach sie unvermittelt in Tränen aus.

Jeannette, in der die Nachwirkungen ihres seltsamen Erlebnisses und der ausgestandenen Angst ebenfalls noch umgingen, legte mitfühlend den Arm um sie.

»Ist ja gut«, flüsterte sie und strich über Regines spröde rote Locken, »ist ja alles wieder gut.«

»Nichts ist gut«, japste ihre Freundin erstickt, »gar nichts. Das ganze Leben nicht.«

Jeannette verstand, was sie meinte.

Stumm saßen die beiden Frauen da und blinzelten in das nachlassende Licht der Sonne.

»Ich weiß nicht, ob das eine gute Idee war«, meinte Regine eine Stunde später.

Jeannette hatte sie überredet, den Heimweg zu Fuß anzutreten. »Es ist die Königsallee«, hatte sie ihr vorgeschwärmt, »die Straße, die Jean Paul immer zu seinem Dichterstübchen in der Rollwenzelei gegangen ist. Laß uns einfach rollwenzeln!«

Regine hatte vergebens eingewandt, daß Jean Paul von der anderen Seite gekommen sei und einen kürzeren Weg gehabt hatte. Jeannette hatte ihre Bedenken weggewischt.

»Es können nicht mehr als acht Kilometer sein, höchstens.«

Ihr lag vor allem daran, nicht Messingschlager um Hilfe zu bitten, den einzigen Menschen, den sie in Bayreuth kannte, so wie Regine es vorgeschlagen hatte. Eher würde sie sich die Füße wund laufen, als ihm zu gestehen, daß sie in der Klemme saß. Wenn sie nur an ihren unverschämten Anruf dachte, wurde sie dunkelrot.

Aber auch der Himmel verfärbte sich langsam und legte hellpurpurne Streifen von Abendrot zwischen die alten Bäume; sie rollwenzelten schon eine ganze Weile, und Bayreuth war noch nicht wieder in Sicht.

»Was hast du eigentlich vor?« fragte Regine müde.

Jeannette dachte nach. »Cherchez la monnaie« hatte ihnen nichts gebracht als die ziemlich sichere Erkenntnis, daß Laval seine Frau bestohlen hatte. Er hatte ihren Schmuck genommen, um seine Spielschulden zu begleichen. Aber hatte er wirklich seine Frau umgebracht? Wozu? Um die Sache wie einen Raubmord aussehen zu lassen? Weil sie ihn überrascht hatte? Um zu erben? Warum hatte er sie dann nicht früher schon getötet und die Schulden in Seelenruhe aus dem Erbe beglichen? Nein, es wollte ihr nicht einleuchten. Es blieb ihr wohl nichts anderes übrig als »cherchez la femme«. Sie würde sich doch um die ominöse Blondine kümmern müssen, um über Laval Auskunft zu erhalten. Ob Messingschlager sie inzwischen ausfindig gemacht hatte? Sie hätte ihm zumindest sagen können, fiel es ihr ein, daß sie an diesem Abend ein rotes Kleid getragen hatte. Es war doch rot gewesen? Sie suchte sich die ganze Szene noch einmal vor Augen zu stellen. Oder war es eine andere Farbe gewesen? Wo hatte sie an diesem verdammten Abend ein rotes Kleid erblickt?

»Ich sehe Licht!« rief Regine hinter ihr. Jeannette wünschte, sie sähe es auch.

Die markgräfliche Oper hatte inzwischen geschlossen, so daß sie nicht klären konnten, ob Regines Tasche gefunden worden war. Jeannettes eigener Rucksack lag gut sichtbar auf dem Rücksitz von Regines Toyota. Der Autoschlüssel allerdings war in Regines Handtasche. Jeannette verfluchte alle leichten Sommerkleider, die schlichtweg keine Taschen hatten, in die man irgend etwas stecken konnte. Ihre Füße schmerzten, und ihr Selbstbewußtsein war angeknackst. Sie hatte für heute wahrhaftig genug.

»He, was machst du da?« rief Regine entsetzt.

Ehe sie reagieren konnte, hatte Jeannette einen Stein aufgehoben und mit dem Rock ihres Sommer-Hängerchens umwickelt, um den kleinen Teil der hinteren Scheibe damit einzuschlagen. Der erste Schlag war zu schwach und hatte keinen Erfolg, machte aber einen ganz hübschen Lärm.

»Bist du verrückt?« protestierte Regine lautstark. Ein paar

Leute schauten sich nach ihnen um. »Damit sie mir dann noch das Auto klauen.«

»Du willst also bis zu unserer Pension laufen, ja?«

»Ich will einen Schlüsseldienst anrufen.«

Die beiden stritten noch, als ein Streifenwagen vor ihnen hielt.

»Was machen Sie denn da?« wollten die beiden Beamten wissen, als sie ausstiegen.

»Genau das habe ich sie auch gerade gefragt«, giftete Regine.

Nach einer längeren Debatte, in deren Verlauf die Polizisten ihre Ausweise zu sehen verlangten und sich mit stoischer Miene anhörten, warum das im jeweiligen Fall nicht möglich war, wurden Jeannette und Regine gebeten, mit aufs Revier zu kommen.

»Das können Sie nicht machen«, protestierte Regine. »Wir sind gute Bekannte von Kommissar Messingschlager.«

Die beiden Beamten wechselten einen überlegenen Blick.

»Auch das werden wir auf dem Revier feststellen.«

Sie wurden in den Fond komplimentiert. Eine Viertelstunde später saßen sie in einem Raum, der Jeannette nur zu vertraut vorkam. Dieselben Schreibtische, dieselben Poster an den Wänden, dieselben Gesichter wie in ihrem eigenen Büro. Sie begann sich wirklich zu fragen, warum sie sich hier in Bayreuth so engagierte. Morgen daheim würde sie mehr als genug von derselben Sache bekommen, tagaus, tagein.

»Die Kollegin aus Nürnberg.« Messingschlager schaute mit seinem vertrauten Lächeln auf die beiden hinunter, als er eintrat.

Jeannette und Regine standen auf.

»Meine Tasche«, rief Regine und schnappte sich erleichtert das schwarze Lederetui, das er ihr am Riemen hinhielt. Rasch ging sie den Inhalt durch und begann zu strahlen; es fehlte tatsächlich nichts.

»Kennen Sie die Leute wirklich alle persönlich?« fragte Messingschlager beeindruckt und wies auf den dicken Packen Visitenkarten, der das zierliche Täschchen noch immer ausbeulte.

»Alles liebe Freunde«, trällerte Regine und zwinkerte ihm zu.

»Na, dann müssen wir Sie jetzt nur noch vom Verdacht des Autoknackens befreien«, meinte er und ging auf ihren fröhlichen Ton ein.

Jeannette hielt stur den Mund. Sie haßte den belustigten Ausdruck in seinen Augen, haßte ihn zutiefst. Es stand ihm einfach nicht zu, sich über sie zu amüsieren. Und ging es überhaupt mit rechten Dingen zu, daß ein Mann von so unscheinbarem Äußeren die Luft zwischen ihnen beiden derart zum Knistern brachte?

Sogar die Beamten in der Wachstube schienen es zu bemerken, denn Messingschlager nahm sie nach einem kurzen Blick in die Runde am Arm und zog sie über den Flur hinaus, ehe er ein weiteres Wort sagte. Dann rief er einen Kollegen von einem der Streifenwagen herüber und bat ihn, Regine zu ihrem Auto zu bringen. Jeannette wollte sich ihr anschließen, doch er hielt sie fest.

»Sie schulden mir noch was«, meinte er.

Jeannette stellte sich stur.

»Wenn Sie den Namen der Blondine meinen, das war ein Bluff. Ich weiß ihn nicht.«

Messingschlager starrte sie an.

»Was haben Sie heute gemacht? Sie waren nicht in Ihrer Pension.«

»Sightseeing«, gab Jeannette zurück. »Wir haben die Eremitage besichtigt.«

»Und wozu haben Sie dann in fast allen größeren Hotels nach zwei Männern gefragt?« verlangte er zu wissen.

»Ist das verboten?« fragte Jeannette schnippisch.

Messingschlager trat einen Schritt näher. Viel zu nahe. Sie konnte sein Rasierwasser riechen und ertappte sich bei dem Gedanken, daß es ihr gefiel. Unruhig mied sie seinen Blick.

»Verboten«, nahm er ihre Bemerkung voller Ironie auf, »ist es dann, wenn man sich dabei als Ermittlungsbeamtin ausgibt. Ich warne Sie!« Seine Stimme war tief und voll. »Ich könnte Sie jederzeit festnehmen lassen. Wegen Erregung öffentlichen Ärgernisses, Körperverletzung und Amtsanmaßung.« Sein Ton klang allerdings alles andere als warnend, vielmehr weich und einladend, mit einem leisen, erregenden Unterton von Gefahr.

Jeannette warf den Kopf auf.

»Das würden Sie nicht wagen.«

Ihre Gesichter waren ganz nah beieinander. Ehe Jeannette sich versah, hatten ihre Münder einander berührt und verschmolzen miteinander für einen langen und intensiven Kuß. Jeannette keuchte, als ihre Lippen sich voneinander lösten. Mit verschleierten Augen, in denen sich die plötzliche Erregung mit Erstaunen mischte, schaute sie ihn an. Er grinste.

»Würde ich doch«, sagte er und ging pfeifend weg.

Jeannette hätte ihm am liebsten etwas nachgeworfen. Sie stampfte mit dem Fuß auf, kam sich kindisch vor und konnte doch nicht lassen von ihrer Wut. Hilflos drehte sie sich um, um zu sehen, wo sie sich befand. In dem Moment kam Regine vorgefahren.

»Alles in Ordnung?« fragte sie und öffnete die Beifahrertür. Jeannette stieg ohne ein Wort ein. Nichts war in Ordnung, aber auch gar nichts.

13

Am nächsten Morgen erwachte Regine davon, daß Jeannette im Bett saß und telefonierte.

»Abgereist?« hörte sie ihre Freundin fragen und sich dann enttäuscht und knapp verabschieden.

Gähnend kam sie zu sich. Als sie mit Schwung die Füße auf den Boden setzen wollte, überraschte sie zweierlei: das Fehlen eines Teppichs und das Einsetzen eines bösartigen Muskelkaters. Richtig, der Anbau, fiel es ihr wieder ein. Und das Rollwenzeln. Ihr ganzes, ein wenig aus den Fugen geratenes Leben.

»Wer ist denn abgereist?« fragte sie schlaftrunken. Doch sie wußte die Antwort bereits. Ächzend setzte sie sich auf, um zu dem wackeligen Hocker zu humpeln, der ihr als Nachttisch und Ankleide diente, und dort in ihrer wieder gewonnenen Handtasche zu kramen. Mit so sparsamen Bewegungen wie möglich kehrte sie in ihr Bett zurück, wo sie sich aufatmend wieder unter der Decke zusammenrollte. Mit geübten Griffen ging sie dabei den Stapel Visitenkarten durch, den sie mitgebracht hatte, und schnippte Jeannette schließlich eine hinüber.

Deren Miene erhellte sich, als sie den Namen der Kolumnistin las, mit der sie auf dem Empfang geplaudert hatte.

»Du hast auch mit ihr geredet?«

»Ich habe mit allen geredet, Schätzchen. Weck mich, wenn du sie gefunden hast!«

Jeannettes stürmische Umarmung mit Schmerzensrufen

quittierend, zog sie sich die Bettdecke über die Ohren. Es gab doch nichts Schöneres, dachte sie und betrachtete durch halbgeschlossene Lider die Streifen von Sonnenlicht, die durch die Jalousien fielen und den Staub tanzen ließen, als an einem Sommermorgen zwischen weißen Laken zu liegen und zu dösen. Sie bekam gerade noch mit, wie Jeannette wählte, dann schlief sie wieder ein.

Jeannette verlor keine Zeit. Sie erreichte die Journalistin auf ihrem Handy und brachte sich kurz in Erinnerung. Sie vereinbarten einen Termin für die Sendung »High Society – mein Leben«, die sie sich für den Anlaß aus den Fingern sog, und dann kam sie auf ihr Thema zu sprechen.

»Die Blonde? Die im roten Kleid, mit der er geflirtet hat in dem Augenblick, als seine Frau starb? Ja, haben Sie denn meinen Artikel nicht gelesen?« rief die Kolumnistin erstaunt aus.

Jeannette schüttelte den Kopf, kreuzte die Finger und gelobte Besserung. Sie hätte alle großen Tageszeitungen zu dem Fall gelesen, sagte sie. Schließlich wäre sie auf jedes Häppchen Information angewiesen. Aber die Gesellschaftsillustrierten hätte sie diesmal aus Zeitgründen außen vor gelassen. Nie hätte sie geglaubt, daß die Lösung eines Falles in der Lektüre eines Boulevardblattes liegen könnte. Noch so ein Vorurteil, dachte sie amüsiert bei sich, das sie würde ziehen lassen müssen.

Rasch schrieb sie mit, während die andere redete. Sie suchten eine Sieglinde von Fourrier, erfuhr sie. Ihr Mann sei Industrieller, der Titel gekauft, die Frau vermutlich auch. Der Altersunterschied betrage fast dreißig Jahre.

Jeannette bedankte sich. Ihre Finger flogen nur so über die Wählknöpfe. Keine halbe Stunde später hatten sie das Hotel ausfindig gemacht, in dem die beiden logierten.

»Regine, aufwachen! Wir müssen los.«

Die Freundin brummelte.

»Wo wollen wir denn hin?« fragte sie verschlafen.

»Hundings Hütte«, sagte Jeannette.

Es gelang Regine, noch ein Frühstück herauszuschlagen. Das helle Frühlicht hatte sich inzwischen eingetrübt, den Himmel bedeckten schwere, violettgraue Wolken, die rasch wanderten. In der Ferne über den Feldern sah man ihre Ränder hier und da schon sich zu Regen zerfransen. In der Wirtsstube gingen die Lichter an und schufen eine traute Atmosphäre.

»Sag mal«, fragte Jeannette, deren Blick zerstreut nach draußen schweifte, während Regine sich über ihr Ei im Glas hermachte, »kennst du das eigentlich?« Und sie pfiff das Motiv, das sie von Messingschlager gestern nach ihrem Abschied gehört hatte. Erste Regentropfen klopften ans Fenster und gaben den Takt. Regine schüttelte kauend den Kopf.

Vom Nebentisch beugte sich der Mann des Paares hinüber, dem sie an ihrem ersten Abend in der Pension auf der Treppe begegnet waren.

»Verzeihen Sie, daß ich Ihr Gespräch belauscht habe«, entschuldigte er sich. »Aber das ist das Schlaf-Motiv der Brünnhilde.« Er lächelte freundlich zurückhaltend. Seine Frau nickte bestätigend und tätschelte seine Hand. Sie trug noch immer denselben eisgrauen Dutt. »Wunderbar, wie es das Flirren der Flammen birgt, finden Sie nicht?«

Regine und Jeannette lächelten hilflos. Draußen ging, sehr fern, der erste Blitz nieder. Eins, zählte Jeannette im Geiste, zwei, drei.

»Wenn Sie heute abend in den ›Siegfried‹ gehen, müssen Sie einmal darauf achten«, fuhr ihr neuer Bekannter fort. »Es taucht nämlich interessanterweise nicht erst auf, als Siegfried die Walküre wiedererweckt und zu seinem Schrecken erkennen muß, daß dieses Wesen eine Frau ist, sondern schon viel früher, als Mime ihm von den Gefahren des Waldes und des Drachens spricht. Siegfried weist jeden Gedanken an Furcht zurück, doch im Hintergrund klingt das Motiv schon ganz leise an.« Er lächelte wieder und warf seiner Frau einen verliebten Blick zu. »Wahrhaft zu fürchten hat der Held eben nur eine Frau.« Damit nahm er die Hand seiner Ehegattin und drückte sie fest.

Dreiundzwanzig. Es donnerte.

Jeannette bedankte sich bei den beiden, nicht ohne Neid auf die offensichtliche Harmonie, die sie ausstrahlten. Messingschlager allerdings machte sich anscheinend über sie lustig. Denn wenn er eines sicher nicht tat, dann war es, sie zu fürchten. Er hatte im Gegenteil entschieden zuwenig Respekt vor ihr. Oder sah er sie tatsächlich als seine Walküre? Ihr Gefieder sträubte sich kriegerisch bei dem Gedanken. Nun, wenn er dachte, sie schliefe, vom Flammenring seiner Drohungen fest gebannt, dann hatte er sich getäuscht.

Eine Stunde später standen sie in der Lobby des Hotels, in dem die Fourriers logierten. Nun, da das Gewitter direkt über ihnen war, peitschte der Regen gegen die Glasvorbauten und lief in Strömen an den Scheiben hinunter. Draußen fuhren Autos durch hoch aufspritzende Fontänen. Vereinzelte Fußgänger in unangemessen dünnen, völlig durchnäßten Sommerkleidern hielten sich vergebens Zeitungen über den Kopf und flüchteten der völligen Auflösung entgegen. Ein Radfahrer flitzte vorbei, Haar und T-Shirt patschnaß. Über sein konzentriertes Gesicht mit dem vor Anstrengung weit geöffneten Mund rann das Wasser in dicken Tropfen. Es donnerte laut.

Jeannette bat die Rezeptionsdame, zum Glück eine andere als gestern, sie mit dem Zimmer der Fourriers zu verbinden. Sie meldete sich mit dem Namen, unter dem sie auf dem Empfang aufgetreten war. Bei jedem neuen Donnerschlag mußte sie lauter sprechen.

»Ich habe Ihre Gattin beim Buffet kennengelernt. Sie war sehr an meiner Sendung interessiert, und ich habe ihr versprochen ...«

Weiter kam sie nicht. Von Fourrier, entweder Spätaufsteher oder Gewitterhasser oder chronisch schlecht gelaunt, knurrte in den Hörer:

»Meine Frau ist nicht interessiert an Fernsehauftritten.«

»Aber mir gegenüber erwähnte sie ...«

»Sie ist nicht da«, schnauzte Fourrier.

Regine, die mithörte, zog vielsagend die Augenbrauen hoch und formte Worte mit dem Mund. Jeannette wedelte sie fort, bis sie achselzuckend beiseite trat und eine gelangweilte kleine Runde durch die Räumlichkeiten antrat. Der Frühstückssaal war leer wie ein Schiffsrestaurant bei hohem Seegang. Ein vereinzeltes Touristenpärchen beugte sich über Karte und Führer, um ein Alternativprogramm für das schlechte Wetter zu erarbeiten. Hilfesuchend schauten sie zu Regine auf, die bedauernd den Kopf schüttelte.

»Ich glaube, es wird bald wieder besser«, sagte sie freundlich und kehrte zu Jeannette zurück.

»Wenn Sie mir dann sagen würden, wo ich Ihre Gattin finden kann«, versuchte die es gerade.

Da brüllte er los, daß ihr beinahe der Hörer aus der Hand fiel. Selbst die Empfangsdame hörte seine Stimme und zog die Augenbrauen hoch.

»Er hat aufgelegt«, stellte Jeannette überflüssigerweise fest. Dann wandte sie sich an die irritierte Angestellte hinter dem Tresen. »Welche Zimmernummer, sagten Sie?«

»Sind Sie wirklich vom Fernsehen?« kam die zaghafte Gegenfrage.

»Schätzchen«, säuselte Regine und klimperte mit den Wimpern. »Möchten Sie ein Autogramm?«

Im dritten Stock dämpfte der weiche Teppich ihre Schritte. Auf die Oberlichter prasselte gelangweilt der Regen, dessen Intensität bereits nachzulassen begann. Das düstere Violett des Himmels wich einem trägen, lichten Grau. Ein verspäteter Blitz spiegelte sich auf den Messingrahmen der Blumenbilder an den Wänden. Zimmermädchen mit Wäschewagen waren routiniert und lautlos unterwegs. An der Zimmertür der Fourriers allerdings hing das »Bitte-nicht-stören«-Schild.

»Was für eine Schlamperei«, hörte Jeannette ein Zimmermädchen zum anderen sagen, als es mit einem Stapel gefalteter Handtücher an der Tür vorbeikam. »Das ist jetzt schon der zweite Morgen. Und wenn sie sich hinterher beschweren, daß es nicht sauber genug ist, bleibt's wieder an uns hängen. Ich kenn das schon.«

»Flitterwöchner!« Achselzuckend schob ihre Kollegin den Wagen weiter zur nächsten Tür und zückte ihren Schlüssel.

Jeannette wartete, bis sie drinnen verschwunden war. Dann schlich sie an den Wagen heran, der noch immer in der geöffneten Tür stand, und nahm, so leise es ging, den Schlüssel mit der Nummer der Fourriers an sich, der dort neben anderen lag. Das Grummeln des abziehenden Gewitters überdeckte das leise Klirren von Metall auf Metall. Dann zog sie sich zurück zu Regine, die Finger fest um ihre Beute geschlossen.

»Jetzt müssen wir nur noch warten, bis er gegangen ist«, meinte sie. Ungeduldig schaute sie sich in dem Korridor um. Regine hatte recht, Hotels schauten alle gleich aus. Und die Aussicht, hier womöglich ein paar Stunden zu verbringen, war öde. Der Schlüssel in ihrer Hand wurde rasch warm.

Regine hatte bereits ihr Handy gezückt.

»Herr von Fourrier?« flötete sie, »Hoffmann ist mein Name, ich arbeite für die ›Contessa‹, ja, ganz recht, das Frauenmagazin. Herr von Fourrier, ich habe hier Fotos von Ihrer Frau und einem Herrn Laval, zu denen wir gerne Ihren

Kommentar hätten.« An dieser Stelle wurde sie unterbrochen. »Wie?« fragte sie dann. »Aber sicher werden wir sie veröffentlichen.«

Regine hielt das Handy auf Abstand und ließ ihn eine Weile toben, ehe sie weitersprach. »Es sei denn, Herr von Fourrier, Sie könnten mich vom Gegenteil überzeugen. In einer halben Stunde? Im Operncafé? Gerne.« Sie schaltete das Handy aus und schaute Jeannette triumphierend an.

Die Tür von Zimmer Nummer 345 ging auf und wurde lautstark wieder zugeknallt. Sie hörten, wie der Schlüssel sich im Schloß drehte. Dann rauschte ein Mann so energisch an ihnen vorbei, daß es sie beinahe umwehte. Sie hatten gerade noch genug Zeit, ihm den Rücken zuzudrehen und sich einer beliebigen Tür zuzuwenden, die sie mit ihrem Schlüssel zu öffnen vorgaben. Jeannette erhaschte einen kurzen Blick auf ein zornrotes Gesicht mit energischem Kinn und einem eisgrauen Bürstenhaarschnitt über der Stirn, deren Falten so starr wirkten, als wären sie in einem seiner Walzwerke entstanden.

»Hast du die Hände gesehen?« fragte Regine flüsternd und reckte den Hals, um zu sehen, ob die Fahrstuhltür sich auch wirklich hinter ihm schloß. Dann pfiff sie anerkennend.

Jeannette nickte. Auch sie war froh, den erzürnten Herrn und Gebieter eines Industrieimperiums für die nächste Stunde außer Haus zu wissen. Sie gingen zur Zimmertür, steckten, nachdem sie vorsichtig einmal rechts und einmal links geschaut hatten, erwartungsvoll den Schlüssel ins Schloß und öffneten. Von wegen Flitterwöchner. Hier war eindeutig etwas faul.

»Frau von Fourrier?« riefen sie leise in den abgedunkelten Raum.

»Vorsicht, das Zimmermädchen kommt wieder«, zischte Regine.

Tatsächlich waren Schritte auf dem Flur zu hören. Sie schob die widerstrebende Jeannette in das unbekannte Zimmer und klappte rasch die Tür hinter ihnen beiden zu. Es war finster.

Nur wenige Fäden grauen Lichts drangen zwischen den Lamellen des Rolladens herein. Durch das gekippte Fenster klang das Plätschern des Regens laut und kalt.

Mit angehaltenem Atem schauten die beiden sich um. Zu ihrer Linken befand sich der Eingang ins Badezimmer. Jeannette wies Regine durch Gesten an, sich nicht zu bewegen, drückte die offenstehende Tür auf und vergewisserte sich, daß sich dort niemand befand und auch die Duschkabine leer war. Rechts waren Wandschränke eingebaut, deren Türen beim Öffnen leise quietschten. Jeannettes Blick glitt rasch über die wohlgeordneten Kleider darin und die größte Schuhsammlung seit Imelda Marcos, dann schüttelte sie den Kopf und ging weiter.

Es schloß sich ein Schreibtisch an, auf dem die üblichen Hotelrequisiten arrangiert waren: ein Ständer mit Info-Prospekten, ein Block edles Schreibpapier mit Hotelinitialen und eine schwere Schreibtischgarnitur. Alles sah unberührt aus. Die Minibar summte leise in ihrem Holzgehäuse, das Stand-by-Lämpchen des Fernsehers glühte rot.

»Frau von Fourrier?« wiederholte sie ihren Ruf.

Jemand stöhnte. Regine drängte sich enger an Jeannette, die sich langsam vorwärts schob. Links ums Eck stand das Doppelbett. Ehe es ganz in ihr Blickfeld kam, konnten sie schon erkennen, daß es benutzt worden war; die Tagesdecke lag geknüllt auf dem Boden, und ein zerwühltes Laken hing bis auf den Teppich herunter.

»Frau Fourrier?« Zunächst war nichts zu sehen als ein Haufen Decken. Das Telefon, bemerkte Jeannette mit einem Seitenblick, war ausgesteckt, das Kabel abgerissen. Offenbar wünschte Herr von Fourrier in seiner Abwesenheit keine weiteren Gespräche. Nun, über die Methode würde er mit der Hotelleitung diskutieren müssen. Zweifellos würde er den Schaden großzügig begleichen. Das Stöhnen erklang erneut.

»Frau Fourrier!« Diesmal war es keine Frage. Jeannette hatte die Decken beiseite gezogen und starrte auf die Gestalt darunter, die trotz ihrer Schmerzen versuchte, ihr Gesicht zu verbergen, als sie sich nun über sie neigten. Frau von Fourrier kroch förmlich in die Matratze, wie ein verwundetes Tier. Ihre Augen waren zugeschwollen, die Ringe darunter dicke violette Balken. An ihren Lippen klebte immer noch Blut.

»Gehen Sie weg«, jammerte sie schwach und suchte sich durch Zusammenkrümmen unsichtbar zu machen.

»O mein Gott«, japste Regine. Sie starrte die mißhandelte Frau völlig entsetzt an. Jeannette, die nicht sicher war, wie sie als nächstes reagieren würde, schickte ihr einen mahnenden Blick. Aber Regine wurde weder ohnmächtig noch hysterisch. »Von wegen«, verkündete sie statt dessen energisch. »*Sie* gehen hier weg, und zwar pronto.«

Jeannette nickte ihr bestätigend zu und wies mit dem Kinn auf die Schränke. Regine ging entschlossenen Schrittes hinüber und begann mit den Kleiderbügeln zu klappern. Jeannette richtete derweil die stöhnende Frau vorsichtig auf und flößte ihr ein wenig von dem Wasser ein, das sie in einem Glas auf dem Nachttisch fand. Zuvor roch sie daran und kostete, um sicherzugehen, daß sie es nicht mit Drogen oder Schlafmitteln zu tun hatten. Aber es war nur abgestandenes Evian. Ihr Fuß stieß gegen die leere Flasche und kickte sie unters Bett.

»Ist auch Cola in der Bar?« fragte sie Regine und wies sie an, etwas davon mitzubringen.

»Es schmeckt eklig«, murmelte die Verletzte.

»Das kommt von dem Blut in Ihrem Mund. Das wird schon.« Jeannette setzte das Glas erneut an.

»Wie kannst du nur so ruhig bleiben?« zischte Regine ihr über Frau Fourriers Kopf zu. Sie selbst war vollkommen aufgewühlt von dem Anblick. Es war eine Sache, über Gewalt gegen Frauen zu lesen, es war eine andere, ihr gegenüberzustehen. »Man könnte meinen, du siehst so was jeden Tag.«

Sie bekam keine Antwort. Aber ein Blick auf Jeannettes routiniertes Verhalten sagte ihr, daß es genauso war. Natürlich, sie war Polizistin. Wenn man den Zeitungen glauben durfte, waren die Hälfte aller Mordopfer Frauen, die von ihren eifersüchtigen Ex-Freunden oder Ex-Ehegatten umgebracht wurden. Mißhandelte Frauengestalten gehörten zweifellos zu ihrem Alltag. Seltsam, dachte Regine betroffen, ich habe es mir nie recht klargemacht.

»Beim letzten derartigen Fall, den ich sah«, sagte Jeannette leise und bitter, als sie ins Badezimmer gegangen waren, um ein paar Waschlappen anzufeuchten und sie Frau Fourrier auf das geschwollene Gesicht zu legen, »hatte die Frau außer solchen Kleinigkeiten noch einen eingeschlagenen Schädel. Ihr Mann fand, sie sei selber schuld gewesen.«

Auf der Ablage fanden sie ein paar Aspirin. Jeannette löste sie mit etwas Wasser im Zahnputzbecher auf. Das Bitzeln hallte in dem leeren Bad. Ihr eigenes Gesicht in dem großen Spiegel wirkte klein und blaß, die Augen dunkel, bodenlos, tot. Sie hätte sich gewünscht, wütender zu sein.

»Schau, ob du auch Eis in der Bar findest«, rief sie ins Schlafzimmer hinüber. »Wenn ja, wickle es in die Waschlappen und leg es ihr auf die geschwollenen Augen.«

Regine schnappte nach Luft, ging aber. Sie mußten schnell sein, denn allzu lange würde der erzürnte Ehemann nicht im Operncafé auf sein ausgebliebenes Rendezvous warten.

»Es tut weh, wenn ich atme«, klagte die Frau, als sie sich aufsetzte. Nichts an ihr erinnerte mehr an die blonde Göttin, die Jeannette auf dem Empfang gesehen hatte. Die Haare waren dunkel von Fett und ganz zerdrückt, das Gesicht rot geschwollen, ihre Bewegungen die einer Greisin. Statt strahlend und provokativ wirkte sie nun nur noch ängstlich und geduckt.

»Heben Sie die Arme! Vorsichtig!«

Langsam schafften sie es, ihr das Kleid überzustreifen.

»Vermutlich sind ein paar Rippen gebrochen«, stellte Jeannette beruhigend fest, »nichts Schlimmes. Das ist mir auch schon mal passiert.«

»Und er hat nicht einmal einen Arzt gerufen.« In Regines Stimme schwang Zorn.

»Er hat sich geschämt«, sagte Sieglinde von Fourrier und rutschte vorsichtig vom Bett in eine aufrechte Haltung. Sie ächzte.

Regine ließ das nicht gelten: »Und Sie dürfen es ausbaden.«

»Au, Sie tun mir weh!«

Ein Geräusch an der Tür ließ die drei Frauen innehalten. Jemand stocherte ungeschickt einen Schlüssel ins Schloß.

Jeannette griff unwillkürlich dorthin, wo das Holster für ihre Dienstwaffe zu sitzen pflegte, fand aber nur geblümte Viskose und fluchte leise.

Mit verängstigtem Blick war die Verletzte ihrer Bewegung gefolgt. Offenbar hatte sie begriffen, was Jeannette gesucht hatte, denn sie flüsterte angstvoll: »Dort drüben.« Mit dem blauverfärbten Kinn wies sie in die Richtung, die sie meinte.

»Schnell doch, Jeannette«, zischte Regine, die wie gebannt auf die Tür starrte.

Es klackte, die Klinke bewegte sich. Unwillkürlich sahen sie Fourriers riesige Hände wieder vor sich. Jeannette folgte hastig der Anweisung und öffnete die zweite Schranktür. Schuhe, Schuhe, Schuhe. Anzüge in Hüllen mit Reißverschluß. Hilflos schaute sie zu Frau von Fourrier hinüber, die ihr entsetzt Zeichen machte. Nach unten sollte sie schauen, verstand Jeannette. Da gab es einen ganzen Stapel teuer aussehender Lederkoffer, und sie dachte schon, sie hätte wieder etwas mißverstanden. Dann sah sie den Stockgriff zwischen den Gepäckstücken herausragen. Ein Hundekopf funkelte sie mit roten Augen an. Jeannette hatte keine Zeit, sich zu fragen, ob die Rubine echt waren. Ein guter Stock war in jedem Fall besser als nichts.

Entschlossen umfaßte sie den Griff, zog daran und erschrak. Mit sattem Zischen kam eine Degenklinge zum Vorschein. Die Hülle des Stockdegens hatte sich zwischen den schweren Koffern verklemmt, so daß sie die Klinge unwillkürlich blankgezogen hatte. Staunend fuhr Jeannette über die schimmernde Schneide, die das wenige Licht reflektierte, das durchs Fenster nach drinnen drang. Dann wies sie mit einer Handbewegung Regine und ihren Schützling an, sich im Badezimmer zu verstecken. Beide gehorchten hektisch und verschreckt. Es war, als hätte erst der Anblick der Waffe allen endgültig klargemacht, wie ernst die Situation war. Jeannette selbst drückte sich zurück in die Schlafnische. Sie hoffte, Fourrier würde einfach an der Badezimmertür vorbeistürmen, damit die beiden dort hinter seinem Rücken hinausschlüpfen konnten. Sie selbst wollte ihn dann, unterstützt vom Überraschungsmoment, mit Hilfe der Klinge so weit außer Gefecht setzen, daß sie ebenfalls aus dem Raum herauskam. Nicht eben ein brillanter Plan, aber sie hatte keine Zeit, ihn auszufeilen. Die Tür öffnete sich, und das gelbe Licht der Flurlampen fiel herein, ein langer Schatten warf sich über den Teppich. Jeannette holte Luft, trat einen Schritt zurück und hob lautlos die Klinge. Sie konnte nicht sehen, was um die Ecke geschah, hörte aber langsame Schritte auf dem Teppich, die näher kamen. Noch einmal faßte sie den Griff des Degens fester. Sie war bereit. Dann ertönte ein Schrei, hoch und angstvoll. Regine! Jeannette vergaß alle Pläne. Fluchend sprang sie vor.

Erstarrt vor Schreck, ließ das Zimmermädchen die Handtücher fallen. Vor ihr standen im Halbdunkel eine Blondine mit erhobenem Degen, eine grün und blau geschlagene Fratze und eine rothaarige Walküre, die ihr mit einem Einweg-Naßrasierer drohte.

»Besser als nichts«, meinte Regine würdevoll und warf das Ding in den Papierkorb. Jeannette ließ die Klinge sinken, legte sie ein wenig verlegen auf das Bett und schob sich dann eilig an dem noch immer sprachlosen Zimmermädchen vorbei zu ihren Freundinnen.

»Und wechseln Sie bitte auch die Handtücher auf den Haltern!«

Mit einem gemurmelten Gruß stolperte sie eilig auf den Flur.

14

Im Weggehen sah Jeannette, daß das »Bitte-nicht-stören«-Schild außen an der Tür umgedreht worden war. Sie oder Regine mußte es bei ihrem Eindringen versehentlich angestoßen haben. »Bitte aufräumen« stand dort nun in fünf Sprachen.

»Wir sollten uns beeilen«, kommandierte sie, als sie den Wäschewagen umrundeten und auf den Aufzug zuhielten. Der Flur schien sich endlos zu dehnen und mochte jeden Moment die rachelüsterne Gestalt Fourriers aus irgendeiner Tür ausspucken. Doch die Aufforderung war überflüssig.

Erst einmal in Bewegung gesetzt und ein Ziel vor Augen, kam langsam wieder Leben in ihr Opfer. Die beiden hatten es geschafft, sie aus dem Sumpf von Schmerzen und Selbstmitleid zu ziehen und ihr Ego wieder ein wenig wachzurütteln. Das Häufchen Elend verwandelte sich langsam in eine zwar angeschlagene, aber doch passable Erscheinung, die die erstaunten Blicke der anderen Gäste tapfer ignorierte und es sich zutraute, den langen Weg bis zum Aufzug und anschließend durch die Hotelhalle zu schaffen. Eine Sonnenbrille und eine Art Turban verdeckten das Schlimmste.

»Sie sehen aus wie die Garbo«, tröstete Regine, die sie stützte, während Jeannette nachsah, ob die Luft rein war.

»Wie die Garbo mit siebzig«, war die erbitterte Antwort.

Alle atmeten auf, als sie in Regines Wagen saßen.

Sieglinde von Fourrier schob die Brille hoch und studierte im Spiegel auf der Rückseite der Sonnenblende ihr Gesicht. Vorsichtig wölbte sie die Lippen und fuhr mit der Zunge darüber.

»Wenn er mir die Implantate ruiniert hat, bringe ich ihn um.«

Verärgert warf sie sich zurück in den Sitz und verzog sofort heftig das Gesicht. Doch das Aspirin schien zu wirken, der Klammergriff der Schmerzen ließ nach.

»Apropos umbringen«, sagte Jeannette und warf ihr einen raschen Seitenblick zu. Sie schaltete die quietschenden Scheibenwischer aus, die sich über die trockene Glasfläche quälten. Nur auf dem Asphalt draußen standen noch Pfützen. Hier und da kam die Sonne schon wieder durch und ließ die feuchten Flächen dampfen.

»Oh, umbringen wollte er mich nicht«, verteidigte die Fourrier ihren Mann sofort. »Er ist nur immer so schrecklich eifersüchtig.«

Bei dem Wort »immer« neigte Regine sich vor, um nachzuhaken, aber Jeannette schnitt ihr die Frage ab, die sie stellen wollte.

»Mit eifersüchtig meinen Sie vermutlich: auf Alexander Laval«, erkundigte sie sich statt dessen selbst.

Die Angesprochene schnaubte abfällig, was ein paar Klümpchen geronnenen Blutes auf ihre Oberlippe katapultierte. Ein dünnes Rinnsal begann zu fließen.

»Legen Sie den Kopf zurück und das Eis in den Nacken«, riet Jeannette und beobachtete den Verkehr.

»Alex! Den hätte er allerdings umgebracht, wenn er ihn gekriegt hätte.«

Angeekelt betrachtete die Fourrier erneut ihr Gesicht im Spiegel und reparierte den neuen Schaden.

»Es hat schon wieder aufgehört.« Sie wandte sich Jeannette

zu. »Verdient hätte er es ja, der Mistkerl. Verspricht mir das Blaue vom Himmel, und dann reicht es gerade mal für einen Quickie auf dem Klo.«

»Sie waren mit ihm auf der Toilette?« fragte Regine, baß erstaunt.

Jeannette suchte ihren Blick im Rückspiegel und wackelte vielsagend mit den Augenbrauen. Regine verstand die Bedeutung, reckte sich würdevoll und schüttelte nachdrücklich den Kopf. Klos waren nun wirklich unter ihrer Würde.

Jeannette ihrerseits erinnerte sich an die Waschräume mit ihren schwarzen Kacheln, der indirekten Beleuchtung und der Vase mit den Callas neben den Waschbecken. Sieglindes rotes Kleid hatte sicher einen prächtigen Kontrast dazu gegeben.

»Ich hatte was getrunken.« Sieglinde von Fourriers Stimme klang nörgelig. Sie lehnte sich wieder zurück und schloß die Augen. »Jedenfalls hielt ich es für eine gute Idee. Bis Ludwig dann wie ein Stier in den Vorraum gestürmt kam. Alex hat sich aus dem Fenster gerettet, sonst weiß ich nicht, was passiert wäre.«

»Und Sie hat er allein gelassen!« Regines Empörung dehnte sich mühelos auch auf dieses Exemplar der Gattung Mann aus. Ihre einsetzende Schimpfkanonade wurde von Jeannette unterbrochen.

»Wissen Sie zufällig, wieviel Uhr es da war?«

Sieglinde von Fourrier riß ihre malträtierten Augen auf, so gut es ging, und hob die Sonnenbrille.

»Auf die Uhr habe ich dabei nun wirklich nicht gesehen.«

Im Foyer des Krankenhauses nahmen nach Erledigung der Formalitäten zwei Pfleger mit einem Rollstuhl ihnen die geschundene Frau ab. Jeannette und Regine suchten sich einen Sitzplatz und warteten.

»Was meinst du?« fragte Jeannette ihre Freundin, als diese von einem kleinen Rundgang zurückkam.

»Sie sollte den Kerl in Grund und Boden klagen und ihn bei der Scheidung gründlich ausnehmen.« Regine ließ sich neben sie plumpsen.

»Nein, ich meine, von der Entwicklung des Falls.« Jeannette hob die gespreizten Hände. »Würdest du mit einer Blondine aufs Klo vögeln gehen, wenn du nur Minuten hast, den Mordplan an deiner Frau durchzuziehen?«

Regine zuckte mit den Schultern.

»Wohl nicht, das Ganze hätte sich ja länger hinziehen können.«

»Damit ist der Gatte wohl endgültig aus dem Schneider«, stimmte Jeannette ihr zu.

»Wenn du es so nennen willst.« Regine klang äußerst unzufrieden. »Da verbringen wir unsere gesamte Zeit damit und riskieren unser Leben, um diesen Mistkerl zu entlasten, dem ich meine Meinung sagen werde, wenn ich ihm jemals begegne. Dabei wollten wir einen Mörder fangen.«

»Tja«, antwortete Jeannette nur. Mit auf die Knie gestemmten Ellbogen saß sie vorgebeugt da und betrachtete das gemächliche Treiben in der Klinik.

Besucher kamen und gingen, Patienten in Bademänteln, Infusionsständer vor sich her schiebend, schlurften auf dem Weg zu irgendwelchen Anwendungen vorbei. Raucher in Hausschuhen und Schlafanzügen standen draußen um einen großen Aschenbecher und starrten jedem Ankömmling nach.

Sie trugen Augenklappen oder Verbandpolster unter der Nase, was sie, zusammen mit ihren Glimmstengeln und der nachlässigen Kleidung, wie die Verlierer einer Kneipenschlägerei und unwillkürlich ein wenig verkommen aussehen ließ. Einer von ihnen hatte ein skrofulöses Gesicht, das Jeannette in seiner Entstelltheit an die Züge der verbrannten Frau erinnerte. Ihr Geheimnis zu lösen, war sie vorgestern abend ursprünglich angetreten. Nun war sie weiter davon entfernt denn je.

Als hätte Regine ihre Gedanken gelesen, fragte sie:

»Und was ist eigentlich mit der zweiten Leiche, deiner Leiche. Wer ist sie, wenn nicht Lavals Komplizin?«

Ihre Leiche. Jeannette verzog das Gesicht, als sie an die Worte Messingschlagers erinnert wurde. Er sollte inzwischen die Ergebnisse der Obduktion haben, dachte sie. Er hatte die Auswertung der Spuren im Opernhaus, den Inhalt der Handtasche. Er hielt alles in Händen, was sie brauchte, um in dieser Sache weiterzukommen. Aber ihn um Hilfe zu bitten war unmöglich. Jeannette hatte dabei weniger seine Drohungen im Ohr, sie wegen ihrer unbefugten Einmischung zu belangen. Obwohl sie ihn da nicht unterschätzen durfte. Der Mann spielte den Clown nur; ihm war alles zuzutrauen.

Jeannette dachte vielmehr an den Kuß. Sie fühlte ihn noch auf ihren Lippen und nicht nur da. Unwillkürlich bekam sie eine Gänsehaut. Am schlimmsten war, daß sie ihn wiedergeküßt hatte. Und er war einfach pfeifend davonspaziert!

Zwei Stunden später stand Sieglinde von Fourrier wieder vor ihnen, frisch verbunden und geschminkt. Sie hatte zu ihrer früheren Selbstsicherheit zurückgefunden. Doch die Spuren der Mißhandlung würden noch lange zu sehen sein. Ein wenig verlegen standen die beiden Freundinnen auf.

»Können wir Sie irgendwohin bringen?« fragte Jeannette.

»Sie werden doch wohl nicht ins Hotel zurückgehen«, setzte Regine sofort nach.

Sieglinde von Fourrier schüttelte den Kopf.

»Ich werde wohl erst mal zu meiner Schwester fahren.« Sie schaute sie nacheinander an. »Wenn eine von Ihnen mir mal ihr Handy leihen würde.«

Jeannette reichte ihr das ihre. Mit dezent abgewandten

Köpfen hörten sie, wie sie erst mit ihrer Schwester telefonierte und dann mit der Zugauskunft. Draußen hatte sich die morgendliche Suppenküche bereits wieder in einen strahlenden Sommertag verwandelt. Die letzten Tropfen glitzerten in der Sonne, die heiß und ein wenig fahl herunterstach. Es roch nach feuchtem Staub und Abgasen. Die Luftfeuchtigkeit machte das Atmen schwer.

»Sie sollten auch mit Ihrem Anwalt sprechen«, meinte Regine vielsagend, als sie das Handy zurückgab.

»Ich sollte vor allem etwas essen. Der verdammte Zug geht erst in zweieinhalb Stunden.«

Jeannette bot ihr an, sie zu begleiten. Sieglinde von Fourrier verließ das Krankenhaus mit einem Schwung in den Hüften, der den traurigen Gestalten um den Aschenbecher noch lange Gesprächsstoff geben würde.

»Oh, schau mal, die süße Stadtmauer. Und die Gäßchen.« Regine hatte auf eine Szenerie gewiesen, die sie vom Wittelsbacher Ring aus schon öfter im Vorbeifahren gesehen hatten. Diesmal suchten sie einen Parkplatz und gingen über den Fußgängersteg hinüber in diese malerische Altstadtecke, wo sie prompt einen freien Tisch vor einem der Lokale fanden. Die Bedienungen wischten gerade die letzten Wachstischtücher wieder trocken und forderten sie freundlich auf, sich zu setzen.

»Unwahrscheinlich, daß Ihr Mann hier vorbeikommt«, mutmaßte Jeannette, behielt aber sicherheitshalber unauffällig die kleine Gasse im Auge, die den stolzen Namen Allee trug.

Frau von Fourrier bestellte kräftig und aß mit gutem Appetit. Zwischen den Bissen beklagte sie lautstark die Schätze, die sie im Hotel hatte zurücklassen müssen und von denen ungewiß war, ob sie sie je wiedersehen würde, wenn sie sich nicht mit ihrem Mann aussöhnte.

»Ein echter Issey Miake«, trauerte sie einem Sommermantel hinterher, den sie ihnen bis ins Detail beschrieb. Jeannette ertappte sich dabei, wie sie auf die Uhr schaute.

Regine dagegen versuchte zu diskutieren. Ihr Standpunkt war, daß Sieglinde, wie sie Frau von Fourrier umstandslos nannte, mit ihrem Ludwig nur noch über Anwälte verkehren sollte, die ihm die Konsequenzen seines Verhaltens schon klarmachen würden. Es ging hier um ihre Ehre und nicht um irgendeinen Designerfetzen.

»Ich«, erklärte sie kategorisch und nickte Jeannette nachdrücklich zu, »würde mit Zametzer kein Wort mehr wechseln, nicht einmal, wenn er meine Jean-Paul-Gesamtausgabe behalten hätte.«

Sieglinde von Fourrier stocherte höflich gelangweilt in ihrem Salat, wollte sich aber zu ihren Zukunftsplänen nicht weiter äußern. Jeannette, die gerade die letzten Spaghetti um ihre Gabel wickelte, hielt plötzlich inne. Ihr letzter Kontrollblick hatte ihr gezeigt, daß Kommissar Messingschlager soeben die Gasse heraufkam.

»Kann ich mal Ihre Gläser haben?« bat sie hastig und zog, allerdings vergeblich, an der Sonnenbrille, die Sieglinde von Fourrier lässig an einem Bügel schwenkte und nicht loszulassen gedachte.

Ersatzhalber schnappte Jeannette sich eine Zeitung. Sie war vom Vortag und vermeldete auf der aufgeschlagenen Feuilletonseite, daß Vera Gontscharowa die Fachwelt mit einer Stimme überrascht hätte, die mit ihrer überwältigenden Fülle und der metallischen Reinheit, mit der sie die Brünnhilde gab, an Brigitte Nilsson erinnere, kombiniert mit der darstellerischen Intensität einer Astrid Varnay. Ganz und gar überwältigt war der Rezensent auch von der strömenden Legato-Kultur. Es folgte Löbliches über die Ausführung der abgerissenen hohen C in den Hojotoho-Rufen. Jeannette nahm es nur oberflächlich zur Kenntnis.

Hinter dem dünnen Papier konnte sie hören, wie Messingschlager sich setzte und das Geplauder der anderen erstarb. Sie senkte die Trennwand. Er lächelte ironisch, natürlich.

»Sie lassen mich beobachten«, sagte sie anklagend.

»Selbstverständlich«, entgegnete er, »was haben Sie erwartet, so wie Sie sich verhalten? Aber bisher haben Sie mich enttäuscht.«

Dann, als bemerke er jetzt erst ihre Gegenwart, grüßte er Regine, die mit einem huldvollen Kopfnicken antwortete, und Sieglinde von Fourrier, die zuerst ihre Sonnenbrille und dann ein strahlendes Lächeln aufsetzte. Nie, seit sie diese wiedergesehen hatten, hatte sie Jeannette mehr an die blonde Göttin des Premierenabends erinnert. Und sie spürte einen Stich von Eifersucht, als Messingschlager sich über Sieglindes ausgestreckte Hand beugte und einen Kuß andeutete. Das war ja nun wirklich übertrieben.

»Sie sind vermutlich die geheimnisvolle Blondine, nach der wir alle gesucht haben«, sagte er galant. Eine Spur Alarmiertheit mischte sich in Frau von Fourriers Lächeln. Sie schaute fragend zu Jeannette hinüber. Die saß steif da und antwortete nicht.

Regine sprang an ihrer Stelle ein.

»Darf ich vorstellen: Sieglinde von Fourrier, die Gattin des bekannten Industriellen und, äh, eine gute Bekannte von Alexander Laval.«

»Siegfried Messingschlager, Kriminalkommissar«, antwortete er und überreichte Sieglinde seine Karte.

»Die Bullen?« antwortete die überrascht, was Jeannette erstmals überlegen ließ, was sie eigentlich gewesen war, ehe sie Industriellengattin wurde. »Ihr habt die Bullen gerufen? Ihr blöden Tussen.«

»Wir haben ihn nicht gerufen«, erwiderte Jeannette verärgert. »Er taucht immer ganz ungebeten auf.«

Messingschlager ignorierte die Zurechtweisung. Er nahm die Hand der Fourrier, beugte sich vor und sagte mit sanfter Stimme. »Sie wissen, daß Sie das anzeigen sollten? Es würde Ihnen bei einer späteren Scheidungsklage wesentlich helfen.«

Regine nickte heftig und schenkte Messingschlager ein erfreutes Lächeln. »Das hab ich ihr auch schon dauernd gesagt.«

»Scheidung, Scheidung, was quatscht ihr nur immer alle von Scheidung«, maulte die Fourrier, schüttelte Messingschlagers Hand ab und sprang auf. Sie musterte Jeannette und Regine von oben herab, so gut sie das mit ihren geschwollenen Augen vermochte. »Schaut euch doch mal an. Du mit der Kuhtaille und du«, sie wies mit dem Kinn auf Jeannette, »mit deinem billigen Fähnchen. Jede von euch würde doch ihre rechte Hand verkaufen, wenn sie sich einen Mann angeln könnte, der eine eigene Villeninsel in der Karibik hat.« Damit rauschte sie davon.

15

Beklommen schaute Jeannette zu Regine hinüber. Die saß vollkommen sprachlos da. Jeannette konnte sehen, wie es in ihr arbeitete und welche Mühe es ihr bereitete, die Tränen hinunterzuschlucken. Jeannette wußte, wie tief sie der Ausbruch getroffen haben mußte, gerade weil sie sich so engagiert, ja, geradezu mit der Frau identifiziert hatte, und die Freundin tat ihr herzlich leid, doch sie konnte sie jetzt nicht trösten. Messingschlager saß noch da.

»Und, würden Sie?« fragte er und schaute Jeannette an, als sei das die interessanteste der anstehenden Fragen.

»Sie hat ihr Essen nicht bezahlt«, war alles, was Regine herausbrachte.

»Sie heißen Siegfried?« sagte Jeannette ihrerseits und wölbte spöttisch die Augenbrauen.

Er zuckte mit den Schultern und grinste.

»Bei meiner Geburt war ich blond.«

»Kaum zu glauben«, antwortete Jeannette spröde und stieß lustlos die Gabel in ihre kalten Spaghetti. »Sie hätten ihre Aussage aufnehmen sollen.«

»Das hat Zeit«, entgegnete er.

Regine, froh, ihre Erschütterung hinter Konversation verbergen zu können, begann, Messingschlager in allen Einzelheiten über die Zusammenhänge zwischen Laval und den Fourriers aufzuklären. Jeannette hinderte sie nicht daran. Erst als Regine anfing, ihr Erlebnis mit den beiden Riesen auszubreiten, wurde sie unruhig und versuchte der Freundin zu signalisieren, sie solle sich zurückhalten. Wenn sie Alberich die Polizei ins Haus hetzten, konnte das für sie zuletzt doch noch unangenehm werden.

»Haben Sie die Juwelen gesehen?« fragte Messingschlager interessiert. Regine mußte verneinen.

»Hat er zugegeben, sie erhalten zu haben?«

»Nun, nicht direkt«, überlegte sie.

»Würden Sie den Mann wiedererkennen?«

»Nein«, antwortete Jeannette energisch an Regines Stelle, und die griff nach ihrem Weinglas und steckte eifrig die Nase hinein, um nichts weiter dazu sagen zu müssen. »Warum fragen Sie nicht Laval?« fuhr Jeannette fort.

»Der sagt inzwischen, seine Frau habe zugestimmt, ihm die Juwelen überlassen. Nur deshalb seien sie überhaupt mit im Festspielhaus gewesen. Er meint, es sei sogar ihre Idee gewesen, einen kleinen Versicherungsbetrug zu inszenieren.« Der Kommissar zuckte die Schultern. »Die Föringson kann uns nicht mehr das Gegenteil erzählen. Und die Versicherung hat uns bestätigt, daß Laval keine Schadensersatz-Ansprüche gestellt hat und von ihrer Seite daher keine weitere Untersuchung erfolgen wird.«

Alle drei verstummten für eine Weile. Regine verkostete ihren Wein, Jeannette starrte mürrisch vor sich hin. Und Messingschlager, fiel ihr auf, spielte mit den Ecken eines Stapels Schriftstücke, die er unter dem Tisch auf seinem Schoß liegen hatte. Als er Jeannettes Blick bemerkte, legte er sie offen vor sie hin. Jeannette bekam große Augen. Sie brauchte nicht erst zu fragen. Sie wußte, was das war, sie hatte es in der Praxis schon oft genug in Händen gehalten.

»Der Obduktionsbericht!« brach es aus ihr heraus.

Sie schnappte nach Luft. In ihrem Gehirn raste es, schon jubilierte sie innerlich: Er kommt nicht weiter, er tappt völlig im dunkeln. Er hat uns ausgehorcht und ist jetzt mit seinem

Latein am Ende. Er braucht meine Hilfe. Sie streckte die Hand nach den Seiten aus.

Messingschlager zog sie wieder an sich.

»Nun geben Sie doch schon zu, daß Sie ohne mich nicht weiterkommen.« Jeannette sagte es mit mehr Ungeduld als Schadenfreude.

Messingschlager schüttelte langsam den Kopf. »Nicht ohne eine Gegenleistung.«

Mißtrauisch starrte Jeannette ihn an. Sie biß sich auf die Lippen und überlegte. »Wir haben Ihnen alles gesagt, was wir herausgefunden haben«, erklärte sie.

»Stimmt vielleicht sogar.«

Jeannette wollte schon auffahren, da mischte Regine sich ein.

»Kinder, ehe ihr euch an die Gurgel geht. Ich bin ausgebildete Moderatorin.«

Die beiden Kontrahenten setzten sich in ihren Stühlen zurecht und behielten einander im Auge.

Regine genoß die Situation.

»Also fassen wir zusammen. Herr Messingschlager ist im Besitz eines Dokumentes, das wir einzusehen wünschen. Herr Messingschlager ist prinzipiell bereit, diese Einsicht zu gewähren. Das sind Sie doch, Schätzchen«, gurrte sie dann und schenkte ihm einen mütterlichen Blick.

Jeannette schnaubte.

»Herr Messingschlager wünscht nur eine abschließende Bedingung für die Einsichtnahme zu formulieren. Ist es nicht so?« Mit einer Handbewegung überließ sie ihm das Wort.

Der Kommissar grinste.

»Ich möchte nur, daß zwischen uns absolute Aufrichtigkeit herrscht.«

»Die Basis jeder guten Zusammenarbeit«, bestätigte Regine wohlwollend.

Jeannette nickte knapp und widerwillig. Ihr Blick wich nicht von den Dokumenten. Messingschlager betrachtete sie mit vor Lachlust funkelnden Augen. »Ich möchte, daß Sie offen zugeben, mit mir ausgehen zu wollen.«

»Wie bitte?« explodierte Jeannette. Sie war von ihrem Stuhl aufgesprungen.

»Bitten Sie mich, mit Ihnen auszugehen!« Messingschlagers Lächeln war eine Spitzenleistung an Harmlosigkeit, als er seine Forderung wiederholte.

Jeannette sah aus, als wollte sie auf ihn losgehen.

»Sie wissen, daß das sexuelle Belästigung ist.«

Er schüttelte milde den Kopf.

»Ich will ja nicht, daß Sie etwas tun, was Sie nicht möchten.«

Jeannette schnappte nach Luft. Das war doch der Gipfel der Arroganz!

»Niemals«, verkündete sie. »Sie eingebildeter, aufgeblasener ...«

Regine hob warnend die Hand.

»Das muß analysiert werden«, sagte sie sachlich. »Sie erklären sich also bereit, uns vorbehaltlos Einsicht zu gewähren ...«

»Aber sie muß mich bitten«, wiederholte Messingschlager.

»*Er* will doch was von *mir*«, fauchte Jeannette.

»Könnten wir das nicht auch in die Form des Vorschlags kleiden?« fragte Regine diplomatisch.

Als Messingschlager nickte, wandte sie sich Jeannette zu und hob fragend die Brauen. Mach jetzt keinen Fehler, besagte ihr tiefer Blick.

Jeannette kaute lange auf ihrer Unterlippe.

»Darf's noch was sein?« zwitscherte fröhlich die Kellnerin und wurde mißachtet. Noch immer herrschte Schweigen am Tisch. Der zweispurige Verkehr auf dem Ring rauschte.

»Vielleicht können wir ja mal was trinken gehen«, grummelte Jeannette schließlich.

»Abgemacht. Morgen abend um sechs?« antwortete Messingschlager wie aus der Pistole geschossen.

Sein Grinsen war unerträglich. Jeannette ließ Regine an ihrer Stelle zustimmen und griff sich den Obduktionsbericht. Sofort blätterte sie ihn auf und las sich fest. Regine wandte sich an Messingschlager.

»Sie werden sicher verstehen, daß ich einem solchen Arrangement nicht so ohne weiteres zustimmen kann. Man schickt seine beste Freundin ja nicht mit jedem Nächstbesten zu einem Rendezvous.«

Jeannette blätterte um und beachtete die beiden gar nicht. Messingschlager betrachtete sie, wie sie den Text verschlang, lehnte sich in seinem Stuhl zurück, faltete die Hände hinter dem Kopf und fragte: »Was wollen Sie denn wissen?«

»Alles natürlich«, erwiderte Regine charmant. »Fangen wir doch mit Ihrer Familie an. Was treibt denn Ihr Vater so?«

Jeannette runzelte die Stirn, doch es war dem medizinischen Fachchinesisch ihrer Lektüre geschuldet. Mit leisen Lippenbewegungen las sie weiter. Messingschlager ließ kein Auge von ihr, während er zu erzählen begann.

»Mein Vater war Musikalienhändler hier in Bayreuth. Er ist seit einigen Jahren im Ruhestand; der Laden wurde verkauft. Mein Bruder lebt in den USA, und an mich, tja, da war der Klavierunterricht von Jugend an verschwendet, fürchte ich.« Er streckte die Hand nach seinem Bierglas aus und drehte daran, während er weiterberichtete. »Ein Instrument zu lernen war bei uns zu Hause unerläßlich. Meine Mutter spielt Geige, heute noch. Bei mir reicht's zu ein paar Boogie-Woogie-Einlagen auf dem Polizeiball. Die Kollegen sind da nicht so anspruchsvoll. Schade eigentlich.« Er schaute nachdenklich in sein Bier. »Ich hab mir immer vorgenommen, mal wieder anzufangen und mir ein kleines Repertoire Schubert zu erarbeiten. Aber der Dienst ...« Er schaute verständnisheischend erst zu Jeannette, die ihn nicht beachtete, und dann zu Regine, die ihm ein strahlendes Lächeln schenkte.

»Wie wird man bei einem solchen Background Polizist?« fragte sie.

Er grinste. »Gegen Widerstände.« Dann nahm er einen kleinen Schluck. »Tatsächlich gelte ich als das schwarze Schaf der Familie.« Er schien nachzudenken. »Für uns gehörten die Festspiele von klein auf dazu, wissen Sie. Ich war Statist, seit ich laufen konnte. Später durfte ich im Chor singen; ich habe einen ganz passablen Bariton. Noch vor vier Jahren habe ich im ›Parsifal‹ im Venusberg im Hintergrund mit Liebesdienerinnen herumgeknutscht.«

Jeannette schaute nicht auf.

»Tatsächlich«, sagte Regine, »wie witzig.« Sie nippte an ihrem Wein. »Und was treiben Sie sonst so in Ihrer Freizeit?«

»Freizeit?« Messingschlager hob die Hände. »Wenn Sie wüßten, wie mager es um die Freizeit eines Kriminalers bestellt ist.« Er dachte nach. »Lange Spaziergänge mit meinem Hund, Musikhören. Meinem Vater bei seinem Umbau helfen. Er hat sich ein Musikarchiv eingerichtet, wissen Sie, und ...«

»Können Sie kochen?«

Er schaute verblüfft drein, doch Jeannette enthob ihn einer Antwort. »Eines verstehe ich nicht«, sagte sie plötzlich laut und tippte auf einen bestimmten Absatz. »Warum hatte sie Theaterschminke an den Fingern?«

Messingschlager neigte sich vor. »Die wurde an der linken, weitgehend unverbrannten Hand gefunden. Sie erinnern sich, die, in der sie die Handtasche hielt und die so«, er machte es vor, »herabhing.«

Regine verzog das Gesicht, als würde sie ungern an die Szene erinnert werden.

»Aber zum Ensemble gehörte sie nicht?« versicherte Jeannette sich noch einmal.

»Es wird niemand vermißt«, bestätigte Messingschlager. »Weder beim Chor noch bei den Statisten, bei den Garderobieren, Maskenbildnern, Reinemachefrauen.« Seine Aufzählung wurde immer länger. »In ganz Bayreuth wird niemand vermißt.«

Jeannette nickte und vertiefte sich wieder in die Lektüre.

»Was macht Ihr Bruder in Amerika?« hörte sie Regine noch fragen und: »Ach, New York? Da war ich oft beruflich.«

Darauffolgend entspann sich zwischen ihrer Freundin und dem Kommissar ein reges Gespräch über die Reise, auf der er letztes Jahr seinen Bruder besuchte, und Regines eigene Erfahrungen mit dem Big Apple.

Sie selbst las und las. Es war, wie sie vermutet hatte: Die Frau im Feuerring war bereits tot gewesen, als sie zu brennen begann, allerdings vermutlich nur kurze Zeit, höchstens ein paar Stunden. Irgend etwas hatte ihren Schädel zertrümmert. Und irgend jemand hatte sie daraufhin in den Raum unter der Bühne gezerrt. An der Schwelle waren Blut- und Haarreste gefunden worden. Aber im ganzen Theater gab es durch die Vielzahl von Menschen, die dort ein und aus gingen, derartige Mengen an Spuren und Fingerabdrücken, auch im Untergeschoß, daß es unmöglich war, das Geschehen genau zu rekonstruieren. Daß die Tote auf der Bühne aufgetaucht war, schien jedenfalls nichts als ein dummer Zufall gewesen zu sein.

Messingschlager lachte, laut und herzlich.

»Ja, das kann ich mir vorstellen«, sagte Regine gerade und sog genußvoll an einer Zigarette.

Die beiden schauten Jeannette beinahe erstaunt an, als sie den Befund zuklappte.

»Und?« fragte Messingschlager.

»Kann ich das behalten?«

Er schüttelte den Kopf.

»Es ist keine Kopie. Fällt Ihnen irgend etwas dazu ein?«

Jeannette überlegte. Ihre Gedanken waren noch recht wirr.

»Mir scheint«, begann sie, »die Tote wurde eilig da drunten abgeladen. Das war nicht durchdacht. Daraus würde ich schließen, daß das Verbrechen spontan verübt wurde. Und von jemandem, der sich mit der Bühnentechnik nicht auskennt. Sonst hätte er sich ein weniger verfängliches Versteck gesucht.«

»Das schließt lediglich die Bühnentechniker selber und den Regisseur aus«, meinte Messingschlager. »Die anderen haben nur sehr vage Vorstellungen von den Eingeweiden des Hauses. Wir haben das überprüft.«

»Tja«, Jeannette zuckte mit den Schultern. Sie hatte nicht erwartet, in der Kürze Wunder zu wirken. »Vielen Dank jedenfalls. Ich werde drüber nachdenken.«

Messingschlager sah nicht zufrieden aus, als er seine Unterlagen zusammenpackte. Er nickte Regine freundlich zu und schickte Jeannette einen langen, mißtrauischen Blick, ehe er ging. »Nicht vergessen, morgen abend«, rief Regine ihm nach.

»Ich wünschte aber, er würde es vergessen«, murrte Jeannette wenig überzeugend.

Regine lächelte nur überlegen und ging nicht darauf ein. »Wir hatten ›Rheingold‹«, sagte sie und zählte es an ihren Fingern vor, »wir hatten die ›Walküre‹. Als nächstes mußte ja ›Siegfried‹ kommen.«

»Der hatte uns noch gefehlt«, bestätigte Jeannette, aber sie war nur mit halber Konzentration dabei. Was würde tatsächlich als nächstes kommen? Daß Messingschlager sie umgehend mit der nächsten Kriemhild betrügen würde? Sie machte einen entsprechenden Witz Regine gegenüber, die ein wenig rot wurde.

»Nein, nein«, meinte sie und drückte ihre Zigarette aus, während Jeannette nach der Kellnerin rief. »So platt funktioniert das nicht. Es könnte alles mögliche passieren: eine geoffenbarte Familiengeschichte, ein Vögelchen, das uns was pfeift, eine Tarnkappe, ein …«

Sie spazierten angeregt in Richtung Fußgängerzone. Regine wollte sich nach einer Buchhandlung umsehen. Dabei plauderte und plauderte sie. Jeannette bekam nicht einmal die Hälfte davon mit. Ihr Kopf wälzte noch immer das Gelesene, ohne dabei zu einem Schluß zu kommen. Lauter Fakten, alle irgendwie verwandt, das spürte sie, doch noch ohne Struktur. Wie in einem Traum ordneten sie sich nach Klängen zu schnell vergänglichen Mustern, die kein Erkennen erlaubten. Dabei blieb Jeannette immer wieder an einem Wort hängen, ohne es an seinen Platz fügen zu können: Tarnkappe.

Regine kaufte einen Bayreuth-Führer und eine dicke Operngeschichte, was Jeannette überrascht hätte, hätte sie dem nur irgendeine Aufmerksamkeit geschenkt. Statt dessen schlenderte sie ihrerseits zwischen den Regalen, zog hier und da einen Band heraus, blätterte halbherzig und steckte ihn wieder zurück. Die Buchrücken zum Thema Wagner fügten sich zu laufenden Metern aneinander. Das meiste war Apologetik; die kritischen Titel sammelten sich verschämt in einer dunklen Ecke. Irgendwo dort entdeckte Jeannette in einem Band auch ein altes Familienbild der Wagners, Cosima mit Siegfried und Isolde, dazu die zweitälteste Tochter Eva mit ihrem frisch gebackenen Ehemann Houston Stewart Chamberlain. Jeannette betrachtete den Rassentheoretiker, dessen chauvinistische Schriften seinerzeit die Nazis inspiriert hatten.

Wie Geschichte doch immer wieder Familiengeschichte war, dachte sie. Und umgekehrt. Wie sich das, was man über Geschichte zu wissen glaubt, doch immer wieder in den Personen und ihren Verbindungen konkretisierte. Sie blätterte weiter, traf auf ein Bild von Hitler in der Villa Wahnfried und schlug das Buch zu.

»Bist du fertig?« fragte Regine, eine Papiertüte mit dem edlen Aufdruck »Bayreuther Festspiele« in der Hand.

Jeannette nickte und trabte hinter ihr her bis zum Auto, tief in Gedanken versunken. Sie tauchte erst wieder aus ihren Überlegungen auf, als sie zurück in ihrer Pension waren.

Im Schankraum gab es eine kleine Auseinandersetzung. Der Wirt stritt sich, offenbar mit seiner Frau. »Is doch wahr«, behauptete er, an Jeannette gewandt, die den Schlüssel entgegennahm. Mehr aus Höflichkeit als aus Interesse erkundigte sie sich, was es denn gäbe.

»Ach«, beschied sie der Wirt. »Die Leut werd'n auch immer unzuverlässiger. Niemandem kann man mehr trauen.«

Jeannette zog ein verbindliches Gesicht.

»Da hat die junge Frau neben Ihnen für zwei Nächte bezahlt. Und etz taucht's nimmer auf. Dabei ist ihr ganzes Graffel noch oben. Und ich derf den Dreck etz aufräumen und mir an Kopf drüber machn. Aber wenn die glaubt, ich heb ihr des auf, dann hat sie sich gscheit brennt.«

In Jeannettes Kopf läuteten sämtliche Alarmglocken. Sie glaubte vor ihrem inneren Auge die Tür des Nachbarzimmers zu sehen, wie sie zuklappte. Da war – sie überlegte – etwas Rotes gewesen. Ein rotes Kleid. Die junge Frau auf der Treppe. Jeannette versuchte, sich ihr Gesicht ins Gedächtnis zu rufen, aber es gelang ihr nicht. Weiches, hellbraunes Haar im Lampenschimmer. Oder war es blond gewesen? Verdammt, den nutzlosen Lampenschirm sah sie noch in allen Einzelheiten vor sich. Ein scheues Lächeln war es gewesen, ohne Blickkontakt. Aber die Züge. Immer wieder schob sich vor das vage Bild die Fratze eines verkohlten Leichnams.

»Kann ich«, fragte sie atemlos, »das Zimmer mal sehen?«

16

»Was soll das denn werden?« erkundigte Regine sich leise, als sie dicht hinter dem Wirt die steile Stiege hinaufgingen. »Du glaubst doch nicht etwa ...«

»Eine vermißte Frau«, wisperte Jeannette zurück. »Wie viele gibt es davon in Bayreuth?«

Regine, die Jeannettes Aufregung bemerkte, legte ihr die Hand auf die Schulter.

»Meinst du wirklich?« flüsterte sie.

»Was glaubst du?« gab Jeannette zurück.

Sie standen vor der Tür, deren leises, fast schüchternes Zuklappen am ersten Abend Jeannette plötzlich wieder erstaunlich gut im Ohr hatte. Regine zog ein bedenkliches Gesicht, als der Schlüssel sich im Schloß drehte. Aber Jeannette hatte sich bereits dem Wirt zugewandt. Sie schärfte ihm ein, daß dort vorerst nichts verändert werden durfte und daß vielleicht die Polizei hinzugezogen werden müsse. Davon war der Mann nicht begeistert. Aber wenn schon Polizei, erklärte er zu Jeannettes Überraschung, dann sollte es besser schnell gehen, weil sich für den Nachmittag bereits die nächsten Festspielgäste angesagt hätten. »Und in dem Anbau kann man ja kaan Mensch net unterbringen.«

Regine zog vielsagend die Braue hoch. Jeannette verkniff sich jede Bemerkung. Schließlich hatten sie auch vehement auf ihrer Unterbringung bestanden.

Die Tür hakte ein wenig, und der Wirt mußte sich mit dem ganzen Gewicht seines Körpers dagegenstemmen. Krachend flog sie schließlich auf. Angespannt folgten sie dem Mann hinein.

Das Zimmer sah genauso aus wie das, welches Regine und sie selbst in der ersten Nacht bewohnt hatten. Allerdings stand hier ein Doppelbett. Es war unberührt, die Tagesdecke so straff gespannt und derart penibel unter die Matratzenecken gesteckt, wie das nur Rekruten und Zimmermädchen zuwege brachten. Ganz offensichtlich hatte hier nie jemand geschlafen.

»Ist die Frau …?«

»Schmidt«, ergänzte der Wirt Jeannettes Satz. Sie nickte.

»Ist die Frau Schmidt«, wiederholte sie dann, »am selben Tag angereist wie wir?«

Der Wirt nickte seinerseits.

»Und sie wollte die Festspiele sehen?«

»Selbstverständlich«, schnaubte der Wirt und schaute ein wenig mißtrauisch zu, wie Jeannette durch das Zimmer ging. »Alle wolln des.«

In diesem Fall war Frau Schmidt, wie immer sie wirklich hieß, offenbar nie von ihrem Besuch der »Walküre« zurückgekehrt. Jeannette überlegte, dann ging sie zum Schrank und öffnete ihn weit. Es war nicht viel darin: Auf dem Boden stand eine billige Nylon-Reisetasche, an der noch die Reste eines Preisschildes klebten. Die wenigen Kleidungsstücke auf den klappernden Metallkleiderhaken waren ebenfalls nicht kostspielig, alle aus demselben Kaufhaus, wie die Etiketten verrieten, und brandneu. In einer Bluse steckten noch die Nadeln, die sie in der Verpackung zusammengehalten hatten. Im Abfalleimer neben dem kleinen Schreibtisch fand Jeannette die Plastikverpackung eines Fünfersets Damenslips. Als ob das Mädchen, samt seinem Bedürfnis für Unterwäsche, erst vor zwei Tagen vom Himmel gefallen wäre. All dies kam ihr traurig bekannt vor. Jeannette ging weiter ins Bad.

Auf der weißen Ablage lag, neben dem Zahnputzbecher des Hotels und der noch in ihrer Schachtel verpackten Miniseife, eine Bürste. Jeannette nahm eines der noch frisch gestärkten, unbenutzten Handtücher, umwickelte ihre Hand damit und hob die Bürste hoch. Die darin hängenden Haare schimmerten im hereinfallenden Sonnenlicht. Lichtbraun.

Wie hatte der Ausdruck im Obduktionsbericht gelautet? Er war, soweit sie sich erinnerte, etwas weniger poetisch gewesen. Messingschlager jedenfalls würde sich freuen. Jeannette legte die Bürste mit einem zufriedenen Lächeln wieder hin, so vorsichtig wie ein Forschungsobjekt im Labor. Regine und der Wirt starrten von der Badezimmertür herüber. Jeannette wies sie an, den Raum möglichst nicht zu betreten. Dann kehrte sie zurück in den Schlafraum.

»Keine Handtasche«, sagte sie vielsagend zu Regine. Dafür fand sich im Inneren der Reisetasche, die Jeannette, noch immer mit Hilfe des dünnen Gästehandtuches aus dem Bad, öffnete und untersuchte, eine alte Kunstlederhülle, wie man sie etwa für seinen Führerschein oder die Autopapiere verwendet. Sie war so flach, daß sie unter den losen Pappdeckelboden gerutscht war, der die Tasche verstärkte. Sie war alt und klebrig vom Schmutz. Die Seiten schmatzten laut, als sie sich voneinander lösten. Unter der Klarsichtfolie, die trüb war von Knicken und Schrammen, fand Jeannette nichts weiter als ein Foto. Es war lappig und weich, wie zu oft gefaltet, und die Ränder befanden sich beinahe in Auflösung. Irgend jemand hatte dieses Bild lange und oft in den Händen gehalten. Selbst die Fingerabdrücke waren gut erkennbar und würden sich für eine Identifizierung eignen. Jeannette dachte an die intakte linke Hand mit den Schminkeresten.

Aber die Augen konnte sie nicht von dem Motiv lassen. Es war eine Schwarzweißaufnahme, ein amateurhafter Schnappschuß von zwei sehr jungen Menschen, einem Mann und einem Mädchen. Sie hatte beide Arme um ihn geschlungen, den Kopf an seine Brust gelehnt und strahlte in die Kamera. Er hatte einen Arm um sie gelegt, den anderen in die Hüfte gestemmt. Sein hocherhobenes Kinn drückte Selbstsicherheit aus, der Blick ging in die Ferne. Bei aller jugendlichen Unschuld war etwas Theatralisches an seiner Pose, die von dem natürlichen Elan des Mädchens deutlich abstach.

Wer waren die beiden? »Frau Schmidt« und ihr Freund? Ihr Mann? Ihr Bruder? Oder waren es zwei andere geliebte Menschen? Die Kleider der beiden wirkten irgendwie altmodisch, obwohl es Jeannette nicht so schien, als könnte die Szene alt genug sein, um die Eltern der jungen Frau zu zeigen. Im Hintergrund waren nur ein kleines Stück Wiese und ein Baum zu erkennen, nichts, was die Szene räumlich oder zeitlich hätte lokalisieren helfen.

Jeannette wollte das Foto herausnehmen und es umdrehen, sehen, ob etwas darauf geschrieben stand oder sich ein Stempel des Fotoladens fand, der es entwickelt hatte. Bei dieser Gelegenheit spürte sie etwas Kleines, Hartes in der Ecke der Hülle. Sie pulte es heraus und hielt es ins Licht. Es war ein Ring.

Vorsichtig legte sie ihn sich auf die flache Hand, schob ihn mit dem Fingernagel darauf hin und her, um ihn genauer zu betrachten. Ein billiges Stück. Dünnes Blech, das nur an einigen wenigen Stellen durch einen matten Schimmer verriet, daß es wenigstens einmal gold*farben* gewesen war. In der Mitte thronte ein ungeschickt proportioniertes Glaskügelchen. Seine einst vielleicht blitzenden Facetten, die für kurze Zeit die Illusion eines Einkaräters erzeugt haben mochten, waren vom Alter blind. In den Ritzen der Fassung hatte sich Schmutz angesammelt. Vielleicht, wenn man daran rieb ... Jeannette ertappte sich dabei, wie sie das Kügelchen behauchte und polierte, bis eine Ahnung des alten Funkelns entstand.

»Hast du was Interessantes gefunden?« rief Regine von der Tür.

Spontan ließ Jeannette Hülle und Ring in ihre Tasche gleiten. Es war keine Sekunde zu spät, denn schon hörten sie schwere Schritte die knarrende Holztreppe heraufkommen, die das Nahen der Polizei ankündigten. Die Stimmen mehrer Männer fingen sich in dem engen Gang. Jeannette räumte das Feld, ehe sie eintraten, und schlüpfte hinter Regine hinaus. Sie traf Messingschlager im Schankraum, wo er das Gästebuch inspizierte. Rasch teilte sie ihm das Nötigste mit.

»Die Flammenfrau?« fragte er und runzelte die Stirn. »Wie kommen Sie darauf?«

»Sie ist seit dem Abend der ›Walküre‹ verschwunden. Sie wird von niemandem vermißt. Sie trug ein rotes Kleid ...«

An dieser Stelle wurde Messingschlager hellhörig. Er hatte seinen Obduktionsbericht noch gut im Kopf. Und was von den Kleidern der Toten übriggeblieben war, war in der Tat rot gewesen.

»... und hellbraunes Haar«, fuhr Jeannette mit der Aufzählung ihrer Argumente fort. Sie erzählte ihm von der Bürste.

Dann zog sie sich mit Regine an einen Ecktisch zurück. Es dauerte lange, bis sie ihre bestellten Getränke bekamen. So hatten sie alle Muße, mit anzuhören, wie der Wirt Messingschlager weitschweifig erklärte, daß »die Frau Schmidt« während ihres Aufenthaltes praktisch kein Wort geredet hätte. Sie hatte eine Buchung über den Tresen geschoben, den Computerausdruck eines Reisebüros, und dafür ihren Schlüssel in Empfang genommen. Dazu hatte sie freundlich gelächelt. Auf die Frage, ob sie abends am Buffet teilzunehmen wünsche, hatte sie scheu den Kopf geschüttelt und wieder gelächelt, das war's. Aber es wäre ein bezauberndes Lächeln gewesen.

Messingschlager betrachtete sich die Unterschrift mit dem sicherlich falschen Namen, dann ging er nach oben zu seinen Kollegen.

»So. Einmal Tee mit Zucker und ein Kännchen Kaffee.« Der Wirt kam nervös herüber und entschuldigte sich für die lange Wartezeit. »Aber Sie wissen ja. Möchten Sie auch einen hausgemachten Käsekuchen?«

Die beiden dankten und warteten, bis er wieder außer Hörweite war.

»Und?« fragte Regine.

Aber Jeannette hatte bereits zu ihrem Handy gegriffen.

»Martin?« fragte sie ohne Umschweife, als ihr Kollege sich endlich meldete. »Erinnerst du dich noch an die Internet-Kataloge, die wir im Fall Stepakowa durchgegangen sind?«

»Danke der Nachfrage«, knurrte Martin in den Hörer. »Mir geht es auch gut.«

»Entschuldige«, suchte Jeannette ihn zu unterbrechen, »aber …«

»Weißt du überhaupt, was hier los ist?« ereiferte sich Martin. »Josef liegt mit vierzig Fieber im Bett und sieht aus wie ein Streuselkuchen. Er trauert noch immer wegen acht Jahren vergeblicher Wartezeit und sieht sein Leben enden. Deine Schwester hat gestern vom Arzt eröffnet bekommen, daß ihr vermutlich lebenslange Narben bleiben werden. Klein-Sarah hat in den Garten unseres Nachbarn geschissen, und der ist mit dem Rasenmäher durchgefahren.« Er holte tief Luft. »Und Jonas hat seine erste BWL-Prüfung versiebt«, schloß er dann die Liste der Katastrophen. »Kannst du dir annähernd vorstellen, wie die zu Hause drauf sind?«

Jeannette nickte mechanisch. Das pure Chaos, nichts daran kam ihr neu vor.

»Sarah ist eben in der analen Phase«, gab sie zu bedenken. »Steht alles bei Freud. Aber jetzt hör bitte zu, Martin, ich …«

»Das Beste kommt aber erst noch«, wurde sie wieder unterbrochen. Er machte eine Pause.

Für einen Moment war es still genug, daß Jeannette das Summen der Computer im Hintergrund hören konnte. Doch ehe sie auch nur Luft holen konnte, fuhr Martin Knauer fort.

»Pfeuffer hat sein Geständnis zurückgezogen.«

»Na und?« gab Jeannette zurück. »Die Beweislage ist auch so eindeutig. Hör mal, Martin, ich muß hier ...«

»Er sagt, du hättest ihn während des Verhörs bedroht.« Nun schwieg Martin.

»Was?« Jeannette fuhr auf. Sie hätte beinahe ihren Tee umgestoßen. Regine konnte die Tasse gerade noch retten und begann, das Verschüttete auf dem Tischtuch und Jeannettes Schoß abzuwischen. Ungeduldig versuchte Jeannette, sie zur Seite zu drängen.

»Laß mich doch mal«, murrte Regine.

»Was?« brüllte Jeannette in den Hörer. »Ich meine, wie kommt er denn bloß auf so einen Mist?«

»Ich hab dich gewarnt, das Interview ohne mich zu machen«, hielt Martin ihr vor. »Ich hab dir angeboten dabeizusein.«

»Martin, ich war höchstens fünf Minuten mit ihm allein da drin.«

»Allerdings. Und während der Zeit, behauptet er, hättest du ihn einen Chauvinisten genannt und als modernen Sklavenhalter beschimpft. Und du hättest gedroht, ihn deshalb fertigzumachen.«

»Das habe ich allenfalls gedacht.« Jeannette schnappte fassungslos nach Luft.

»Bist du sicher, daß du es nicht laut gedacht hast?«

Jeannette konnte nicht glauben, was sie hörte. Vertraute ihr Partner ihr etwa nicht? Hielt er sie für eine derartige Dilettantin?

»Ich hab doch mitgekriegt, wie der Fall dich mitgenommen hat«, verteidigte sich Martin. »Und du kennst deinen Ruf.«

»Als militante Feministin?« schnaubte Jeannette. »Ha, das glaubt doch höchstens Zametzer.« Sie hielt inne. »Du willst doch nicht etwa sagen, er geht mit dieser Ansicht hausieren, dieser …« Die Empörung raubte ihr die Sprache.

»Jeannette, es wird eine Untersuchung geben.« Martin klang ernst. »Je eher du herkommst, desto besser.«

»Nicht jetzt!« Ihre Antwort kam schnell. »Und wenn du mir helfen willst, dann erzählst du mir nicht diesen ganzen Mist, sondern hörst endlich zu.«

In den nächsten Minuten sprach nur noch sie. Irgendwann zog sie die Karte heraus, die sie von Messingschlager bekommen hatte, und diktierte die Mailadresse sowie die Faxnummer. Regine schaute ihr betont gelassen zu.

»Du wirst mir sicher irgendwann erklären, was das alles zu bedeuten hat«, sagte sie, als keinerlei Erläuterungen folgten.

Jeannette schien sie gar nicht zu hören.

»Gibt's hier irgendwo eine FAZ von gestern?« fragte sie statt einer Antwort.

Regine wies auf ein Tischchen mit Zeitungen hinüber, und Jeannette machte sich darüber her.

»Was willst du damit machen, Hütchen falten?« fragte Regine ironisch.

»Nein, Tarnkappen.«

Nach ein wenig Wühlen hatte Jeannette gefunden, was sie suchte. Den Artikel, hinter dem sie sich in der Dammallee vor Messingschlager verschanzt hatte. Sie schlug die Zeitung um, knickte sie und legte das Ergebnis auf den Tisch. Ein Foto der Gontscharowa, nicht in Maske, sondern privat. Der Bildunterschrift zufolge auf einem Louis-Quinze-Sessel im Haus ihrer Festspielgastgeber sitzend, beantwortete sie sichtlich gut gelaunt die Fragen ihres Interviewpartners. Auf dem Bild lächelte sie in die Kamera. Das Portrait einer Siegerin.

»Siehst du, was ich sehe?« fragte Jeannette.

Regine neigte sich vor. Zuerst schmollend, dann ratlos die Zeilen überfliegend. Jeannette tippte ungeduldig auf das Bild. Sie platzte beinahe vor Energie. Regines Gesicht hellte sich schlagartig auf. Ja, jetzt begriff sie. Sie grinste Jeannette an.

»Zabaione«, sagte sie, und Jeannette nickte.

Ohne ein weiteres Wort brachen die beiden auf.

17

Die Türen des Festspielhauses, durch die sie am Tag der Aufführung hereingekommen waren, waren an diesem frühen Nachmittag noch fest verschlossen. Zwei Stunden vor Aufführungsbeginn fehlten die Menschenmassen, die die Siegfried-Wagner-Allee entlang auf den Hügel strömten. Nur wenige Schaulustige bummelten bereits umher. Am Kiosk und an den Verkaufsständen herrschte nur mäßiger Verkehr. Die Buchhändlerin nutzte die Gelegenheit, ihre geplünderten Auslagen umzuarrangieren und die Stapel mit den Wagner-Devotionalien aufzustocken.

Jeannette und Regine suchten sich ihren Weg hintenherum.

»Schau mal«, meinte Regine und wies auf einen einladenden hölzernen Torbogen, »dort ist ein Freibad oder so was.«

»Wenn wir das eher gewußt hätten«, entgegnete Jeannette. Vieles wäre anders gelaufen. Heute allerdings war ihr Drang ins Festspielhaus stärker. Weder verschlossene Türen noch verschlossene Mienen hielten sie davon ab. Als die ersten Angestellten auf sie zueilten, um die vermeintlichen Autogrammjäger und Eindringlinge zu verscheuchen, zückte sie ihre Polizeimarke. Auf Regines mahnenden Blick hin meinte sie nur: »Soll er doch unser Rendezvous streichen.«

Regine zog ein Wenn-du-meinst-Gesicht und trippelte ihr hinterher zur Garderobe der Gontscharowa. Als die mißbilligend dreinblickende Dame, die sie hergeleitet hatte, sie stehenließ, um an der Tür zu klopfen und sie der Sopranistin anzukündigen, tippte Regine Jeannette auf die Schulter.

»Du könntest ein bißchen netter zu ihm sein, weißt du?«

Erstaunt drehte Jeannette sich zu ihrer Freundin um.

»Sonst glaubt er am Ende noch, du willst nicht mit ihm ausgehen«, fügte Regine hinzu.

»Will ich doch auch gar nicht«, replizierte Jeannette sofort und zog ein ärgerliches Gesicht.

Regine lächelte wissend und ein wenig traurig und tätschelte ihr den Arm.

»Ich mein ja nur.«

Jeannette riß gerade ihren Arm los, da ging die Tür auf.

»Madame Gontscharowa hat jetzt für Sie Zeit.«

Jeannette dankte mit einem Kopfnicken und trat ein. Der Garderobenraum war erstaunlich schlicht, weder besonders groß noch besonders üppig ausgestattet, nicht gerade das, was Jeannette sich unter dem Rahmen für erblühenden Weltruhm vorstellte. Aber was verstand sie schon davon.

Zwei Männer kamen ihr entgegen, Block und Kassettenrecorder unter dem Arm, offensichtlich Journalisten, die eben ihr Interview mit dem neuen Star der Opernszene beendet hatten. Sie verbeugten sich leicht, als sie den Raum verließen. Das verbindliche Lächeln, mit dem die Gontscharowa ihnen nachblickte, gefror zu etwas, dessen Verfallsdatum weit überschritten war, als sie die beiden vermeintlichen Beamtinnen eintreten sah. Die Sängerin drehte sich zu ihrem Spiegel um und puderte sich angelegentlich das Gesicht.

Jeannette musterte noch immer ihre Umgebung, den beleuchteten Spiegel, den fahrbaren Garderobenständer mit dem Kostüm für die Aufführung, den alten Sessel für Besucher. An den Wänden hingen Fotos früherer Inszenierungen, schwarzweiße Gesichter wie aus Stummfilmen, mit dramatischen Mienen, Helmen, Fellen und Speeren. Außer einem Bademantel am Haken hinter der Tür und einigen Visitenkarten am Spiegel war nichts Privates zu entdecken.

Vermutlich hatte die Gontscharowa angesichts ihres jungen Ruhmes noch keine Zeit gehabt, diesem Raum ihren Stempel aufzudrücken. Allerdings prangte ein luxuriöser Blumenstrauß auf dem niedrigen Tischchen vor dem Sessel, Callas in Fülle, so prall und glatt, daß sie aussahen, als wären sie nicht echt. Die Schrift auf der Karte, bemerkte Jeannette flüchtig, war kyrillisch.

Als sie den offenen kleinen Safe in der Ecke bemerkte, entschlüpfte ihr ein Überraschungsruf:

»Sie haben ja den Raum Ihrer Vorgängerin bekommen.«

Die Gontscharowa drehte sich um und musterte sie streng.

»Natürlich«, sagte sie mit ihrem schwachen, kaum wahrnehmbaren Akzent, der das, was sie sagte, ein wenig streng klingen ließ. »Ich habe ihre Rolle bekommen, ich habe ihr Kostüm bekommen.« Sie lachte auf. »Ich habe sogar ihre Noten bekommen.« Bei diesen Worten griff sie nach einem Hefter, der neben dem Spiegel gelegen hatte, und warf ihn auf das niedrige Zeitungstischchen, das gegen Jeannettes Knie drückte. Er schlug klatschend auf der Platte auf und öffnete sich. Jeannette betrachtete ihn flüchtig, die hektischen schwarzen Käferspuren der Noten sagten ihr nichts. Doch bemerkte sie, als sie genauer hinsah, daß jemand über die besonders hohen Noten etwas gemalt hatte. Unwillkürlich beugte sie sich vor. Es waren fein säuberlich gestrichelte Totenköpfe. Verdutzt tippte sie mit dem Finger dagegen. Die Gontscharowa folgte ihrer Geste und lächelte verächtlich.

»Da sehen Sie, wie sie zu ihrer Kunst stand.« Sie wies mit dem Kinn auf die verunstalteten Noten. »Hier drin hat sie kein hohes C ausgelassen, auf der Bühne dagegen jedes.«

»De mortuis nil nisi bene«, flüsterte Regine Jeannette ins Ohr, die verhalten nickte.

Die Gontscharowa starrte sie argwöhnisch an.

»Wollen Sie, daß ich weine?« fragte sie dann. »Sehen Sie mich an. Sehen Sie das hier an.«

Sie stand auf und griff sich einen Packen Zeitschriften, die ebenfalls auf dem Tisch lagen. Die Besprechungen ihres Auftrittes waren dick mit schwarzem Filzstift umrahmt. Sie waren triumphal, eine wie die andere. Langsam und genußvoll ließ die Gontscharowa sie nacheinander auf das Tischchen gleiten.

»Sie würden mir nicht glauben, wenn ich weinte.«

»Aber vielleicht wäre sie uns dann sympathischer«, flüsterte Regine erneut.

Jeannette verkniff sich ein Grinsen. Die Sängerin hatte wieder ihre alte Position am Schminktisch eingenommen und betrachtete sie aus dem Spiegel heraus. Es war nicht zu erkennen, ob sie etwas gehört hatte.

»Was wollen Sie?« verlangte sie schließlich zu wissen. »Die Aufführung beginnt bald, ich muß mich konzentrieren.«

Jeannette stupste Regine an.

»Es, es muß doch sehr schwer sein, in einem solchen Kostüm vor die Menschen zu treten, oder?« fragte sie schließlich, um etwas zu sagen. Nun mach schon, besagte der Blick, den sie ihrer Freundin zuwarf. Regine kramte in ihrer Handtasche.

Die Gontscharowa ließ ein rauhes Lachen hören.

»Wenn Sie mich fragen, ist es allerdings der Regisseur, der es verdient hätte, zu sterben.« Sie lachte wieder. »Aber das ist unwichtig. Wagner«, sie drehte sich herum, »ist unsterblich.«

Jeannette ließ nicht locker.

»Trotzdem sind Sie vor der Aufführung der ›Walküre‹ damit in ein Hotel stolziert.«

Die Gontscharowa hob die Schultern. »Was wollen Sie? Ich war deprimiert, ich war verzweifelt. Ich war nicht ich selbst.«

Ihre Stimme klang weniger verständnisheischend als ungeduldig.

»Sie hatten auch ganz schön getrunken«, fuhr Jeannette fort.

Die Sängerin lächelte böse.

»Sind wir Russen nicht alle so?« fragte sie. »Viel Wodka, viel Seele? So heißt es doch.«

Jeannette zuckte mit den Schultern.

»Das müssen Sie wissen«, entgegnete sie abwehrend. »Ich meine nur ...«

»Entschuldigung«, murmelte Regine in diesem Moment und drängte sich zwischen die beiden. »Sie haben da was an der Wange.« Mit diesen Worten nahm sie ihr Taschentuch und wischte der Sängerin dort über das Gesicht, wo unübersehbar ein Leberfleck saß. Es war eine feste Bewegung, und sie hinterließ einen kleinen roten Strich, dem sich sogleich ein paar hektische rote Zornesflecken zugesellten. Die Gontscharowa starrte sie an.

»Was glauben Sie, was Sie hier machen?« begann sie mit lauter Stimme. Auf dem Flur draußen wurde es lebendig. Offenbar warteten noch andere darauf, der Sängerin ihre Aufwartung machen zu dürfen. Oder die gestrenge Dame, die sie hergebracht hatte, hielt Wache.

Jeannette und Regine starrten zurück. Der Leberfleck, derselbe, der auch auf dem Foto in der gestrigen FAZ nicht zu übersehen war, saß fest und unverrückbar im Gesicht der Wagnersängerin.

»Hast du das gesehen?« fragte Regine über die Schulter, als sie durch die Gänge hasteten, um ins Freie zu kommen, ehe die Festspielleitung sie hinauswerfen ließ.

»Ich dachte schon, du fängst nie an«, rief Jeannette. »Ich wußte kaum noch, was ich sagen sollte.«

»Warum hast du nicht mit ihr übers Wetter gesprochen? Entschuldigung«, keuchte sie dann atemlos.

Der Mann, den sie angerempelt hatte, schaute ihnen irritiert hinterher. Dann ordnete er den riesigen Blumenstrauß, den er trug, bestehend aus Dutzenden brennend schwarzroter Rosen. Jeannette kam er vage bekannt vor.

Alexander Laval, fiel es ihr ein, als die Tür hinter ihnen ins Schloß fiel und sie glücklich wieder im Freien standen. Auch er hielt also dem Festspielhaus die Treue. Draußen schüttelte Regine noch einmal ihr Taschentuch aus, als wollte sie sichergehen. Aber da war kein künstlicher Schönheitsfleck.

»Auf dem Empfang hatte ich ihn in meinem Tuch«, erklärte sie entschieden. »Und in ihrem Gesicht war nichts mehr. Nur ein wenig Zabaione.«

Jeannette nickte, packte sie bei den Schultern und winkte nach einem Taxi, das sich gerade anschickte, den Hügel wieder hinabzurollen.

Regine stolperte protestierend hinterher.

»Muß das so schnell gehen?«

Aber Jeannette hatte es eilig.

»Zum Polizeirevier«, warf sie dem Fahrer hin, der den beiden Frauen im Rückspiegel einen neugierigen Blick zuwarf. »Du bist die wichtigste Belastungszeugin, ist dir das klar?« fragte sie dann, an Regine gewandt. »Du bist im Moment die einzige, die bezeugen kann, daß das Alibi der Gontscharowa falsch ist.«

Regine lehnte sich in die Kissen und strahlte.

»Endlich kann ich mal eine stichhaltige Aussage machen. Das ist wichtig für jemanden, der sonst nur Sachen zu sagen hat wie ›schmeckt streichelzart und doppelt lecker‹, verstehst du?« Sie nickte heftig. »So langsam verstehe ich, was du an deinem Beruf findest.«

Auch Jeannette ließ sich in die Polster sinken.

»Und wenn wir uns beeilen, können wir den Menschen heute abend eine Götterdämmerung ersparen.«

»Glaubst du, der Gontscharowa dämmert was?« fragte Regine. »Ihre Wange wird wohl eine Weile brennen.«

»Deshalb habe ich es ja so eilig«, entgegnete Jeannette. »Andererseits war sie ja auf dem Empfang nicht dabei und weiß nichts von deinem kleinen Auftritt, nicht wahr?« Kaum hatte sie es gesagt, da fiel es ihr ein.

»Und wenn ihre Doppelgängerin es ihr gesagt hat«, sprach Regine es für sie aus, »und sie sie deshalb ... an Ort und Stelle ...?« Sie schluckte.

»Möglicherweise«, antwortete Jeannette, »hat sie sich ihrer Tarnkappe entledigt. Aber dafür fehlt uns im Moment jeglicher Beweis.«

Plötzlich froh, den Eingeweiden des Festspielhauses entkommen zu sein, richtete sie ihren Blick nach draußen, wo Bayreuth im unschuldigen Sonnenschein vorbeiflitzte.

18

Auf dem Revier hatten sie einige Mühe, ihre Version der Dinge zu Gehör zu bringen. Messingschlager war nicht da, und sein Assistent interessierte sich mehr für die Frage, warum das Festspielhaus ihn angerufen hatte, um sich über zwei Frauen zu beschweren, die sich als Polizistinnen ausgegeben und ihren weiblichen Star tätlich angegriffen hätten. Jeannette schüttelte wieder und wieder den Kopf.

»Kapieren Sie das denn nicht? Die zweite Besetzung der Brünnhilde hat die Föringson ermordet, um an ihre Rolle zu kommen. Als Alibi hat sie sich eine Doppelgängerin beschafft und auf dem Empfang im Hotel plaziert.«

»Die Föringson?«

»Nein, die Gontscharowa.« Jeannette stöhnte. »Es gab eine zweite Besetzung der zweiten Besetzung, ist das so schwer zu verstehen?«

»Und wo soll die Dame sein?« fragte der Beamte, ohne mit der Wimper zu zucken.

»Im Leichenschauhaus«, sagte Jeannette.

»Ja«, warf Regine ein, »ermordet als Mitwisserin.«

»Es ist die Tote von der Bühne«, fügte Jeannette hinzu, »die Frau aus den Flammen. Sie wurde vielleicht von der Gontscharowa hinter der Bühne getötet und beseitigt. Vermutlich hat sie diese in aller Eile im Untergeschoß versteckt und nicht geahnt, daß sie noch im Lauf der Vorstellung wieder auftauchen würde.«

Der Kriminalbeamte kratzte sich am Kopf.

»Das ist alles ein bißchen kraus«, setzte er an. »Kann jemand Ihre Vermutung bestätigen?«

Jeannette öffnete den Mund, um sich aufzuregen. Da kam Messingschlager herein.

»Grüß dich, Siegfried«, rief der Mann ihm erleichtert entgegen. »Hier gibt's eine seltsame Geschichte von fehlenden Muttermalen. Vielleicht hörst du dir das mal an.« Und so rasch er konnte, zog er sich zurück.

Messingschlager wandte sich an Jeannette, ohne sie zu Wort kommen zu lassen. Er hielt büschelweise Papiere hoch, Blätter, auf denen sich Gesichter befanden, lächelnde Frauen, zu Dutzenden.

»Vielleicht können Sie mir ja verraten, warum dieser Müll mein Faxgerät verstopft?« raunzte er. Die Beamten an ihren Schreibtischen hoben die Köpfe und schauten herüber. »Ich finde das nicht besonders lustig«, fuhr Messingschlager lautstark fort. »Wenn Sie glauben, ich hätte es so nötig, eine Frau zu finden, dann können Sie sich unsere Verab...«

»Moment«, rief Jeannette und hob die Hand, um ihn zu unterbrechen. Sie starrte ihn ganz verdattert an. Zum ersten Mal lächelte Siegfried Messingschlager nicht, weder ironisch noch herzlich. Er war ganz offensichtlich zutiefst beleidigt und wütend. Hilfesuchend schaute sie hinüber zu Regine, die besorgt die Stirn runzelte.

»Aber«, stammelte sie dann hastig. »Aber das hat mit dem Fall zu tun.« Sie griff nach seinem Ärmel und zog ihn beiseite. Wo sollte sie nur in der Eile beginnen? »Hat mein Kollege denn kein Anschreiben hinzugefügt?«

Martin Knauer hatte offenbar nicht. Dafür quoll Messingschlagers Büro über von Ausdrucken, alle mit demselben Motiv: Frauen, Frauen, Frauen. Jeannette klärte den Erzürnten, so rasch sie konnte, auf.

»Das sind Gesichter aus dem Internet, Russinnen allesamt«, begann sie.

»So weit war ich auch schon«, unterbrach Messingschlager sie. Er schmollte sichtlich noch immer, aber er war bereit zuzuhören.

»Die Idee kam mir, als ich das Zimmer der toten Frau sah, bei uns im Hotel.«

Er nickte, also fuhr sie fort.

»Es erinnerte mich an einen Fall, den ich gerade in Nürnberg bearbeite: eine Katalogbraut, die von ihrem Mann, oder besser Käufer, erschlagen worden war. Ihr Schlafzimmer sah genauso aus wie das der Unbekannten: lauter brandneue, billige Sachen, lieblos zusammengestellt. Nichts, was eine Geschichte gehabt hätte, als wäre alles zusammen mit der Besitzerin eben erst zur Welt gekommen. Ach ja, und ein Erinnerungsstück war auch dabei.« Jeannette kramte in ihrer Tasche und ertastete das Etui. Das Bild ließ sie stecken, den Ring aber zog sie heraus und hielt ihn Messingschlager hin.

»Das ist Unterschlagung von Beweismaterial«, murmelte der und trat näher an die Schreibtischlampe heran. »Ein billiges Ding.«

»Aufschlußreich ist die Gravur im Inneren.«

Er kniff die Augen zusammen und drehte das Schmuckstück. »Das sind kyrillische Buchstaben, oder?« fragte er. Er bog eine Schreibtischlampe zurecht, um sich die Sache näher ansehen zu können.

Jemand ging vorbei und pfiff: »Ob blond, ob braun, ich liebe alle Frau'n.« Die drei unter der Lampe ignorierten ihn.

Regine trat von hinten an ihn heran und schaute ihm über die Schulter.

»Das heißt Sascha«, meinte sie. Als er aufschaute, lächelte sie entschuldigend. »Russisch war mein zweites Nebenfach. Aber erwarten Sie nicht, daß ich es auch spreche.«

»Sie können Tschechow im Original lesen?« In seiner Stimme schwangen Neid und Hochachtung.

Regine machte eine Handbewegung, die seinen Enthusiasmus bremsen sollte.

»Wenn wir uns dann mal auf den Fall konzentrieren könnten?« schlug Jeannette vor. Sie hatte schon Platz genommen. »Was wir suchen, ist genau das, was auch Vera Gontscharowa gesucht hat, als sie diesen Mord plante: eine Doppelgängerin. Sie mußte nicht singen können, sollte aber, falls sie ein paar Worte sagen mußte, denselben Akzent haben. Und vielleicht ein wenig von Musik verstehen. Aber das war wohl eher zweitrangig. Den Leberfleck mußte sie ihr aufkleben, aber das weitere sollte übereinstimmen.«

Sie ließ sich von Regine das schwere Programmheft geben und schlug es dort auf, wo Vera Gontscharowa dem Betrachter ernst entgegenschaute.

»So muß auch unsere Unbekannte ausgesehen haben. Lichtbraune oder braun gefärbte Haare«, bei diesen Worten sah sie den Kommissar vielsagend an, »sehr große blaue, länglich geschnittene Augen, eine Stupsnase und einen auffallend breiten Mund. Ach ja, und circa einen Meter neunundsechzig groß.«

Sie war bereits in die Sichtung der Ausdrucke vertieft.

»Woher wollen Sie wissen, daß sie im Internet gesucht hat?« fragte Messingschlager.

»Weiß ich nicht«, gab Jeannette zurück. »Aber es ist der einfachste Weg, um nach bestimmten Kriterien zu suchen. Und es ist anonym. Wenn Sie einen Doppelgänger für sich brauchten, wo würden Sie nachsehen?«

Die weitere Suche verlief schweigend. Jeannette nahm ein Blatt nach dem anderen zur Hand, legte rasch zur Seite, was offensichtlich nicht paßte, und vertiefte sich in die Gesichter, die ihre Aufmerksamkeit erweckten. Sie hatte Martin gebeten, eine Vorauswahl zu treffen, dennoch überwältigte sie das Angebot. Es waren so viele, so verschiedene. Und alle lächelten sie, als wäre diese Galerie nicht das traurigste auf der Welt.

»Ich hab sie!« Es war Regine, die den erlösenden Ruf ausstieß. Sie hatte neben Messingschlager gearbeitet und hier und da abwechselnd mit ihm russische Lyrik rezitiert. Jeannette hatte die Stimmen der beiden ausgeblendet, um sich besser konzentrieren zu können. Jetzt stand sie auf und kam herüber. Ihr Kopf stieß beinahe mit dem von Messingschlager zusammen, als sie sich vorbeugte, um das Bild zu betrachten. Sie tauschten einen kurzen Blick und wurden beide rot dabei. Dann starrten sie auf das vierte Gesicht.

»Vera Gontscharowa«, staunte Jeannette.

Sie war es ohne Zweifel. Oder vielmehr ihr Double. Auf dem Bild sah sie jünger aus, das Haar länger, und das Gesicht glänzte unvorteilhaft, von einem ungeschickten Fotografen eingefangen. Sie war laut den Unterlagen achtundzwanzig, Ballettänzerin, Mutter einer Tochter. Ihr wirklicher Name war Sonja. Jeannette dachte an das verschwommene Gesicht im Treppenhaus, Lampenlicht, ein Lächeln.

»Aber ohne Muttermal«, verkündete Regine stolz.

»Sie sind wirklich einmalig«, rief Messingschlager aus.

Jeannette nickte befriedigt vor sich hin, ohne ihn anzusehen.

Nach einem Moment ging der Kommissar hinaus, um seine Anweisungen zu geben. Sie mußten sich mit der russischen Botschaft in Verbindung setzen, um zu sehen, ob sich Verwandte der Toten finden ließen. Eine Identifizierung würde wohl nicht möglich sein, aber vielleicht fand sich in ihrem Zuhause Material, das einen genetischen Nachweis erlaubte, Haare, Hautschuppen. Oder man bekam zahnärztliche Unterlagen. Vordringlich war allerdings der Kontakt mit der Partnerschaftsagentur, die das Bild der toten Sonja im Angebot hatte. Jeannette hatte Glück; das Unternehmen befand sich in Nürnberg.

»Sonja ist eine Koseform von Sophia«, rief Regine noch aus dem Nebenzimmer, »falls das irgendwas hilft.«

Jeannette schaute Messingschlager zu, wie er telefonierte. Er stand vorgeneigt da, eine Hand in der Hosentasche, und drehte sich manchmal leicht auf den Fersen. Doch er wirkte ruhig und konzentriert. Manchmal kam seine Hand aus der Tasche hoch und fuhr mit allen fünf Fingern durch die Bürste über seiner Stirn. Dann standen die Haare dort noch steifer ab.

Jeannette gefiel, was sie sah. Ihr gefiel, wie er seine Arbeit erledigte, mit seinen Leuten redete, knapp, aber freundlich. Ihr gefiel auch, daß ihr vermeintlicher Scherz mit dem Fax ihn so offensichtlich verletzt hatte. Es steckte also doch etwas anderes hinter der selbstsicheren, grinsenden Fassade, dachte sie. Ihr Gefieder glättete sich, während sie ihn so betrachtete, und zum ersten Mal fragte sie sich, wie ihr Treffen morgen wohl verlaufen würde.

Messingschlager telefonierte mit der Agentur. »Aha«, hörte sie ihn zwischendurch sagen, und: »Ja.« Nichtssagende Äußerungen, die ihr nicht verrieten, was vorging. »Ich danke Ihnen vielmals. In einer Stunde also.«

Als er endlich auflegte, war auch Regine neben sie getreten. Beide Frauen schauten ihn erwartungsvoll an.

»Sie faxen den Kontrakt«, erklärte er und fügte mit seinem vertrauten Lächeln hinzu. »Sie konnten sich noch gut an diese spezielle Vermittlung erinnern.« Er machte eine künstlerische Pause, ehe er verkündete: »Weil es nämlich eine Frau war, die in der Agentur erschien.«

Jeannette spürte, wie ihr Puls sich beschleunigte. Das Jagdfieber setzte ein. Jetzt hatten sie sie.

»Eine Frau«, wiederholte Messingschlager. »Und sie erklärte, sie suche für ihren Bruder eine Partnerin, die ihr selber ähnele.« Er grinste so breit wie nie zuvor. »Das hat dazu geführt, daß sie sich in der Folgezeit eine Reihe dreckiger Inzest-Witze erzählt haben.«

»Na, also ich schätze, dreckige Witze erzählen die dort ohnehin dauernd«, meinte Regine, die nun im Türrahmen neben Jeannette stand. Sie hatte das Blatt noch in der Hand.

»Der ganze Laden ist ein einziger obszöner Scherz.«

Jeannettes Augen leuchteten triumphierend. Nie hätte sie gedacht, daß sie einer solchen Seelenverkäufer-Agentur mal dankbar sein würde. Sie drückte aufgeregt Regines Hand. »Das wär's dann wohl«, rief sie und fügte sofort hinzu. »Haben Sie ihn vorgeladen für eine Gegenüberstellung?«

Wenig später tickerte das Fax. Es spuckte einen Vertrag samt Unterschrift aus, den sie nur noch neben den wieder einmal äußerst nützlichen Festspielkatalog legen mußten, wo Vera Gontscharowas schwungvolle Signatur direkt unter ihrem Bild abgedruckt war. Der Name war ein anderer, aber man benötigte keinen Experten, um zu sehen, daß die Schrift dieselbe war, bis hin zu der eitlen Angewohnheit, den gesamten Namen mit einem am Ende aufwärts gekringelten Schnörkel zu unterschreiben. In manchen Dingen kann man eben nicht aus seiner Haut.

Messingschlager telefonierte mit dem Staatsanwalt. Als er wiederkam, reichte er Regine Handtasche und Programmheft, dann trat er nahe an Jeannette heran. Er stemmte seinen Ellbogen auf einen Aktenschrank und betrachtete sie nachdenklich.

»Wegen unserer Verabredung«, sagte er.

Alarmiert schaute Jeannette auf. Sie waren umgeben von seinen Kollegen, die ihr kleines Tête-à-tête bereits interessiert betrachteten.

»Reden Sie gefälligst leiser«, zischte sie und schaute sich argwöhnisch um. Eine Sekretärin rauschte vorbei. Zwei Streifenpolizisten warteten und unterhielten sich feixend – worüber?

»Ich meine nur … haben Sie da wirklich nur gezwungenermaßen eingewilligt?«

Jeannette unterdrückte ein Lächeln. Er war wirklich niedlich.

»Natürlich«, entgegnete sie betont streng, »was dachten Sie denn?« Das hier war nun einmal nicht der Ort für Geständnisse. Da würde er schon bis morgen warten müssen. Ihr Blick schweifte durch den Raum, auf der Suche nach Lauschern. Ein Mann am Tisch gegenüber blinzelte ihr zu. Jeannette erstarrte. »Und wenn Sie auch nur einem Menschen hier im Revier etwas davon erzählen«, flüsterte sie, »dann können Sie was erleben.«

»Der Wagen ist da«, verkündete ein Streifenbeamter.

Hocherhobenen Hauptes rauschte Jeannette hinaus. Sie schaute sich nicht nach ihm um, deshalb konnte sie sein Gesicht nicht sehen.

19

Vera Gontscharowa begrüßte sie mit einem frostigen: »Sie schon wieder!« Es war nicht zu erkennen, ob der nochmalige Aufmarsch der Polizei in ihrer Garderobe ihr Angst machte, denn sie trug bereits ihr Kostüm und die geschminkte Maske der Walküre, die jede Seelenregung ihres Gesichts verbarg. Sie hielt jedoch ihren Speer fest umklammert, und ihre Schwanenfedern rauschten nervös, wenn sie den Kopf wandte.

Die begleitenden Beamten drückten sich mit roten Gesichtern an die Wand. Sie hatten Mühe damit, eine Frau zu verhaften, die einen überproportionalen Latexbusen vor sich her schob. In dem Gedränge fiel einer der beiden Blumensträuße auf dem Tisch um. Wasser floß unter dunkelroten Rosenköpfen hervor und durchtränkte einige Zeitschriften. Jeannette langte nach der Vase, stellte sie wieder auf und ordnete die Blüten neu, so gut sie konnte. Die Karte fiel ihr in die Hand, auch sie kyrillisch beschriftet. Sie hielt nicht mehr zwischen den Blumen, also stopfte Jeannette sie kurzerhand in ihre Hosentasche. Sie hob die tropfnassen Magazine hoch und schaute sich nach einem Papierkorb um.

»Vielleicht ist es besser, wenn Sie und Ihre Freundin draußen warten«, meinte Messingschlager, der ihr ungeduldig zusah, wie sie da herumfuhrwerkte. »Ich rufe Sie dann herein.«

Jeannette wollte erst auffahren, fügte sich aber. Das hier war seine Show; sie würde es auch nicht anders halten. Sie ging nach draußen und ließ die Zeitschriften auf einen

Besucherstuhl fallen. An die Wand gelehnt, spielte sie mit den Händen in ihren Hosentaschen herum. Da war die Karte, die konnte sie auch gleich wegwerfen. Nachdenklich zog sie sie heraus und betrachtete die Schrift.

»Kannst du das ...?« setzte sie an, Regine zu fragen. Da wurden sie von einer aufgebrachten Menschengruppe gestört. Jeannette erkannte den Darsteller des Siegfried, denn auch er war bereits im Kostüm. Er sah dem Siegmund vom Donnerstag verblüffend ähnlich, fand sie. Der Hagere mit dem langen Schal war vermutlich der Regisseur; Jeannette erinnerte sich an sein Bild aus dem Programm. Er zündete sich eine Zigarette an und betrachtete sie von oben bis unten, während ein kleiner, dicklicher Mann sich vorschob und aufgeregt Auskunft verlangte.

»Als Korrepetitor protestiere ich gegen die Belästigung unserer Künstler«, verkündete er. »Es ist keine halbe Stunde vor Aufführungsbeginn.« Er schnappte hektisch nach Luft, um dann würdevoll zu erklären: »Eine solche Unsensibilität hätte ich in Bayreuth nicht für möglich gehalten.«

Messingschlager, dachte Jeannette, der ehemalige Statist, wäre jetzt vermutlich heftig errötet ob der Schwere dieses Vorwurfs. Überrascht überlegte sie, ob ihm nicht vielleicht sogar wirklich das Herz blutete dabei, die Aufführung zerstören zu müssen. Nun, sie hatte diese Skrupel nicht. Begütigend hob sie die Hände.

»Meine Damen und Herren«, erklärte sie laut und langsam, »ich fürchte, Sie müssen sich mit dem Gedanken anfreunden, daß die ›Götterdämmerung‹ heute ausfallen wird.«

Lautes Stimmengewirr erhob sich seitens der Rheintöchter und Nornen. Siegmund-Siegfried griff nervös nach seinen Pillen und schluckte eine ganze Handvoll. Sein geröteter Adamsapfel hüpfte eindrucksvoll auf und ab.

»Sie war es«, flüsterte er, »o Gott, sie war es. Ich hab's gewußt. Mein Gott«, stöhnte der furchtlose Held. »Sie hätte uns alle töten können.«

»Es steckt in uns allen, wie ich es sagte«, klopfte ihm der Regisseur auf die Schulter. Mit einem Seitenblick zu Jeannette fügte er hinzu. »So viel Leidenschaft hätte ich ihr allerdings gar nicht zugetraut.«

Die antwortete: »Frau Gontscharowa hat allerdings die Ansicht geäußert, daß Sie hier derjenige sind, der am ehesten hätte getötet werden sollen.«

Siegfried schlug sich erschrocken die Hand vor den Mund. Der Regisseur trat seine alte Zigarette aus und suchte umständlich nach einer neuen. Seine Assistentin gab ihm Feuer. Er inhalierte tief. Dann zeigte er in die Richtung des Bühnenraumes.

»Hören Sie das?« fragte er.

Alle verstummten und lauschten. Das Summen der ersten hereinströmenden Besucher wurde laut.

»Fast zweitausend Menschen«, fuhr der Regisseur fort. »Einige werden mich anbeten, die anderen verfluchen.« Er nahm einen neuen Zug. »Wenn mich nicht mindestens tausend am Ende dieses Abends hassen, betrachte ich meinen Auftrag als nicht erfüllt.« Seine Assistentin blickte ihn bewundernd an. Er schwieg wiederum. »Und Sie sagen also, meine Brünnhilde fällt heute abend aus.« Er starrte auf den Glutpunkt an seiner Kippe. Es war keine Frage.

Dennoch antwortete Jeannette höflich.

»Falls Sie keine dritte Besetzung haben, was ich nicht annehme.«

»Natürlich haben wir keine dritte Besetzung«, mischte der kleine Dicke sich ein und setzte zu einer neuen Tirade an. »Ich als Korrepetitor …«

Der Regisseur brachte ihn mit einer Handbewegung zum Schweigen. »Eva.«

Seine Assistentin stand stramm. Er ließ seinen Blick über die versammelten Sänger gleiten. Dann verkündete er. »Es ist Zeit für Plan B.«

»Was glaubst du, hat er damit gemeint?« fragte Regine. »Das hier heißt übrigens: ›Als kleine Erinnerung, Sascha.‹« Sie schnippte die Karte auf den Stapel Journale.

»Frau Bergmann?« Ein Beamter steckte den Kopf durch die Tür. »Wenn Sie dann bitte kommen würden.«

Regine straffte sich.

»Schätze, das ist mein großer Auftritt«, sagte sie zu Jeannette und folgte dem Mann hinein.

»Aber ich sage Ihnen doch, die Polizei hat mich herbestellt.« Jeannette schaute in die Richtung, aus der die lauten Stimmen kamen, stieß sich von der Wand ab und bewegte sich darauf zu.

»Sie sind der Mann von der Agentur?« fragte sie knapp und winkte die Sicherheitskräfte mit ihrer Marke beiseite. Ihr Gegenüber ruckte seinen Anzug zurecht. Er war ein gut gebräunter Mittvierziger im Doppelreiher mit goldglänzenden Knöpfen. Wenn er sich über seine tadellos sitzende Frisur fuhr, glänzte ein dicker goldener Wappenring an seinem kleinen Finger. Sein Kopf war fleischig und seine Züge die eines Menschen, der alles gerne en gros genoß.

»Mirschberger«, stellte er sich vor.

»Sie sind sehr schnell gewesen«, konstatierte sie, während sie ihn zur Tür der Garderobe geleitete und klopfte. Wenn sie sein Gewerbe auch verabscheute, wollte sie sich doch bemühen, seine Kooperationsbereitschaft anzuerkennen.

»Ich fahre einen Z4«, erklärte er knapp und zupfte an seiner Krawatte.

»Das erklärt natürlich alles.« Jeannettes Eifer, höflich zu sein, erstarb. Sie stieß ohne weiteren Kommentar die Tür auf.

Als er an ihr vorbeischritt, glitt sie hinter ihm hinein. Es war eng in der Kabine, und noch um einiges enger nach Mirschbergers raumfüllendem Auftritt. Aber um nichts in der Welt wollte sie sich das Ergebnis dieser Gegenüberstellung entgehen lassen.

Doch zunächst enttäuschte Mirschberger sie alle miteinander. Aufgefordert, die Frau zu identifizieren, die im April dieses Jahres in seine Agentur gekommen war, um einen Vertrag über die Vermittlung von Sonja Marinina abzuschließen, schaute er sich zunächst forsch um, um dann immer unsicherer zu werden. Er könne die Frau hier nicht sehen, erklärte er schließlich und strich nervös über seine Krawatte.

Aufgefordert, sich die Walküre näher anzusehen, trat er einen Schritt auf die Frau zu, die ihn wütend anfunkelte, doch wieder schüttelte er den Kopf. Er sei sich nicht sicher.

»Wenn Sie hier meine Zeit für einen Kostümscherz vergeuden ...«, begann er.

»Nehmen Sie den Helm ab«, verlangte Messingschlager barsch von der Diva.

Mirschberger riskierte einen mißmutigen Blick. Doch auch das brachte sie nicht weiter.

»Runter mit der Schminke!«

»Ich werde mich nicht abschminken, ich muß in wenigen Minuten auf die Bühne.«

Zum ersten Mal begehrte die Gontscharowa auf. Ihr Blick ging gehetzt zur Tür. Zum ersten Mal auch bemerkte Jeannette so etwas wie Angst in ihrem Gesicht. Das erwartungsvolle Rumoren aus dem Zuschauerraum drang bis zu ihnen in ihre kleine Kammer, wo im Moment alles schwieg, und ließ auch hier die Spannung steigen. Vielleicht ging es der Sängerin ja erst in diesem Moment auf, daß sie möglicherweise nie mehr dort hinaus auf die Bretter treten würde, um den vor so kurzer Zeit zum ersten Mal genossenen Applaus der Menge entgegenzunehmen.

»Sie haben die Wahl, sich hier abzuschminken oder uns aufs Revier zu begleiten und die Schminke von einer Beamtin entfernen zu lassen«, erklärte Messingschlager barsch.

Regine trat vor.

»Wenn ich vielleicht helfen dürfte«, sagte sie und bot ihr Taschentuch an. Die Gontscharowa sank schwer auf einen Stuhl. Mit einer aggressiven Bewegung nahm sie Regines Tuch und legte mit einigen heftigen Strichen ihr Gesicht frei, bis Mirschberger schließlich rief: »Das ist sie! Ja natürlich.«

Jeannette sah ihren haßerfüllten Blick im Spiegel, als sie leise hinausging und die Tür behutsam hinter sich schloß.

20

Die Sache drinnen schien sich noch eine Weile hinzuziehen. Wie schön war es doch, dachte Jeannette, wenn man sich mit dem ganzen unerfreulichen Kram hinterher nicht mehr befassen mußte. Keine Aggressionen von Verdächtigen aushalten, keine langweiligen Berichte tippen, keine weinenden Angehörigen trösten. Jeannette ließ sich aufatmend in den Sessel neben der Tür fallen. Für sie war die Jagd hiermit beendet.

Irgend etwas drückte sie. Sie zog an dem Packen, auf den sie sich versehentlich gesetzt hatte. Es waren die feucht gewordenen Magazine. Da sie nichts Besseres zu tun hatte, schlug Jeannette eines auf und begann zu blättern. «Schwedische Kronprinzessin doch nicht schwanger?« las sie. So was führte sie sich sonst nur im Wartezimmer ihrer Frauenärztin zu Gemüte. Und die war so gut organisiert, daß sie dort selten länger als zehn Minuten warten mußte. Ein Jammer eigentlich. »Das Boxenluder – ein neuer Mann in ihrem Leben!« Jeannette schaute einmal rechts und links den Gang hinunter, ob auch niemand sie beobachtete, dann rutschte sie tiefer in den muffigen alten Sessel und blätterte weiter.

Ein Teil ihres Hirns arbeitete immer noch an dem Fall. So vermengten sich die neuesten Nachrichten aus dem Liebesleben abgehalfterter Ex-Tennisstars mit der Überlegung, wie dumm es von der Gontscharowa gewesen war, ihre Komplizin gleich hier im Theater zu ermorden. Hätte sie sich ihrer irgendwo außerhalb erledigt, fern von Bayreuth, es hätte kaum eine Verbindung zwischen ihnen beiden gegeben. Eine

Personenbeschreibung von Mirschberger, eine gefälschte Unterschrift, wenn man die Spur überhaupt so weit hätte zurückverfolgen können. Aber das half nicht weit, wenn man nicht wußte, wo man zu suchen hatte. Es war wirklich dumm von ihr gewesen.

In einem prominenten Scheidungskrieg gab es Neuigkeiten. Die eine Partei ließ sich zu ihrer Verkündigung umgeben von Rosensträußen ablichten. Laval hatte an diesem Nachmittag Rosen ins Theater getragen, erinnerte sich Jeannette, schwarzrote, wie die der Gontscharowa. Sie unterbrach ihre Lektüre und suchte nach der Karte. Triefnaß verbog sie sich in ihren Fingern. Der Name lautete Sascha, hatte Regine gesagt. Das paßte. Der Kosename für Alexander. Jeannette blätterte weiter, doch irgend etwas ließ ihr keine Ruhe. Sascha war der Kosename für Alexander. Sonja war der Kosename für Sophie. Auf Sonjas Ring hatte Sascha gestanden.

In irgendeinem Königshaus gab es neuen Ärger um das Liebesleben der Tochter, doch Jeannette konnte dem nicht mehr die rechte Aufmerksamkeit widmen. Von der Bühne her ertönten die ersten Klänge, bald hüllte die Musik sie ein und verschluckte das Murmeln hinter der geschlossenen Tür.

»Welch Licht leuchtet dort?«

»Dämmert der Tag schon herauf?«

Die gesungenen Fragen bohrten sich mit einer gewissen Dringlichkeit in ihr Gehirn. Noch konnte Jeannette die Einzelteile nicht fassen. Sie blätterte nervöser weiter. Da sah sie es: »Die Sängerin und der Playboy«. Eva Föringson lächelte aus der Tiefe eines Brokatsofas in die Kamera, an dessen Lehne lässig ihr Gatte lehnte. Der Artikel war, wie die gesamte Zeitschrift, einige Monate alt und widmete sich einer Ehekrise, die, wie der geschwätzige Tonfall des Journalisten betonte, gerade ausgestanden war. Aber natürlich war es dem Blatt ein gefundenes Fressen, auf all die gräßlichen Details der Vorfälle noch einmal in aller Breite einzugehen: Spielsucht, Untreue, der große Altersunterschied. An letzterem hängte der Verfasser sich besonders gern auf. Lustvoll schilderte er die wilde Jugend des virilen Russen, wie er ihn nannte.

Jeannette stutzte erst einige Zeilen weiter, kam dann zu dem Ausdruck zurück. Sie hatte zwar gehört – wer hatte das erwähnt? –, daß Laval seinen Namen hatte ändern lassen. Richtig, die Klatschreporterin hatte ihr das erzählt. Aber daß er russischer Herkunft war, hatte sie nicht gewußt.

In Rußland war Sascha die Koseform von Alexander. Sie überflog die Fotos. Das Paar beim Wasserskilaufen in Florida, beim Einkaufen in Paris. Es fehlte keines der gängigen Motive. Sie sparte sich die Bildunterschriften. Dann blieb ihr Blick an einem Jugendbild Lavals hängen. Richtig, er war ja Tänzer gewesen. Das Bild, eine veraltete Schwarzweißaufnahme, die das Blatt sonstwo ausgegraben haben mochte, zeigte ihn im klassischen Ballettkostüm eines Prinzen: Strumpfhose und ein stilisiertes Renaissance-Obergewand mit Schlitzen, Bändern und gepufften Ärmeln. Die Pose war gespreizt, das Gesicht im Halbprofil zu sehen und das Kinn hoch erhoben. Jeannette wurde heiß, als sie es betrachtete. Mit zitternden Fingern kramte sie in ihrer Hosentasche, was im Sitzen nicht einfach war.

»Woran spannst du das Seil?« sang die Norne.

Jeannette fand, was sie suchte. Sie faltete die alte Fotografie aus Sonja Marininas Reisetasche auf und legte sie neben das Portrait von Laval. Beide Bilder waren körnig und ein wenig unscharf. Aber sie war sich sicher. Die beiden Männer waren ein und dieselbe Person.

Und als sie aufschaute, stand der leibhaftige Alexander Laval vor ihr und lächelte auf sie herab. Die Musik hatte das Geräusch seiner herannahenden Schritte übertönt. Sie betrachtete sein Gesicht, glatt und wohlgebräunt, mit der geraden, nahezu römischen Nase und den schwarzen, langbewimperten, leidenschaftlichen Augen. Er mußte einen großartigen Prinzen abgegeben haben mit achtzehn. Sonja Marinina war sicherlich rasend in ihn verliebt gewesen. Aber er stand viel zu dicht bei ihr.

Der Tänzer bemerkte ihre Blicke, die sein Gesicht abtasteten, und deutete ihr Interesse falsch. Er schenkte ihr ein strahlendes Lächeln mit einer Reihe wahrhaft blendender Zähne und streckte den Arm aus, um sich in lässiger Positur an die Wand zu lehnen. Richtig, erinnerte sich Jeannette, er bevorzugte ja Blondinen. Möglicherweise sah er sich schon mit ihr in den Waschräumen des Festspielhauses. Unauffällig versuchte sie, aus dem durchgesessenen Sitzmöbel in eine aufrechtere Position zu gelangen. Sie lag ja praktisch vor ihm.

»Weißt du, wie das wird?« sang es auf der Bühne.

Jeannette konnte der Norne die Frage nicht beantworten.

Alexander Laval lächelte noch immer.

»Kennen wir uns nicht?« fragte er. Er mußte laut sprechen, um die Musik zu übertönen, was die Worte noch trivialer wirken ließ. Und dann, ein wenig vertraulich vorgebeugt: »Sie kommen mir gar nicht wie eine Wagner-Verehrerin vor. Wollen wir nicht ...« Da fiel sein Blick auf die Zeitschrift in ihrem Schoß, und sein Lächeln erlosch.

Jeannette versuchte mit einer raschen Geste, das Foto zwischen den Seiten verschwinden zu lassen, doch er war schneller als sie. Erst jetzt bemerkte sie den Stock mit Messingknauf, den er bei sich trug, ein lächerliches Spielzeug, eines Gigolos würdig. Der Knauf bohrte sich unangenehm in ihr Brustbein und zwang sie, ruhig sitzen zu bleiben, während er ihr das Bild aus den Händen nahm. Er hob es höher, um es in der spärlichen Flurbeleuchtung besser sehen zu können. Sein Gesicht war konzentriert und ausdruckslos. Angespannt schaute Jeannette zu ihm auf.

»Sie haben Ihr Haar damals länger getragen«, sagte sie.

Die Antwort war nur eine Verstärkung des Drucks, mit der der Knauf sie gegen die Lehne preßte.

Jeannette versuchte, ein wenig zur Seite auszuweichen. Sie mußte unbedingt aus dieser Falle herauskommen. Vorsichtig zog sie die Beine an, um hochschnellen zu können. Doch der Stock zitterte unter ihrer Bewegung, und als Reaktion preßte er sich noch stärker gegen ihr Fleisch. Noch immer starrte Laval auf das Bild. Jeannette sah ihn die Stirn runzeln, als frage er sich erstaunt, welches Recht seine Vergangenheit hatte, in sein neues, perfekt geordnetes, Lichtjahre davon entferntes Leben einzudringen. Sie versuchte ihn abzulenken.

»Ist das gemacht worden, als Sie beide an der Ballettakademie waren?« schoß sie eine Frage ins Blaue ab. Die Marinina war Tänzerin gewesen, genau wie er, das stand in ihrer Akte bei der Agentur. Was lag näher, als daß die beiden sich in der Ausbildung kennengelernt hatten?

»Die Kleine«, antwortete er. Seine Stimme schwang träge irgendwo zwischen Rührung und Verachtung. »Fünfzehn Jahre und mager wie ein Vogel. Immer hat sie gehungert, um ihre Figur nicht zu verlieren. Immer so ängstlich, immer so fleißig.« Ein selbstgefälliges Lächeln überzog sein Gesicht. »Als sie dann mich kennenlernte, hat sie ihr Essen von selber wieder ausgespuckt, so aufgeregt war sie vor jedem Treffen.«

»Da waren Sie ihr ja einmal richtig nützlich«, schnappte Jeannette. Der Mann machte sie wütend, ihre hilflose Lage machte sie wütend. Es wäre doch zu erniedrigend, um Hilfe schreien zu müssen. Die Musik wurde lauter.

»Ich war ihr Gott«, erklärte Laval ohne eine Spur von Ironie.

Jeannette dachte an das schöne, hochmütige Gesicht auf dem Bild, an die selbstsichere Pose und wußte, daß er das wirklich glaubte. Vermutlich hatte er sogar recht damit. Der

Gedanke machte sie traurig, daß die kleine tote Russin dieses Monster abgöttisch geliebt haben sollte.

»Sie ist mir aufgefallen beim Tanzen«, fuhr Laval mit seiner Selbstbeweihräucherung fort. »Ich habe sofort gesehen, sie ist leidenschaftlich. Man kann die Frauen gut einschätzen beim Tanzen.«

Er warf ihr einen Blick zu, der Jeannette das Gefühl gab, gerade einen Bauchtanz vor ihm absolviert zu haben.

»Wenn ich sie umfaßt habe und gestemmt für die Hebefigur, hat sie immer diesen kleinen Schrei ausgestoßen.«

Jeannette machte einen Versuch hochzukommen, den er scharf parierte. Einen Moment lang fixierten sie sich über die Länge des Stockes hinweg.

»Verflochten ist das Geflecht.
Ein wüstes Gesicht
Wirrt mir wütend den Sinn.«

Laval lächelte wieder, angespannter nun. Mit einer Hand faltete er das Foto und steckte es sich sorgsam in die Jackettasche hinter das seidene Tuch, dessen Spitze vorschriftsmäßig herausragte.

»Warum mußte Sonja sterben?« fragte Jeannette wütend. »War es wegen des Kindes, Ihrer Tochter? Hat sie versucht, Sie damit zu erpressen.«

Sie hatte nur wenige Sekunden, um in seiner Miene zu lesen. Entgeistert und wütend starrte er sie an. Er wußte es nicht, begriff sie. Er wußte nichts von dem Mädchen, hatte vielleicht nichts damit zu tun. Aber warum dann? Ihre Gedanken rasten. Sie öffnete den Mund, um nach Messingschlager zu rufen. Da fiel ihr etwas ein.

»Es riß!
Zu End' ewiges Wissen!
Der Welt melden Weise nichts mehr.«

Der Messingknauf sauste auf ihren Kopf, ehe sie einen Laut

von sich geben konnte. Unbeholfen versuchte Jeannette in letzter Sekunde noch auszuweichen, doch der Stock traf sie über dem Ohr. Schmerz explodierte, ihr wurde schlecht. Sie spürte noch, wie sie aus dem Sessel rollte.

»Hinab!« riefen die Nornen.

Um Jeannette wurde es dunkel.

21

Als Jeannette wieder erwachte, wußte sie nicht, wo sie war. Eine beinahe vollkommene Dunkelheit hüllte sie ein. Sie bewegte sich stöhnend. Sie konnte Stufen tasten; unbequem drückten sie in ihre Rippen. Noch schmerzhafter war es, wenn sie versuchte, sich aufzurichten. Ihr Körper fühlte sich völlig zerschlagen an. Sie lag, stellte sie schließlich fest, mit dem Kopf nach unten. War sie eine Treppe hinuntergefallen?

Mit aufgerissenen Augen starrte sie in die Schwärze. Da: Die Musik war noch da. Doch sie klang dumpf und fern. Und seltsam fremd. Jeannette stöhnte und rieb sich die Stirn. Aber sie täuschte sich nicht, das, was sie da hörte, waren Hardrock-Klänge. Der elektronische Gitarrenlärm durchdrang die apokalyptische Finsternis und mischte sich mit dem Durcheinander in ihrem Kopf. War sie nicht mehr im Festspielhaus? Plötzlich wurde es stiller. Schritte kamen die Treppe hinunter. Mit einemmal sah sie das Gesicht wieder vor sich, den Stock, in dessen poliertem Knauf sich ihr eigener erstaunter Blick spiegelte. Ihre Angst kam zurück: Laval!

In Panik kroch sie von dem Geräusch weg, diesen aufreizend gleichmäßigen, gleichmütigen Tritten, die von oben herab näher kamen. Erschrocken stieß sie gegen eine Wand, in deren Schutz sie im ersten Moment instinktiv in sich zusammenzukriechen suchte. Fast hätte sie gewimmert; dann kam sie wieder zu sich. Sie mußte die Nerven behalten. Langsam, leise richtete sie sich auf und bewegte sich, sich an der

Mauer entlangtastend, von den näher kommenden Schritte fort, weiter in die Dunkelheit hinein.

Sie war sicher, daß es Laval war, der sie suchte. Er hatte sie niedergeschlagen, erinnerte sie sich, als sie versucht hatte, aus dem verdammten Sessel hochzukommen. Er hatte sie schlichtweg übertölpelt. Sie war gestolpert und dann ... An diesem Punkt ließ ihr Gedächtnis sie im Stich. Sie wußte nicht, was dann geschehen war. War sie ohnmächtig geworden? Aber sie konnte doch unmöglich länger als ein paar Sekunden weg gewesen sein! Er mußte sie hier hinuntergeschafft haben, um dann schnell die Spuren zu beseitigen. Er mußte sie regelrecht geworfen haben, so wie sie sich fühlte. Wo war sie? In einem Keller?

»Wer sind Sie?« erklang es von oben. »Sind Sie von der Polizei?« Die Stimme wurde lauter. Er war jetzt auf derselben Höhe wie sie. Bald würde er seinen Fuß von der letzten Stufe auf den Boden setzen; sie fühlte seine Anwesenheit. Sie mußte hier fort. Langsam zog Jeannette sich weiter zurück. Da veränderte sich die Musik über ihr. Erleichtert hob Jeannette den Kopf und lauschte. Das war Siegfried! Der Freund der Vitaminpillen, ja, sie hörte ihn schmettern. Nie hätte sie gedacht, daß Wagner in ihr einen solchen Freudentaumel würde auslösen können.

»Mehr gabst du, Wunderfrau,
als ich zu wahren weiß.
Nicht zürne, wenn dein Lehren,
mich unbelehrt beließ!«

Sie war noch immer im Festspielhaus.

»Sie denken wohl, Sie können mir Angst einjagen«, fuhr Lavals Stimme fort, da sie nicht antwortete. »Vielleicht wollen Sie ja Geld.«

Er will mich nur provozieren, sagte sich Jeannette, während sie sich vorsichtig an der Wand entlangtastete. Er will nur, daß ich verrate, wo ich bin. Sie erspürte eine offenstehende Tür; Zugluft strich ihr übers Gesicht.

»Die Polizei hat Sonja schon identifiziert, Sascha«, rief sie. »Und bald wird sie auch bei Ihnen anklopfen.«

Dann stürzte sie sich in den Raum. Laval war an der Tür, sie konnte es hören, ihn jetzt sogar undeutlich erkennen. Durch einige Ritzen in der Decke drang Licht herunter. Grau sickerte es über die unförmigen Umrisse großer Gegenstände, deren Formen nur langsam Sinn ergaben. Jeannette erkannte einen Felsen aus Pappe. Etwas Rauhes strich über sie, als sie darauf zuging, die Wedel einer künstlichen Tanne, gesättigt von jahrzehntealtem Staub. Beinahe hätte sie geniest.

»Vergessen Sie nicht, ich habe das Bild«, rief Laval von der Tür.

Er tat einige zögernde Schritte in den Raum. Jeannette hörte es scheppern und duckte sich instinktiv. Dann lugte sie wieder über den Felsrand. Ein Gestell drehte sich im leeren Raum, wie ein Karussell mit Halterungen nur für zwei, drei Gondeln, dürr und verrostet. Es hatte einmal die Rheintöchter über den Wogen gehalten. Quietschend kam es langsam wieder zum Stehen. Sie hörte Laval fluchen.

Jeannette benutzte die Gelegenheit, eine neue Position in der Waldkulisse zu beziehen. Die Füße zwischen künstlichem Moos und Fliegenpilzen, rief sie:

»Die Polizei glaubt nicht, daß die Gontscharowa so dumm war, ihre Komplizin hier im Haus zu ermorden, wo man sie finden mußte. Sie forscht weiter und wird bald auf Ihre Spur stoßen. Auch ohne das Foto.«

Zumindest hoffte sie inständig, daß es so sein würde. Was, grübelte sie, was nur verband die Marinina mit Laval? Ihre Gedanken stoben durcheinander wie flüchtendes Wild.

»Zum Tausche deiner Runen
reich ich dir diesen Ring«,

schmetterte Siegfried in diesem Moment. Unwillkürlich dachte Jeannette an den Ring in Marininas Reisetasche. »Danke«, flüsterte sie Siegfried zu, der sie nicht hören konnte. Für spontane Eingebungen mußte man danken, egal, woher sie auch kamen.

Laut rief sie: »Die Dokumente ihrer Eheschließung mit Sonja werden sich bei den russischen Behörden ja sicher finden lassen.«

Es war nicht mehr als eine Vermutung, auf gut Glück geäußert. Aber Jeannette war sich mit einemmal sicher, daß sie recht hatte. So gab auf einmal alles einen Sinn. Vorsichtig schob sie sich im Schatten der Tanne von dem kleinen Felsengebirge weg. Lavals Schritte tasteten sich durch den Raum auf sie zu. Sie schlüpfte unter einem troddelbewehrten Vorhang hindurch und spähte hinaus. Er war noch nicht weit genug von der Tür fort.

»Den Ring hat die Polizei ja schon«, verkündete sie und kletterte über ein Bärenfell.

»Dann ist es Essig mit dem süßen Leben«, tönte sie höhnisch. »Bigamisten erben nämlich nichts, habe ich recht?«

Sie schob sich rückwärts und richtete sich auf. Da bohrte sich etwas Kaltes, Scharfes in ihren Rücken. Jeannette hielt den Atem an. Doch nichts geschah.

»Der Name, der dort steht, ist aber nicht meiner.«

Lavals Stimme erklang von schräg links. Er war mindestens zehn Meter entfernt. Jeannette wagte es, sich umzudrehen. Hinter ihr lag der Kopf eines glotzäugigen Drachen. Er starrte sie so gutmütig an wie ein überdimensionaler Dackel.

»Gutes Tier«, flüsterte sie und tätschelte ihm die Pappnase, während sie in aller Eile ihr T-Shirt von seinem Eckzahn loshedderte. Die Schritte kamen wieder näher.

»Aber auf den Papieren, die Ihre Namensänderung beurkunden, da findet er sich«, gab sie zurück und schlüpfte rasch zwischen die nächsten Requisiten. »Tja, Sascha, da hat der Gott sich doch von der kleinen, schüchternen Tänzerin einfangen lassen. Das Mädchen zu heiraten: ein dummer Fehler.«

Laval hielt inne. Sie konnte hören, wie er vor Wut mit dem Stock auf etwas schlug. Dumpf hallte es durch all die alten Kulissen. Gut so, dachte sie zufrieden. Seine Wut hob ihre Stimmung. Sie richtete sich auf, um einen Blick auf ihn zu werfen. Da rutschte etwas unter ihrer Hand weg und fiel scheppernd zu Boden.

Sofort hörte sie seine schnellen Schritte direkt auf sie zukommen. Jeannette wollte nach rechts ausweichen, um in einem Bogen zur Tür zu gelangen. Der Ausgang war nur noch wenige Meter von ihr entfernt. Doch so weit kam sie nicht. Unvermutet tauchte Lavals Oberkörper vor ihr auf, als sie sich durch einen Berg alter Stoffe wühlte.

Sie sprang auf, sprintete los, auf einen Durchgang zu – und lief gegen eine Leinwand. Sanft, aber unnachgiebig wurde ihr gesamter Schwung abgefangen und zurückgefedert. Jeannette landete auf ihrem Hintern vor den Mauern von Walhall. Der Durchgang darauf war gemalt. Die ganze Konstruktion wankte und wäre beinahe über ihr zusammengebrochen, als sie sich hastig umdrehte, um sich Laval zu stellen. Der schwenkte seinen Stock, als er auf sie zukam.

»Dort wird meinen Namen nur niemand suchen«, erklärte er leise. »Niemand außer Ihnen.«

Jeannettes Hände fuhren panisch über die Leinwand. Farbe blätterte ab, trudelte in feinen Flocken zu Boden. Dabei ließ sie ihn nicht aus den Augen. Laval blieb wenige Schritte vor ihr stehen.

»Ich habe sie nicht umbringen wollen«, sagte er und hob den Stock. »Ehrlich. Ich wollte überhaupt nichts von ihr. Aber sie hat mich ja regelrecht überfallen. Hat sich an mich gehängt. ›Sascha! Sascha!‹ Sie hätte beinahe das ganze Haus zusammengerufen.«

»So ein Pech«, gab Jeannette höhnisch zurück. »Da war gerade jemand so nett, Ihre Frau zu ermorden und Sie zu einem Millionenerben zu machen. Da kommt dieses Mädchen vorbei und macht alles zunichte, was?«

»Ja«, antwortete Laval einfach. Er schleuderte das Wort heraus, heiser vor unterdrückter Wut.

»Und da mußte sie eben sterben.« Jeannette schob sich langsam seitlich an ihn heran.

»Ja«, fauchte Laval erneut und ging zum Angriff über. »Genau wie du.«

Jeannette fing den ersten Schlag ab. »Schlechter Text, Sascha«, flüsterte sie nahe an seinem Ohr, während sie um den Stock rangen, »und schlechter Schlag. Die Sache wird nicht glücken.«

Doch der zweite Hieb saß besser. Jeannette hätte sich verfluchen können dafür, daß sie nicht darauf geachtet hatte, was er in seiner Linken hielt. Was immer es war, es sauste mit großer Wucht auf ihre Schulter. Sie ließ den Stock los und krümmte sich. Laval holte noch einmal aus. Jeannette sah den Schlag kommen, konnte aber nur noch den Arm heben. Sie hörte ihren Unterarmknochen brechen. Elle oder Speiche, überlegte sie seltsamerweise, als sie zu Boden ging. Sie hatte das doch gelernt in ihrem einen Semester Medizin. Mit einemmal sah sie es wieder vor sich, die gekachelten Räume der Pathologie, die gescheuerten Stahltische, die Abflüsse im Boden. Ein Dozent im grünen Kittel zog ihr dicht über die Leiche und das Sezierbesteck gebeugtes Gesicht zurück. »Eine weitere Steigerung wäre es, davon zu kosten«, sagte er, fern und verzerrt.

Laval holte erneut aus. Jeannette rief ihre wandernden Gedanken zurück und trat ihm mit geschlossenen Füßen und voller Wucht in den Unterleib. Laval taumelte so heftig gegen die Leinwand, daß Walhall endgültig nachgab und schwer erschüttert über ihm zusammenbrach. In der Wolke aus Staub und Gips und umherfliegenden Holzsplittern robbte Jeannette hastig von ihm und dem Chaos fort. Sie kam auf die Beine und lief taumelnd dorthin, wo sie die Tür vermutete. Den verletzten Arm eng an den Körper gepreßt, rang sie um ihr Gleichgewicht. Dabei hoffte sie inständig, daß der Lärm jemanden auf der Bühne alarmierte. Allein würde sie nicht mehr lange durchhalten.

Doch dort oben war inzwischen wieder jener eigenartige Krach losgegangen, eine Mischung aus Rock- und Marschmusik. Zwischendurch glaubte sie Fetzen einer hysterischen Rednerstimme zu hören. Sie mußte halluzinieren.

Jeannette glaubte zu rennen, doch sie kam nur langsam voran. Ihr war hundeelend, und sie mußte alle Konzentration zusammennehmen, um nicht einfach in die Knie zu gehen und sich zu übergeben. Immer wieder stieß sie mit der ohnehin lädierten Schulter gegen Wände, Pferdeattrappen, Gestänge. Endlich, da war die ersehnte Tür. Doch hinter ihr erklangen schon wieder seine Schritte. Warum nur hatte es ihn nicht erschlagen? Keuchend warf sie sich in die schutzversprechende Dunkelheit des Korridors. Etwas geriet zwischen ihre Füße; Laval hatte seinen Stock noch einmal erfolgreich eingesetzt. Jeannette stürzte, wollte sich abrollen und vergaß, daß das mit einem gebrochenen Arm nicht so einfach ist. Unwillkürlich stieß sie einen Schmerzensschrei aus und sank zurück. Laval war über ihr, ehe sie wieder zu sich kam.

Jeannette rammte ihm den gesunden Ellbogen ins Gesicht, kam noch einmal frei und zog sich an etwas hoch, einem Griff. Es war eine Türklinke. Sie hängte sich mit ihrem ganzen Gewicht daran; die schwere Tür schwang auf, und Jeannette fiel in einen neuen Raum. Der Boden, auf dem sie nun lag, war aus

Beton, glatt, aber warm. Alles ringsum war warm. Kleine rote Lichter summten an den Wänden. Es roch fremd, metallisch und nach Schmieröl.

Laval war bereits hinter ihr und rammte sie mit seinem gesamten Gewicht erneut über den Haufen. Metallstreben drückten sich in Jeannettes Rücken, als sie sich verzweifelt unter ihm hervorzuwinden versuchte. Seine Hände streckten sich nach ihrem Hals aus, erreichten ihn, verloren ihn. Sie wehrte sie ab, so gut sie es mit einer Hand konnte, streckte sich von ihm fort. Die verletzte Hand bekam etwas Metallenes zu fassen, war aber zu schwach, es aufzuheben. Jeannette biß die Zähne zusammen und versuchte es ein letztes Mal.

Lavals Finger krallten sich endgültig um ihre Kehle. Vor ihren Augen tanzten Funken, die roten Lichter summten ein Liedchen, einschläfernd und schadenfroh. Der Metallhebel bewegte sich, klappte um. Doch er löste sich nicht. Jeannette gab auf.

Sie wurde schlaff, ließ die Hände an ihrem Hals, sog ein letztes Mal keuchend die Luft ein. Mit großen, ersterbenden Augen starrte sie in die Finsternis, die plötzlich zerrissen wurde wie ein Vorhang. Gleißend ergoß sich Helligkeit über sie. Jeannettes schaute nach oben. Da war es, das Licht, das Licht am Ende des Tunnels, von dem alle sprachen. Es war tatsächlich wahr. Ihr Herz schlug wie eine Trommel. Sie wurde ihm entgegengehoben. Sie flog. Die Musik wallte ein letztes Mal auf, überwältigend, glückverheißend. »Heil!« schmetterten die Stimmen der Engel. »Heil! Heil! Heil!«

22

Siegfried Messingschlager gab Regine, die in den Kulissen stand, ein Zeichen. Sie wiederum nickte dem Bühnenarbeiter zu, der seinerseits mit einem Hebelzug Jeannettes Himmelfahrt abrupt beendete.

»Punktlandung«, erklärte sie zufrieden.

Eine weitere Bewegung bediente den Vorhang, der sich nun irregulär für die Dauer des Orchesterzwischenspiels schloß und es jedem Zuhörer selbst überließ, sich den Abschied Siegfrieds hoch zu Roß zu imaginieren, wie er in den Breitwand-Sonnenuntergang ritt, den die Musik einem vor Augen stellte. Polizisten rannten auf die Bühne, um Laval zu verhaften, der, reglos vor Schreck und Überraschung, noch immer den Hals der wie leblos daliegenden Jeannette umklammerte und in das grelle Scheinwerferlicht blinzelte. In letzter Sekunde kam Leben in ihn, er ließ von seinem Opfer ab, stürmte auf den Chor zu, dessen Mitglieder er nach rechts und links zur Seite drängte, und tauchte hinter der Bühne weg. Seine Verfolger liefen hinterher. Entzückt winkte Regine Messingschlager zu.

»Ich wußte gar nicht, daß Wagner so schmissig sein kann, die reinste Filmmusik. Hoppla.« Ihre Finger mit den langen Nägeln trommelten auf die Bedienungswand.

Zu ihrer Überraschung nahm sie der Techniker und schob sie sanft, jedoch nachdrücklich beiseite.

»Das«, sagte er nervös und wies auf einen Knopf, dem sie nahe gekommen war, »ist der Flammenwerfer.«

Regine schenkte ihm ein strahlendes Lächeln und wandte

sich wieder dem Geschehen auf der Bühne zu. Messingschlager führte gerade Jeannette zu ihr herüber, die ganz benommen an seinem Arm hing.

»Lämmchen«, begrüßte Regine sie strahlend, »das war ganz großartig.«

Jeannette starrte sie verständnislos an. Da tauchte über ihnen auf der schiefen Ebene mit der Sadomaso-Installation, die den traditionellen Felsen ersetzte, plötzlich Laval auf, der seinen Häschern im Durcheinander hinter der Bühne mit all den Kulissenwechseln und hin und her strömenden Darstellern noch einmal entkommen war. Er wurde sichtbar, als er mit Lederschnüren kämpfte, in die er sich verheddert hatte wie in eine fremde Leidenschaft.

»Vorsicht!« schrie Regine. Laval schaute sich verzweifelt um, sprang, kam dröhnend auf dem Bühnenboden auf, rappelte sich hoch und wollte in die entgegengesetzte Richtung fliehen. Da zischte der Flammenring um ihn auf. Wie erstarrt verharrte er in seinem heißen Käfig.

Regine nahm den Finger vom Knopf.

»Das war der Flammenwerfer«, klärte sie den verdutzten Messingschlager auf und klopfte dem Arbeiter neben sich dankbar auf die Schulter.

Jeannette verlangte nach etwas Trinkbarem. Siegfried kam und reichte ihr eine Thermosflasche Salbeitee.

»Mit zusätzlichem Vitamin C und Calciumkomplex«, erklärte er.

Sie nahm das bittere Gebräu und trank in kleinen Schlucken. Auf der Bühne begannen die Umbauarbeiten.

»Heil«, ertönte es scheppernd hinter ihnen, wo zwei Männer mit vor Anstrengung verzerrten Gesichtern einen Apparat abschleppten, der vage Ähnlichkeit mit einem Roboter hatte. Eine kastenförmige Gestalt auf Rädern, metallene Nudelsiebe als Brüste, einen Trichter als Mund, große Nieten.

Bauch und Scham nahm ein Bildschirm ein, auf dem sich pornographische Bilder mit Kriegsdarstellungen und Sportveranstaltungen abwechselten. Jeannette setzte den Teebecher ab, als das Objekt mit seinen anmontierten Flügeln an ihr vorbeistrich, und deutete mit der Thermoskanne hinterher. Einen Engel hatte sie ja erwartet.

»Was ist das?« fragte sie.

»Das ist Plan B.« Der Regisseur war zu ihnen getreten. »Die perfekte Projektionsfläche männlicher Phantasien.« Er rieb sich die Hände. »Dafür werden sie mich wirklich hassen.«

Hitler flackerte kurz über den Schirm, als die Elektro-Brünnhilde abgeschleppt wurde. »I can't get no«, stöhnte das Wesen mit Mick Jaggers Stimme. Dann erklang Rauschen und Marschmusik. Jeannette schloß wieder die Augen und umklammerte ihren Tee. Der Regisseur wandte sich an Messingschlager.

»Wenn wir dann wieder können, Herr Kommissar.« Er schaute auf seine Armbanduhr und tupfte sich mit dem Ende seines schmalen schwarzen Schals, den er nie abzulegen schien, die Nase. »Hier geht es schließlich um die Kunst.«

Messingschlager nickte. Der Vorhang öffnete sich für den nächsten Aufzug. Vom kriminalistischen Zwischenspiel blieb keine Spur zurück.

»Ihr habt die ganze Zeit gewußt, daß wir da unten sind?« Jeannette erholte sich auf dem Revier bei einem weiteren Becher Tee, der genauso schlecht schmeckte wie der in ihrem eigenen Büro. Es fiel ihr schwer, sich noch aufzuregen.

Beim Schlucken tat ihr Hals weh, und der frische Gips, der ihr in der Notaufnahme in aller Eile angepaßt worden war, juckte unangenehm, aber sie fühlte sich zumindest in der Lage, die Fragen Messingschlagers und seiner Kollegen zu beantworten, soweit die nicht bereits im Bilde waren. Im Krankenhaus hatte sie um keinen Preis bleiben wollen. Die Ärzte hatten sich ihren Wünschen schließlich gefügt und sie mit einer Ration Schmerzmittel in die Freiheit entlassen. Die ersten Tabletten hatten bereits ihre Wirkung entfaltet und versenkten sie in eine Welt angenehm dumpfer Gleichgültigkeit.

Messingschlager legte die verschränkten Finger auf den Tisch.

»Nun, da waren blonde Haare an dem Sessel und Blutspuren auf dem Boden. Und Regine meinte, Sie würden sich niemals niederschlagen und entführen lassen, ohne ihr vorher Bescheid zu geben. Also gingen wir der Sache nach.«

Regine lächelte Messingschlager an und legte Jeannette den Arm um die Schultern.

»Er hat zwei Leute da runtergeschickt«, meinte sie beruhigend und nicht ohne Stolz in der Stimme.

»Na, ich habe von denen nichts gehört und nichts gesehen«, maulte Jeannette.

»Wir wollten kein Licht machen und uns vorstellen«, erklärte Messingschlager. »Dazu verlief die Unterhaltung zwischen Ihnen und Laval einfach zu interessant. Ich muß sagen, wir sind Ihnen dafür sehr dankbar.« Er streckte eine Hand nach der ihren aus, die sich rasch von der Tischplatte zurückzog und zum Teebecher flüchtete. Messingschlager lehnte sich errötend zurück. »Und dann ging alles sehr schnell.«

»Wir waren die ganze Zeit oben hinter der Bühne und sind eurem Krach über den Boden gefolgt. Und als es dann klickte und wir wußten, wo du warst: Zack!« Regine war immer noch maßlos stolz auf ihren Einsatz mittels der Bühnentechnik. »Per aspera ad astra. Da haben wir dich ans Licht geholt.«

»Ich dachte schon, es ist das letzte Licht, das ich sehe.« Jeannette hielt das Gesicht über die Oberfläche ihres Getränks und badete es im Dampf. »Der Tunnel mit dem hellen Licht am Ende, ihr wißt schon. Und dazu die Musik.« Sie schüttelte den Kopf. »Meine Güte, ich dachte schon, ich müßte in letzter Sekunde katholisch werden.«

Messingschlager nickte wissend.

»Für viele Besucher ist Bayreuth ein religiöses Erlebnis.«

Eine Tür ging auf, und Jeannette sah das bleiche Gesicht der Diva, die vorbeigeführt wurde, um ihr Geständnis zu unterschreiben. Es war kein Funken des Erkennens darin; der Haß, der sich in den Zügen spiegelte, war unpersönlich und allgemein.

Für andere, dachte Jeannette, ist es die Hölle. Aber das war vermutlich fast dasselbe. Stöhnend setzte sie sich auf und griff nach dem Protokoll. Einmal würde sie es noch durchgehen. Dann hatte sie von Wagner endgültig genug.

23

Die Nornen, ganz in graue Lumpen gehüllt und über graue hölzerne Ebenen huschend, warfen ihre schwärzlichen Seile. Sie schlangen sich um einen Baum, der, all die grauen Stockwerke durchbrechend, schwärzlich in den Bühnenhimmel ragte. Sein Wuchs war anmutig und symmetrisch. Er erinnerte Jeannette an etwas, doch sie kam erst darauf, als sie näher trat und bemerkte, was die Nornen mit ihren ausholenden Gesten eigentlich taten: Sie befestigten Fotografien an den kahlen Zweigen, kleine Portraits in anmutigen Rähmchen, manche oval, manche rechteckig, sogar herzförmige waren dabei. Zitternd hingen die Bilder herab, immer zwei und zwei. Jetzt erkannte Jeannette: Es war ein Stammbaum.

Manche der abgebildeten Gesichter kamen ihr bekannt vor, Martin und Josef waren dabei, ihre Schwester mit einem unbekannten Mann, Frau Dürer sen. neben Messingschlagers Chefin, alle so schwarzweiß, altmodisch und fern, als wären sie in den frühen Sechzigern aufgenommen worden. Alexander und Sonja bildeten wieder ein friedliches Paar, der Regisseur und die Frau von der Tourist-Info, daneben Paumgartner und Wagner, die einander anlächelten. Neugierig trat Jeannette noch näher. War dort nicht sie selber, das zitternde Bild, das leise vor sich hin schaukelte? Aber wer hing neben ihr?

Da drehte eine riesige Gestalt sich um, die sie bis dahin gar nicht bemerkt hatte. Ihr Haar war so zottig wie ihr Umhang. Wotan, der Gott der Lichtelben, starrte sie an mit seinem einen Auge und der leeren Höhle daneben, einer Grotte schwärzlich verkommenen Fleisches. Neckisch hielt er sich zwei rußgeschwärzte, mächtige Finger vor die leere Höhle und dröhnte mit mächtigem Baß: »Mit dem Zweiten sieht man besser.«

Sein Gelächter dröhnte Jeannette in den Ohren, die nur Augen hatte für den Speer, den er in diesem Moment rüttelnd anhob und warf. Seine Spitze flog, scharf und schnell, auf das Bild zu, das neben ihrem hing. Und noch ehe sie erkennen konnte, wer darauf abgebildet war, ging es klirrend in Stücke. Die Scherben flogen in langsam wachsenden Strahlen durch den Raum, als Jeannette erwachte.

»Neeeiin!«

Sie war nicht sicher, ob sie wirklich geschrieen hatte, als sie zu sich kam. Ihr Hals schmerzte wie nach einer großen Anstrengung. Doch Regine lag friedlich neben ihr im Bett und lächelte im Schlaf, als würde die Morgensonne sie kitzeln.

Mit Mühe setzte Jeannette sich auf. Ihr eingegipster Arm pochte höllisch. Immerhin versanken ihre Füße beim Aufstehen in einem flauschigen Bettvorleger und tappten danach über sauberen Holzboden bis ins Bad, wo sie mit einer doppelten Portion Schmerzmittel für lange Zeit in der Badewanne verschwand.

Der mitleidige Wirt hatte sie für diese letzte Nacht von dem unbehausten Leben im Anbau erlöst und ihnen ein ordentliches Zimmer verschafft, mit Boden, Tapeten, einem Scherenschnitt von Jean Paul an der Wand und rot karierten Stoff-Lampenschirmchen statt der nackten Glühbirnen. Jeannette wußte jedes einzelne Detail zu schätzen.

Zuerst hatte sie den ganzen Tag im Bett bleiben wollen. Dann fiel ihr wieder ein, daß es das Zimmer der toten Sonja war, in dem sie nun residierten, was ihr Behagen gründlich zerstörte. Und sie hatte Regines Drängen nachgegeben, sich am letzten Tag wenigstens noch ein wenig von Bayreuth anzusehen.

»Sightseeing«, hatte Regine erklärt, »ganz ohne investigative Hintergedanken. Und Wagner lassen wir komplett aus.« Jeannette fiel es schwer, sich auf die Besichtigungstour zu konzentrieren. Sie mußte an Sonja denken, die kleine Ballett-tänzerin, die von ihrem angebeteten Kollegen geheiratet, geschwängert und dann auf Nimmerwiedersehen verlassen worden war. Er hatte im Westen seinen Namen geändert, eine reiche Frau aufgetan und sein Glück gemacht. Sie war zurückgeblieben in einem Leben, von dessen Jämmerlichkeit ihr Entschluß zeugte, sich von einer Heiratsagentur vermitteln zu lassen. An irgendeinen Mann, wenn er sie nur ernährte. Was für ein Zufall, daß sie statt dessen bei der Gontscharowa gelandet war. Ob es Sonja enttäuscht hatte, daß kein Freier, kein Versorger fürs Leben auf sie wartete? Oder war sie erleichtert gewesen, ihr Geld so leicht zu verdienen: eine halbe Stunde in einer lächerlichen Maske herumzustehen. Aber war das Leben nicht immer und überall seltsam? Wie überrascht mußte sie gewesen sein, bei dem seltsamen Empfang auf ihren geliebten Alexander zu stoßen. Und wie verzweifelt, sich ihm nicht auf der Stelle offenbaren zu dürfen. Und wie niedergeschlagen, als er mit einer anderen Frau verschwand.

Sie und Regine hatten ja selbst gesehen, in was für einem Zustand die Walküre auf dem Empfang gewesen war. Verzweifelter hätte Brünnhilde auch nicht sein können, als sie erkennen mußte, daß ihr Siegfried nun eine Kriemhild liebte. Nur hatten sie das damals für den Frust der ewigen Zweiten gehalten, der Künstlerin im Schatten eines stärker beachteten Talents. Daß sich dieser Frust zum selben Zeitpunkt an anderer Stelle bereits ein tödliches Ventil geschaffen hatte, hatten sie in dem Moment ja nicht geahnt. Ihnen hatte die

Frau leid getan, die ihren Leberfleck und ihre Würde verloren hatte. Jeannette tat sie noch immer leid.

Sie konnte sich vorstellen, wie sie Laval überfallen haben mußte, sofort nachdem sie mit der Gontscharowa den Platz getauscht hatte und wieder in ihre eigenen Kleider geschlüpft war. »Sascha!« hatte sie gerufen, er hatte es selbst gesagt. »Kennst du mich nicht mehr?« In ahnungslosem Eifer, voller Hoffnung vielleicht, noch immer voller Liebe?

Nun, der hatte eine Lektion gelernt, die sie noch nicht begriffen hatte. Die Grundlektion Wagners, wenn man Rosendorfer folgt: Du kannst nicht gleichzeitig die Liebe und das Geld haben. Und er hatte sich klar entschieden.

Jeannette seufzte. Daß Opern so gnadenlos lehrreich sein konnten. Sie wühlte mit der gesunden Hand in ihrem Rucksack nach ihren Schmerztabletten. Sie hatte das dringende Bedürfnis nach einer weiteren Dosis Scheißegal.

»... dankte der letzte Markgraf ab und folgte seiner Geliebten, einer englischen Lady mit sieben Kindern, nach England, wo er noch dreizehn Jahre fröhlich lebte«, las Regine vor. Sie setzte das Buch ab. »Sag mal, hörst du überhaupt zu?«

Jeannette antwortete etwas Unbestimmtes, und Regine klappte den Reiseführer zu. Gemeinsam blinzelten sie eine Weile ins Grün des Hofgartens mit seinen bunten Besuchergrüppchen, genossen die Sonne und hingen ihren Gedanken nach.

»Du«, sagte Regine schließlich. »Ich muß mal mit dir reden.«

»Hm?« Nur langsam tauchte Jeannette aus ihrem eigenen, leicht umnebelten Universum auf.

»Es geht um Siegfried.«

»Ja, das Treffen.« Jeannettes Stimme wurde nachdenklich. Zwar war sie noch immer ein wenig ratlos, was Siegfried Messingschlager anging. Sie hatten so wenig gemeinsam, und es fiel ihr schwer, sich vorzustellen, wie sie ihre Zeit gemeinsam verbrachten. Lange Spaziergänge durch das malerische Bayreuth, Schubert-Klänge aus dem Salon, während sie mit seiner Mutter den Teetisch im Anbau deckte. Es kamen ihr nur Prospektbilder in den Sinn, unrealistisch und weichgezeichnet und im Grunde nicht ihr Ding. Vielleicht könnte sie ja mit dem Hund ausgehen, solange er Klavier spielte?

Sie betrachtete ihren Gipsarm, auf dem Regine und Siegfried bisher als einzige unterschrieben hatten, beide raumgreifend und mit ironischem Schwung. Es war erstaunlich, wie ihre Schriften sich ähnelten. Aber vielleicht lag das auch am Gips. Er würde bei dem Rendezvous heute abend keine Hilfe sein. Andererseits – sie dachte an die Wärme seiner Lippen, die sie schon einmal gespürt hatte –, wozu brauchte sie Hände? Der Gedanke gefiel ihr. Er würde sie heute abend ausführen und umsorgen, und weiter brauchte sie ja für den Augenblick nicht zu denken. Ein angenehmes Prickeln machte sich in ihrem Bauch breit, das nicht einmal die Schmerzmittel betäuben konnten. Angeregt griff sie mit der Linken nach den Prospekten, die Regine besorgt hatte.

»Wo wir wohl hingehen werden?« Sie blätterte ungeschickt und klemmte das Blatt auf ihrem Knie fest. »Hier, das klingt doch gut: Eine Brauerei lädt ein zur Candlelight-Führung durch ihre alten Gewölbe, mit Restaurant im Stil der goldenen Zwanziger und Jazzmusik.« Sie lachte Regine an. »Wäre doch mal was anderes, oder?«

Regine erwiderte das Lachen ein wenig gequält.

»Wir können es ihm ja vorschlagen«, sagte sie.

»Keine Angst, das tue ich schon selbst«, sagte Jeannette fröhlich. Dann stutzte sie. »Wir?« Etwas an der Art, wie Regine das gesagt hatte, ließ Jeannette hellhörig werden. »Du nennst ihn Siegfried.« Es fiel ihr in diesem Moment auf.

»Ja, weißt du.« Regine beugte sich vor und nahm Jeannettes

Hände. Sie suchte sichtlich nach den richtigen Worten »Es hat wohl einen Moment gegeben, da hat er sich gefragt, ob es richtig gewesen war, dich so mit der Einladung zu überrollen.«

»Ja, und?« fragte Jeannette, halb belustigt, halb aggressiv. Messingschlager war nun wirklich nicht der unsichere Typ. Sie dachte an sein ewig spöttisches Lächeln. Und wie klar er sofort erkannt hatte, daß sie sich für ihn interessierte. Fast noch ehe es ihr selbst bewußt gewesen war. Er hatte das regelrecht ausgenutzt, und niemals, zu keinem Zeitpunkt, hatte er ... Doch, fiel es Jeannette da blitzartig ein. Einen Augenblick hatte es gegeben.

»Du hast ihn wohl sehr harsch angesprochen in dem Moment«, fuhr Regine behutsam fort.

Jeannette erinnerte sich. Das war im Revier gewesen, ehe sie ins Festspielhaus gefahren waren. Alle seine Kollegen hatten zu ihnen herübergesehen, und es war wirklich nicht der Ort und die Zeit gewesen, um Süßholz zu raspeln. Sie hatte ihrem Kommentar in diesem Moment nicht viel Gewicht beigemessen.

»Und da hat er sich dir anvertraut, ja?« Jeannettes Stimme klang scharf.

»Oh, ich habe ihm schon gesagt, daß das nichts zu bedeuten hat und man dich manchmal zu deinem Glück zwingen muß, nur keine Sorge.« Regine hob die Hände, als wollte sie ihre Unschuld beteuern. »Ich kenn dich doch.« Damit griff sie wieder nach Jeannettes Fingern.

Diese überließ sie ihr eine Weile wie etwas, was nicht zu ihr selbst gehörte. Wie blöd sie doch gewesen war, sagte sie sich. Dann zog sie ihre Hände zurück.

»Ihr habt euch schon ein paarmal recht gut unterhalten.«

»Ja«, antwortete Regine. Es klang schüchtern und glücklich zugleich.

Jeannette hörte aus dem kleinen Wort alles heraus, was sie wissen mußte.

»Er hat mich gebeten, heute abend mitzukommen«, sagte Regine schließlich.

Jetzt war es heraus. Jeannette antwortete nicht. Sie starrte nur vor sich hin, überrascht und schockiert. Konnte das sein, fragte sie sich verblüfft, daß jemand, der sich für sie interessierte, sich in Regine verlieben konnte? In Regine mit ihren überschüssigen Pfunden und ihrer leicht vulgären Art? Regine, die sonst nur mit One-Night-Stands oder Typen wie Zametzer Glück hatte? Sofort schämte sie sich für den Gedanken. Das war doch nicht wirklich die Art, wie sie ihre beste Freundin sah, oder? Sie wurde glühend rot.

Regine sah es und biß sich auf die Lippen.

Jeannette schwieg und schwieg. In ihr brodelte es. Zugleich war sie hilflos. Was sollte sie tun? Sie konnte doch nicht zu Messingschlager gehen und von ihm fordern, sich gefälligst und von Rechts wegen in sie zu verlieben. Wieder und wieder ging sie alle Szenen ihrer Begegnungen durch. Sie war sich so sicher gewesen, daß da Funken getanzt hatten. Und er hatte es doch auch gespürt. Wieso hatte er sich nicht daran gehalten, wieso war er umgeschwenkt? Nur weil sie mit keinem Blick und Wort zu erkennen gegeben hatte, daß sie ihn mochte? Weil sie ihm nicht ausreichend schöne Augen gemacht hatte? Sie hatten nun mal mitten in einem Fall gesteckt, verdammt noch mal, hielt sie ihm in ihrer imaginären Ansprache vor.

Lange haderte sie so mit ihm. Dabei wußte sie es besser. Es war schon in der Schule so gewesen: Wann immer sie sich für einen Jungen wirklich interessiert hatte, war sie wie gelähmt gewesen, abweisend und geradezu schroff. Immer schon hatte sie diese Angst gehabt, eine Zuneigung zu zeigen, ehe der andere es deutlich tat. Sie hätte sich zu sehr geschämt, wäre sie unerwidert geblieben. Lieber trug sie den Kopf hoch. Und begnügte sich mit den Männern, die von selber auf die Idee kamen, den Wall zu durchbrechen. Das waren nicht viele gewesen im Laufe der Jahre.

Siegfried Messingschlager nun war auf halbem Weg durch die Dornenhecke umgekehrt. Jeannette starrte mit trockenen Augen auf ihren Gipsarm. Sie nahm den Stift, mit dem Regine in den Prospekten ihre Tour markiert hatte, und malte zwischen die beiden Namen, die darauf standen, langsam und gründlich ein dickes Plus. Es konnte auch ein Kreuz sein.

»Ach, Jeannette.«

Regine nahm ihren Arm, sie standen auf und schlenderten heimwärts, zur Pension. Den ganzen Weg über sagten sie nichts, kein Wort. Es war ihr geradezu verzweifelter Versuch, ihre gefährdete Freundschaft dadurch zu retten, daß sie nichts von dem aussprachen, was ihnen durch den Kopf ging. Denn fast alles, was in ihnen gärte und tobte, war scharfe Munition. Sie hielten klug den Mund und verschossen nichts davon.

Am frühen Abend begann Regine, sich für die Verabredung zurechtzumachen. Jeannette blieb lesend auf dem Bett liegen, bis die Freundin fertig vor ihr stand. Sie mußte widerstrebend zugeben, daß Regine in diesem Moment gut aussah, lebendig und glücklich.

»Willst du dich nicht umziehen?« fragte Regine in angespanntem Ton.

»Wozu?« gab Jeannette gereizt zurück und hielt das Buch höher, damit es ihr Gesicht verdeckte. Ihr Gipsarm begann von der Anstrengung zu zittern. »Ich werde euch heute abend bestimmt nicht stören.«

Regine setzte sich auf ihre Bettkante. Jeannette rückte ab.

»Komm doch mit«, bat ihre Freundin. »Dann können wir alle drei Freunde bleiben.«

Jeannette öffnete den Mund, um etwas zu erwidern. Zum Glück klingelte in dem Augenblick ihr Handy. Sie griff mit der gesunden Hand danach wie nach einem Rettungsseil.

»Martin?« rief sie hastig, als der Anrufer sich gemeldet hatte. »Nein, du störst nicht. Du bist der Trost meiner alten Jahre, das weißt du doch.« Sie lauschte. »Josef geht's besser? Das freut mich. Und Tanja?« Jeannette sah aus den Augenwinkeln, daß Regine zustimmend den Daumen hob, und ignorierte es. Sie drehte sich ein wenig von ihr weg. »Und Zametzer?« fragte sie dann betont laut, »macht er immer noch Ärger?«

Dabei beobachtete sie Regine, die ihr den Rücken zugewandt hatte, um den Inhalt ihrer Handtasche zu überprüfen. Hoffentlich, dachte sie, wird sie wenigstens rot. Nur am Rande bekam sie mit, wie Martin ihr erklärte, daß Pfeuffer seine Vorwürfe fallengelassen hatte.

»Wie?« Sie verstand nicht recht.

»Auch Zametzer hat plötzlich einen Rückzieher gemacht und aufgehört, jedem zu erzählen, du wärst eine aggressive Furie, die sich nicht im Griff hätte und ihre Arbeit unprofessionell erledigt. Keine Ahnung, wieso.« Jeannette hörte ihn lachen. »Aber freu dich. Das hat der Geschichte dann endgültig den Boden entzogen.«

»Mach ich«, sagte Jeannette mit trockenem Mund und beendete das Gespräch so schnell wie möglich. Einen Moment starrte sie düster vor sich hin. Dann wandte sie sich an Regine.

»Hast du mit ihm geredet?« fragte sie. Ihre Stimme klang dürr.

»Das war das mindeste, was ich tun konnte.« Regine drehte sich zu ihr um.

»Finde ich allerdings auch.« Eine Weile starrten die beiden Frauen einander an.

»Außerdem«, setzte Regine hinzu, »hatte er noch meine Jean-Paul-Gesamtausgabe.«

Jeannette hatte keine Lust zu lächeln. Scheiß auf Jean Paul, wollte sie sagen, nein, schreien. Da klopfte es an der Tür. Regine war schon dort und öffnete. Sie begrüßte den Neuankömmling. Jeannette hörte den verhaltenen, aber freudigen Ton in ihrer Stimme und stand auf. Im Näherkommen sah sie Messingschlager im Abendanzug auf dem Flur stehen. Er wippte auf seinen Fußspitzen, als er sie sah, straffte sich dann aber und nickte ihr zu.

»Guten Abend«, sagte er ungewohnt nervös, räusperte sich und verstummte. »Wie geht's dem Arm?« brachte er dann noch heraus.

»Gut«, sagte Jeannette, es klang drohend. Sein unermüdliches Grinsen war ihm offenbar vergangen. Sie betrachtete ihn mit schiefgelegtem Kopf und hoffte, nicht so wütend auszusehen, wie sie war.

Messingschlager nickte wieder. Sein Lächeln schien nur schwach auf und verglomm rasch wieder. Sein Redefluß kam erst wieder in Schwung, als Regine etwas zu ihm sagte.

»Die Abendplanung? Ach so, ja.« Seine verwirrte Miene glättete sich. Stolz machte sich auf seinem Gesicht breit, als er in die Brusttasche seines Jacketts griff und ein Bündel Karten herausholte. »Ich habe das Unmögliche möglich gemacht«, erklärte er dazu und schenkte Regine einen verliebten Blick, »und drei Tickets für den ›Tristan‹ heute abend aufgetan.«

Anerkennung heischend, wedelte er mit den aufgefächerten Eintrittskarten, die jede ein Bild des Festspielhauses zeigten.

Jeannette sah, wie Regines glückliches Strahlen verschwand zugunsten eines Gesichtsausdrucks, der sie für vieles, was in den letzten Stunden geschehen war, entschädigte.

»Ja, aber«, stammelte ihre entsetzte Freundin hilflos.

Doch Jeannette kannte keine Gnade.

Mit einem feinen Lächeln auf den Lippen schob sie die verblüffte Regine hinaus auf den Flur und schloß sanft, aber nachhaltig die Tür.

Danksagung

Ich danke Eva W. für die großzügige Weitergabe all ihrer Festspielerfahrung. Hätte sie mich nicht in dem Jahr, das wir im selben Büroraum verbrachten, stetig mit Wagner berieselt, ich wäre möglicherweise nie auf diesen Mordgedanken gekommen.

Felicitas I. gebührt Dank für den Mut, mit uns beiden durch Bayreuth zu streifen, bis alle, aber auch alle Fragen, die ich hatte, beantwortet waren.

Diese beiden sind nicht dafür verantwortlich, wenn ich die falschen Fragen gestellt habe und dennoch Fehler im Buch auftauchen.

David J. hat mich dankenswerterweise großzügig mit Tonaufnahmen und Libretti versorgt und sogar seinen Plattenspieler repariert, damit ich Siegfrieds und Brünnhildens Heilrufen lauschen konnte.

Monika S. ging derweil lieber mit dem Hund spazieren. Der Leser wird tun, was er für richtig hält.